熱砂の果て

C・J・ボックス

ワイオミング州猟区管理官ジョー・ピケットの盟友ネイトのもとへ、連邦政府の秘密組織の男たちが人質を取って現れた。彼らは政府に追われているネイトの容疑を抹消することと引き換えに、ある任務を依頼した。州南部の砂漠地帯で大規模テロを計画している可能性がある、駐米サウジアラビア大使の息子の動静を探れ、と。ネイトは引き受けざるを得なかったが、この件には何か裏がありそうで……。一方のジョーも、ネイトが失踪したという情報を受けて、砂漠地帯へと向かう。不毛の荒地を舞台に、大迫力のアクションが繰り広げられる冒険サスペンス！

登場人物

ジョー・ピケット……………………ワイオミング州猟区管理官
メアリーベス・ピケット……………ジョーの妻
シェリダン・ピケット………………ピケット家の長女
エイプリル・ピケット………………ピケット家の次女。養子
ルーシー・ピケット…………………ピケット家の三女
ネイト・ロマノウスキ………………鷹匠《たかじょう》。ジョーの盟友
オリヴィア（リヴ）・ブラナン……ネイトの恋人
スペンサー・ルーロン………………ワイオミング州知事
リーサ・キャスパー…………………州知事補佐官
カート・バックホルツ………………医師。ネイトの協力者
ブライアン・ティレル
キース・ヴォルク……………………｝〈ウルヴァリンズ〉の一員
イビー（ムハンマド・イブラーヒーム）……サウジアラビア王国駐米大使の長男。鷹匠
ガジ・サイード………………………イビーの弟子

ジェシカ・ニコル・ホワイト……
マーシャ・ミード……
タイラー・フリンク……大型肉食動物研究チームの一員
バブ・ビーマン……屋根職人。ハンター
キーラ・ハーデン……シェリダンのルームメイト
フィル・パーカー……レッド・デザート地区の猟区管理官
クーター……〈マスタング・カフェ〉のオーナーの一人
ジャン・ストークアップ……〈マスタング・カフェ〉の常連
ビル・ヘン……イビーの仲間。主任設計士
スージー・グーデンカーフ……イビーの仲間。外部との接触担当
セス……ボランティア

熱砂の果て

C・J・ボックス
野口百合子 訳

創元推理文庫

OFF THE GRID

by

C. J. Box

This edition is published by TOKYO SOGENSHA Co.,Ltd.
This edition published by arrangement with
G. P. Putnam's Sons, an imprint of Penguin Publishing Group,
a division of Penguin Random House LLC
through Tuttle-Mori Agency, Inc.,Tokyo

熱砂の果て

いつものようにローリーに

高い次元でも低い次元でもすべての移行は
廃墟と謎と名もない怒りの残留物に刻まれている。
——コーマック・マッカーシー『ブラッド・メリディアン』

第一部　野営地^{エンキャンプメント}

第一部　野営地（エンキヤンプメント）

1

遠くのタカが突然翼をひるがえすのを見て、ネイト・ロマノウスキは危険が迫っているのを知った。視界の外から、なにかが急速に近づいてくる。砂漠は涼しく大気はぴりっとして、夜明けのそよ風は、ほこりと、毒された泉の水を飲んだ野生馬の腐りゆく死骸《しがい》の臭いがする。

朝日が東の空を赤黄色に染めて、三角波に似た岩と奇妙な形の岩柱の輪郭が浮き彫りになり、地平線は黒々とした乱杭歯《らんぐいば》が並んでいるように見える。一日のうちでいちばんいい時間だ、とネイトは思った。朝の光が風景のカーテンを上げる前の、期待に満ちた時間。まもなく、からからに乾いた岩石層の赤やピンクやオレンジやベージュの筋状《すじじょう》の溝が目に入り、ごつごつした凹凸《おうとつ》だらけの地形があらわになる。砂漠を形成しているのは、峡谷と涸《か》れ谷、そして最初はマグマ、次は水、いまは風によって長い時間をかけて彫りあげられた、広大な硬い粘土の大地だ。

朝の砂漠は目覚めないことを、ネイトは知っていた。砂漠は活動を休止する。夜のあいだ草を食《は》んでいた稀少な緑の残る谷底から、プロングホーン（エダツノレイヨウ）の群れが高原砂漠の台地へ移動してくる。台地の上の群れは、はるかかなたからでも見える――その一方で、群れは四方にいる捕食者を警戒することができる。ひづめは割れ、たてがみはもじゃもじゃの野生馬たちが開《ひら》けた場所を走っていく。光の加減によっては古代の遺跡のなごりであるドーリス式の柱のように見える、風食作用でできた奇岩の陰をめざして。

ワタオウサギが穴に引っこみ、高地の猟鳥が種や草をついばむのをやめて安全な場所に移動するのが、早朝なのだ。

だから、ネイトはこの時間に狩りをする。

だが、いま付近にいる捕食者は彼だけではなかった。

この種の中で最大かつ最強であるシロハヤブサは水平方向のハンターだ。高い枝あるいは崖からすばやく降下して獲物を襲うソウゲンハヤブサや、鉤爪《かぎづめ》を丸めて高空《こうくう》から時速三百二十キロで突っこんで空中の標的を捕え、肉と羽を舞い散らせるハヤブサと違い、巨大なシロハヤブサは砂漠の地表の上を白い姿で静かに飛翔する。獲物――ウサギ、キジオライチョウ、ジリス――を見つけると、自分の輪郭を陽光に溶けこませ、まるで太陽そのものから出現したかのように獲物の上に下りて身動きできなくする。そして、みずからの重みと力強い鉤爪を使って押しつぶす。獲物がもがきつづけるか、即死しなければ、シロハヤブサは曲がった鋭いくちばしで脊髄《せきずい》を断ち切る。

ネイトがこの新しいシロハヤブサと狩りを始めてどのくらいになるかは、はっきりしない。記憶が欠落しているのだ。わかっているのはこの大きな鳥は彼のパートナーであり、繁殖地である北極地方からの贈りもののように彼のもとへやってきて、いま一緒に狩りをしているということだけだ。

初めて手袋に止まらせて持ちあげたとき、シロハヤブサはがっしりとして筋肉質で、これまでネイトが飛ばしたことのあるどんな猛禽類《もうきんるい》よりも重かった。イヌワシやハクトウワシと比べると少しだけ小さいが、その差はせいぜい一キロ弱だろう。空中では、一メートル半あまりの翼幅と斑点《はんてん》のある白い体色によって、飛んでいる白い狼を思わせる。砂漠が夜明けを迎えて曙光《しょこう》が空のシロハヤブサを照らしだすとき、白い色のせいでじっさいより二倍も大きく見える。この鳥は恐るべき武器なのだ。ハヤブサが巡航ミサイルならシロハヤブサはステルス爆撃機だ、とネイトは考えていた。

古代、シロハヤブサは王族だけのもので、庶民が飛ばすことはできなかった。大型の白い鳥の出現は奇跡だった。この雌《めす》は大柄で銀色に近く、シロハヤブサは雄《おす》より雌のほうが大きい。手袋に止まっているその姿を見るだけでネイトの心は躍り、この雌は彼の賞賛を楽しみ

――そして予期していたようだった。

この新たな鳥はときおりイヌワシに狙われる程度で天敵はいないので、自由に飛んで狩りをする。

だから、シロハヤブサが四キロ先で鋭く身をひるがえして急上昇を始めたとき、脅威から逃れようと激しくすばやく動かしたために長い翼がぼやけたとき、ネイトは雌が命にかかわる尋常でないなにかに遭遇したのを知った。

近づいてくるなにかは、ネイトの右方向にいるプロングホーンの小さな群れの注意も引いた。暗闇にいた群れを彼はそれまで見ていなかったが、いま気づいた。彼らはいっせいに立ち止まって、シロハヤブサが身をひるがえした北のほうに頭を向けた。

一瞬後、ひそかな合図が送られて群れはまた動きだし、南下しはじめた。ひづめが巻きあげるほこりの小さな雲を、そのあとに残して。プロングホーンは、砂漠を流れる溶融した液体のように移動を続け、やがていなくなった。

そのあとすぐにネイトは地面を伝わる振動を感じた。砂漠では、驚くべきことに見たり聞いたりする前になにかが来るのが感じられる。

開けた北の地平線から、十二、三頭の毛深い馬たちの雑多な集団が疾走してきた。一頭また一頭と、たてがみをなびかせ鼻孔をふくらませて駆けてくる。リズミカルなひづめの音がだんだん大きくなるが、距離があるので群れの動きと音は合っていない。

なにかに追いたてられている、とネイトは察した。なにかに怯えてまっすぐ彼のほうへ向かっている。

背後にほこりを蹴《け》りあげながら、馬たちは硬い粘土層の上をネイトのほうへやってきた。もうすぐ近くだ――百五十メートルほどしか離れていない――だから、ひづめの音は群れの動きと一致しはじめている。

自分を踏みこえて通過する気だろうか。

ネイトは両手を高く上げて腕を振ってみせた。群れは止まらない。

二十五メートルまで近づいたところで、馬たちは分かれて彼の両側を駆けていった。地面が揺れた。ほこりにまぶたを閉じる前に、彼はちらりと見た。白目をむいた目、もじゃもじゃのたてがみ、横腹のかさぶただらけの傷。だいたいは栗毛だが、先頭の牡《おす》は黒馬で脚が一本だけ白かった。走り去ったあとも馬の臭いが漂っていた。乾いた汗と固まった泥のまじった、むっとする麝香《じゃこう》のような臭い。

群れは南をさして疾走を続けた。

ネイトが目を開くと、ヘッドライトが二つ見えた。馬たちが地平線に現れたときに舞いあげ、まだたちこめているほこりに突き刺したピンの穴のようだ。

もっとよく見ようと、彼は目をこらした。馬群と同じく、車は彼に向かって突進してくる。頭を上げて雲一つない空を眺めた。シロハヤブサは、淡青色の空を背景に小さな白い斑点となっている。鳥はよりよい狩りのコースを求めて上昇気流に乗っているのか、襲撃の角度を探して旋回しているのか、あるいは飛び去ろうとしているのか。その違いをネイトは知っていた。

シロハヤブサは飛び去ろうとしている。もう二度とあの雌と会うことはないと悟った。こういう経験は前にもある。何年も餌付けし、訓練し、一緒に狩りをしてきたタカが、ときにはなんの前触れもなく飛び去ってしまう。そのたびに心に穴が開き、その穴は新しい猛禽類でしか埋めることはできない。しかし今回は、喪失感よりも裏切られた気持ちが強かった。

あの売女はおれをはめた。

ネイトは近づいてくる車に向きなおり、三台に分かれているのを目にして驚いた。最初は一台の四輪駆動車だと思ったが、いまは三台になっている。初めに見たのはピックアップの車列の先導車だったのだ。先導車に続く二台はその両側に展開し、矢じり形の陣形を組んでネイトに迫ってくる。後方のほこりの雲が朝日を浴びてオレンジ色に輝いている。

三台はスピードを上げた。

エンジンを吹かす音、タイヤが砂漠の火山性シリカをジャリジャリと踏む音が、すでに聞こえる。

ほどなく、ドライバーにくわえてピックアップの荷台に乗っている男たちが見えた。近づくと、男たちはバランスを保つのに苦労しつつ警戒しながら立ちあがった。片手でピックアップのサイドウォールか屋根につかまり、もう片方の手に長銃を持っている。

先導車のボンネットの上には大きく黒い血まみれのものがのっている。長い黄色い歯と血糊《ちのり》のついた毛を、ネイトは一瞥《いちべつ》した……

ちらりと下を見た。両脇のホルスターにはそれぞれリボルバーが差してあり、台尻が突き出ている。右脇の下には五連発シングル・アクションの四五四カスール。左脇の下の五〇〇ワイオミング・エクスプレスはやはりフリーダム・アームズ社製のシングル・アクションで、五発装塡《そうてん》してある。

いつから銃を二挺《ちょう》携行しはじめたのか思い出せないが、この決断に疑問はなかった。シロハヤブサが彼と狩りを始めた状況を思い出せないのと同じだ。

そして、自分が砂漠にいる理由も。

肩ごしに振りかえった。ここまでは〈ヤラク株式会社〉の白いパネル・ヴァンで来たはずだが、それがかつての古いジープCJ－5に変わっていたので驚いた。ジープは五百メートル弱離れた、傘に似た形の岩の下に止めてあった。十トンはありそうなその砂岩は、一本の細い岩柱の上でどういうわけか釣合いを保っていた。

友人のジョー・ピケットの姿を求めて、彼は岩の付近に目をこらした。どうしてかわからなかったが、ジョーがそこで後方支援してくれていると彼は思っていた。ジョーは射撃が得意というわけではないが、善意の男だし、みずからが正しい側にいると信じるときは驚くほど勇猛になれる。

しかし、おれは正しい側にいるのか？　おれたちは正しい側か？　ネイトは混乱した。三台のピックアップに囲まれる前に、身をひるがえしてジープへ走り、エンジンをかけるのはむずかしい。それに、犬のように車にはねられたり、背中を撃たれたりするのはごめんだ。

だから射撃姿勢をとり、肩をそびやかした。火山性シリカのこまかい粒がブーツの下でジャリッと音をたてた。

なにをしなければならないか、わかっていた。選択肢はない。

すばやく計算した。運転手三人、各ピックアップに三、四人の武装した男。先導車には荷台に四人、運転台に二人乗っていることがいまは確認できる。つまり十八人ほどの武装した男たちだ。

自分は十発撃ったら、再装塡しなければならない。そのときには彼らはここまで来ているだろう。

両手で銃を抜いた。銃口を下にして、親指で撃鉄を起こした。

車列は五十メートル先にまで迫り、こちらへ疾走してくる。朝の大気が男たちの怒号で満ちる——何語か、そしてなにを叫んでいるかネイトは理解した——そして、セミオートマティック・ライフルを操作するカチカチという金属音も聞こえた。

太陽が男たちのオリーブ色の顔を照らしだし、銃身をぎらつかせた。彼らのほとんどは黒いひげをはやしていた。ネイトは先導車のドライバーを知っていた。それが彼だったことは意外でもなんでもなかった。

2

ネイトは叫び声とともに目を覚まして、ベッドの上でがばっと起きあがった。目を見開き、むきだしの肌には汗が噴きだしていた。長い金髪は首筋や肩に貼りついていた。

古いマツ材の化粧台の上のスーツケースに荷物を詰めていたオリヴィア・ブラナンが振りかえった。眠っている彼を起こさないように電気はつけず、廊下からの光を頼りに荷造りしていた。

「どうかした？」眉《まゆ》を吊りあげて彼女は尋ねた。

「悪い夢を見た」ネイトの鼓動はまだ速かった。気がつくと、両のこぶしは上掛けの下でそこにはない銃を握りしめていた。指を開き、両手をひざに置いた。

「そのようね。気分はよくなった？」

「大丈夫だ」彼は嘘をついた。

「そうは思えないけど」

リヴ・ブラナンの柔らかなルイジアナ訛《なま》りは、いつも彼を暖かな毛布のように包みこむ。ネイトはときおり、もう答えを知っている質問を彼女にする。話を続けてほしいと彼が促《うなが》す女はリヴだけだ。

「夢の中でなにがあったの？　ほんとうに叫んでいたわよ。心臓が止まりそうなほどびっくりした」

「なんと叫んでいた？」

薄暗い部屋で、彼女はにっこりした。コーヒー色の肌に白い歯がきらめいた。「『さあ、いかせてやるからな《ユー・アー・ゴーイング・トゥ・ダイ》！』みたいな。ほら、あなたのいつもの朝のごあいさつよ」

ネイトは両手で顔をこすってうめいた。

「この二、三ヵ月なかったのに」彼女は心配そうだった。「すべて過去のことにしたと思っていたのに」

「いまのは違うんだ。待ち伏せされたりとか、過去に起きたどんなことでもなかった。まったく新しいやつで、記憶のどこから出てきたのかわからない」

リヴはネイトに向きなおり、ほっそりした腰に両手をあてた。「話してみて」

彼が夢について語りおえると、リヴは言った。「いやだ。すごく変な夢ね」

「ああ」

「彼らはあなたになんてどなっていたの？　ピックアップの男たちは？」

「アッラーフ・アクバル」

彼女は間を置いた。「『神は偉大なり』。それじゃ、その夢の舞台は中東？」

「そうらしい」特殊部隊員として一九九九年にアフガニスタンのタカ狩りキャンプに派遣されたときの体験を、以前ネイトはリヴに話していた。あとでオサマ・ビン・ラーディンとわかった男とのなにげない会話のことを聞いて、リヴは興奮した。オサマはアメリカの西部劇の映画、テレビドラマの大ファンで、あきらかにそういうものを見て育っていた。二人とも少年時代に見ていたテレビドラマ『ガンスモーク』のエピソードについて話が出たことも、ネイトは語っていた。

「どうしてそんなことがよみがえってきたの？」リヴは尋ねた。

ネイトはかぶりを振った。「あの夢はアフガニスタンのように見えたしそんな感じだったが、アフガニスタンじゃなかった。おれの知るかぎり、アフガニスタンにプロングホーンや野生馬はいない。あそこで見た唯一の野生動物は、王族たちとタカ狩りをしたノガンだけだ」

高地の砂漠で繁殖するノガンは、大型の陸生の猟鳥だ。北米に類似の種はいない。周到に設営された砂漠のキャンプには、ベドウィン式のテント、高級ＳＵＶ、発電機が並び、遠くには、サウジアラビアやほかのアラブ諸国から鷹匠《たかじょう》たちを運んできた特別仕様の７３７型機がずらりと駐機していた。各テントの外には、頭巾をかぶせられた鳥たちのための高い止まり木が何本も立っていた。オサマ・ビン・ラーディンは鷹匠ではなかったが、訪れていたサウジアラビアの王族のメンバーに用事があったのだ。

「たぶん、あなたは少しばかりワイオミングの要素を入れたのよ」リヴは言った。「夢が完璧に筋が通っていなくちゃならないなんてこと、ないでしょ」

「たしかにこの夢はまったく筋が通らない」ネイトは上掛けの下から脚を出した。床が冷たかった。

「それにジョーがいたなら、アフガニスタンではありえない。ジョーはどこにも行かないんだ、おれの知るかぎり」

それはほんとうだった。ネイトの友人ジョーはワイオミング州の猟区管理官だ。めったに休みをとらず、とるときは釣りやキャンプや狩りにいく……ワイオミング州からは出ない。

この州のすべての場所を知りつくすまでは、ほかのどこへも行く気にならないと、ジョーはネイトに言ったことがある。ワイオミング州は三十万平方キロ近い広さなので、どこへも旅行には行かないと認めているようなものだ。

ネイトは立ちあがって伸びをした。まだ負傷による痛みが残っている、とくに朝は。背が高く肩幅が広く、両腿《りょうもも》の前側と、腹、胸、首に二十四ヵ所の星形の傷跡がある。二二口径よりわずかに大きいダブル０《オー》バックショットの散弾を、医師たちが摘出した跡だ。今年の春、ショットガンで武装した二人の男に待ち伏せされ、撃たれた。そのときネイトは丸腰だった。襲撃のあとビリングズの病院で彼が生死の境をさまよっているあいだ、リヴは凶悪な一家の敷地内にある地下の穴倉に閉じこめられていた。休息、運動、ストレッチ、鷹匠としての生活をとりもどすことが、彼を回復へと導いた。リヴも回復したものの、彼女の傷は精神的なものだった。元気になったとはいえ、常夜灯をつけずに眠れるまでには至っていない。再会したあと、彼とリヴは一般社会とのつながりを断ち、ワイオミング州南部の親切な牧場主が提供してくれた人里離れたキャビンで暮らしている。

ネイトのハヤブサとアカオノスリ――ケイツというクズ白人一家によって彼のヴァンから放されていた――は、なぜか二羽とも彼を見つけて戻ってきた。それはちょっとした奇跡で、リヴ・ブラナンは再会に驚愕した。説明のつかないちょっとした奇跡に慣れるようになったネイトは、肩をすくめただけだった。

「あの夢はおかしな点が多すぎた」彼はリヴに言った。「たとえば、おれは一度もシロハヤブサを飛ばしたことがないんだ。どこであの鳥を手に入れたのかわからない。それに、まるで西部劇の無法者みたいに両脇のホルスターに銃を差していた。二挺携行したことは一度もないのに」

「服を着たら」彼女は言った。

ネイトは裸で眠り、キャビンの中をそのままかまわず歩きまわる。ときどきエンキャンプメント川を見下ろすヒロハハコヤナギの枝に腰かけ、足をぶらぶらさせながら何時間でもただ流れを眺めている。たまに釣り人を満載したゴムボートが彼の下を通ることがある。だが釣り人たちは決して上を見ない。

彼は薄いブランケットをベッドからとって肩にかけた。「あの夢を振りはらえたらいいんだが」

「コーヒーを飲んで。あなたが悪党を脅《おど》しているあいだに淹れておいたから」

「コーヒーよりきみがいいな」

「ネイト、時間がないのよ」だが、それほどきっぱりした口調ではなかった。

狭いキッチンで、ネイトはマグにコーヒーをつぎ、手に持って正面の窓の前へ行くとカーテンを開けた。夜はまだ明けきっていなかった。秋の草むらにうっすらと霧がかかり、木々にも低くたちこめている。ミュールジカの母子が密生した木立を通って川へ向かっていく。

いまは十月で――彼が襲撃されて殺されかけてから七ヵ月たつ――一年の中で彼の好きな月だった。夜は気温が低く寒いほどだが、昼間は暖かくなる。山岳地帯では大切な月だ、と彼は思っていた。海抜二千メートル以上の場所では、冬が押し寄せてくる前のこの時期に、さまざまなことをすませておかなければならない。山襞《やまひだ》のアスペンが鮮やかな黄色と赤に変わる。速い雲があとを振りかえるようにして空を流れていく。つかのまの夏が終わる。エルクは夜にさかり声を上げ、ビーバーは巣を作りおえ、上流の木々が水を吸いあげなくなるので川は嵩《かさ》を増して滔々《とうとう》と流れだす。

夢があまりにもなまなましくリアルだったので、ネイトは本棚の上に手を伸ばし、毎晩そこに置く五〇口径リボルバーがあるかどうか確かめた。あった。そして二挺目はない。

丸太造りのこの家は、第二次大戦後まもなく、広大な牧場のいちばん端の区域で働くカウボーイたちのために建てられた。一九七〇年代には荒れていてもう彼らの宿泊所としては使われなくなり、牧場の客のための狩猟小屋になった。五年前に、丸太の隙間を埋めて電気と水まわりを新しくする大がかりなリフォームがおこなわれたものの、まだ戦後のカウボーイたちの亡霊がさまよっているような雰囲気だった。孤独な日々、彼らは牧場の牛の烙印や自分たちの名前――ワイリー、バック、スリム――をドアの枠に刻んでいた。新しいカーテンや敷きものでリヴは家を明るくしようとしたが、やっぱりだめと宣言した。キャビン内には、固定電話もテレビもネットへのアクセス環境もない。カウンターの短波ラジオだけが二人を外界とつないでいる。

ネイトはこういう生活以外、選ぶ気がなかった。

寝室でスーツケースを閉める音がして、振りかえるとリヴがそれを引っ張って部屋から出てくるところだった。

仕事用の服装の彼女を見るのは久しぶりだった。チャコールグレーのパンツ、白のブラウス、ジャケット、真珠のネックレス。目を見張るほど魅力的だった。

「寂しくなるな」彼は言った。

リヴは立ち止まってわずかに首をかしげた。当惑したような表情だったが、目に涙がにじんだ。

「いまセンチメンタルになるつもりじゃないでしょ?」

「これまで生きてきて、毎日だれかとこんなに長く過ごしたのは初めてなんだ。きみをいままで以上に愛していると思う」

「思う?」

「愛している」

「やめて」その言葉とはうらはらに、表情がリヴの気持ちを物語っていた。「わたしもあなたを愛している」

ネイトは彼女を抱き寄せ、肩にかついで寝室へ戻りたかった。リヴはそれを感じとった。

「留守のあいだ、お行儀よくしていてね。全裸で髪を乱した白人の男が森を走っているとか、そういう通報を聞くのはお断りよ」

彼はにやりとした。「約束はできないな。だが、もう朝がたは寒くなっているからね」

彼女はスーツケースのハンドルを離してネイトに近づき、両手で彼の首を包んだ。そして爪先立ちしてキスした。情熱的なキスだったが、それ以上は続けられなかった。牧場のピックアップが近づいてくる音が外から聞こえたからだ。

「くそ、時間ぴったりだ」

「そうね」彼女はあとじさってブラウスをなでつけた。

スーツケースをキャビンの外へ引っ張りながら、彼はリヴに念を押した。「何度も言わなくていいのはわかっているが、気をつけてくれ。彼らがおれたちを見つけようとしているのを、一瞬たりとも忘れるな。できるかぎり監視の網の目をすり抜けて、話しあった方法でおれとだけ連絡をとるんだ」

「言わなくて大丈夫。信じて、わかっているから」

「それは知っているが」彼はリヴの荷物をピックアップの荷台にのせた。荷台には、干し草数本、からのビール缶二、三個、ミュールジカの脚と腰、干し草を束ねる麻ひもの残りもあった。

「嘘になるわね、テレビの前でだらだらしてピザを頼むのが楽しみじゃないと言ったら。映画を見るかもよ? ほんとうにご無沙汰だもの。そういうものがないとどれほど恋しくなるか、驚きだわ」

「理解はできる」

ピックアップを運転しているのは牧場の従業員ロドリゴ・ラミレスだった。肌が浅黒くて背が低く、夏も冬も麦わら製のゆがんだカウボーイハットをかぶっている。だが、牧場主もネイトも彼がちゃんとやるべきことをやり、口は固いと信じていた。

「飛行機は何時だ?」助手席側のドアを開けてやりながら、ネイトは尋ねた。

「一時半よ。午後の四時半にはニューオリンズに着いている」

デンヴァーまで南下するのに四時間半、チェックインとセキュリティ通過に一時間半かかる。だから、ロドリゴはここに朝六時半に来たのだ。

「お母さんによろしく」ネイトは身を乗りだして、リヴに行っておいでのキスをした。「乗りこえてくれるように祈っているよ」

「あなたは母を好きになると思う。でも、長くはないでしょう。母はそれをわかっていて、覚悟しているの。わたしはまだ心の準備ができていない。だから、行かなくちゃならないのよ」

ネイトがピックアップのドアを閉めると、ロドリゴは出発した。幹線道路へ続く古い轍《わだち》の道が通るアスペンの森へピックアップが消える前に、リヴは振りかえって後部窓から悲しげにほほえんだ。

ネイトはブランケットをきつく体に巻きつけ、ロドリゴの車の音が聞こえなくなるまで待った。それから立ちあがって静寂に耳を傾けた。

ワイオミング州南部のアッパー・ノース・プラット・リヴァー・ヴァレーでは、毎日が違うことを彼は学んでいた。たいていは微妙なもので、寒暖差、湿度の低さ、雲の多さ、大型狩猟動物の昔から変わらない儀式のような動き、牛や牧場用の馬のいる場所などだ。エンキャンプメント川とノース・プラット川のマスにさえそれぞれのリズムと習慣があり、そのことを彼は知ったばかりだった。

しかし、日々の変化が激しいことも多かった。ここは極端な土地だ。極端な風、暑さ、寒さ。七月や八月に目覚めるとにわか雪が降っていることがあり、秋や冬に気温が十五度以上になることもめずらしくはなかった。たとえば昨日は暑いほどで、午前中の川で虫がさかんに羽化したため、マスが餌を求めて熱狂したように跳ねあがり、その音はまるでてのひらを水面に激しく打ちつけているかのようだった。

けさはなにかが違う、とネイトは気づいた。なんなのか、まだはっきりしない。あたりは異様に静かだ。ミュールジカ二頭のあと野生動物を目にしていないし、木から木へ飛び移る鳥も、おしゃべりするリスも川面《かわも》を跳ねる魚もいない。

彼は不安で少し怯えていた。特殊作戦の前によく経験した感覚だ。現実的というより直感的なもの。

ルイジアナで死の床にある母親のもとへリヴが旅立ったことや、彼が見た砂漠の夢だけが理由ではない。

なにか大きなことに自分は直面している、とネイトは感じた。

それが始まりなのか終わりなのか、彼にはわからなかった。だが、あとで別の車が近づいてくる音を聞いたとき、まもなくわかると知った。

3

エルクのステーキと卵の朝食のあと、ネイトはフード付きパーカを着てジーンズと編み上げブーツをはいた。キャビンには自分だけだが、リヴがいないからといってふだんと違うことをしたいとは思わなかった。自由とか解放という感覚はまったくない。すぐにでも帰ってきてほしい――とはいえ、早く帰ってくる理由はリヴの母親の死なのだから、彼は自分の身勝手さと矮小《わいしょう》さを感じた。

夢による恐怖の感覚がまだ残っていたので、出かける前にショルダーホルスターをつけ、左脇下に五〇口径を差した。

タカたちに餌をやったあと、昼前に川へ張りだした枝に登って砂漠の夢を思いおこしてみよう、と思った。ワンショットごとに遡《さかのぼ》るのだ、監視カメラのテープを見るように。もしかしたら、もっと意味を汲みとれるかもしれない。

だが、外のケージの金属ラッチをはずしてハトをとりだそうと手を入れたときも、彼はあのシロハヤブサの意味を考えていた。疑問は次々と湧いてくる。

なぜ銃が二挺あった？

あの夢の場所はどこだ？　アフガニスタンか？　あるいはほかの国？

先導車を運転していた男に見覚えがあったなら、どうやって自分はその男を知った？　名前は？

なぜ、ジョー・ピケットがどこかに隠れているか後方支援してくれていると思ったのか？

そしてなによりも、十八人の怒号する聖戦士《ジハーディ》を相手にどうやって身を守るのか？

タカたちが飼われている禽舎は、キャビンと川岸のあいだの安全なくぼみの中にある。ネイトは杭《くい》を打ち、枠で囲い、迷彩色の緑に塗った厚手の合板で禽舎を造っていた。とがった屋根は積雪に耐える鋼鉄の用材でできている。そこでは三羽の鳥が止まり木の上でバランスをとっている――ハヤブサ、ソウゲンハヤブサ、アカオノスリ。それぞれがひものついた革の頭巾で目をおおわれており、入っていくと彼のほうへ頭を向けた。止まり木にこびりついた白い糞《ふん》の臭いが鼻をつく。

ネイトは長さ五十センチほどの溶接工用手袋を左手にはめ、ぴったりするように歯で引っ張った。ハトは右ひじでしっかりと体に押しつけている。

慈悲をこめてできるだけすばやく、ハトの頭をつかんでぐいとひねりをきかせて振り、首の骨を折って殺した。死にぎわのハトは狂ったように羽をばたつかせ、静かになるまで彼は体から離していた。羽搏《はばた》きが猛禽類の注意を引き、三羽ともじっとしたまま期待をみなぎらせた。

彼はハトを裂いた。床のほこりの上に血が飛び散り、熱い金属的な臭いを放った。一羽ずつ頭巾をはずし、長い革製の足緒を止まり木からほどいた。タカたちが飛べないように足緒を手袋で握りこむと、順番に持ちあげて餌を与えた。

冷酷な手際のよさで三羽は食べた。くちばしで骨を砕き、ハトのかたまりを丸ごと――羽も含めて——飲みこんだ。食道に続く部分がゴルフボールほどの大きさにふくらむのを、ネイトは見守った。餌を食べているあいだ、彼はよく魅入られたようにタカたちとにらめっこをする。タカたちの鋭い黒い目は底なしのようで、長年相対してきてさえ彼らの魂がどこにあるのか、ネイトにはわからなかった。もしタカたちが話せたら、自分についておなじことを言うのではないかと、いつも思っていた。

餌やりがすむと、また頭巾をかぶせて足緒を止まり木の小さな金属の環《わ》に結びなおした。タカたちの餌をとるために、ネイトは一日数時間を費やす。たんぱく質と脂肪が豊富なのでハトが望ましく、あとはカモ、ウズラ、ウサギだ。消化を助ける小さなBB弾ほどの石を肉に隠して食べさせていた。食道に留まった石は、鳥たちの朝食を砕いて消化しやすくする。夜までにはもっと餌が必要になるだろうから、そのときには一羽を連れて狩りに出る。あとの二羽は禽舎の中でハトかカモを食べることになる。一度に全部飛ばすほど信頼してはいないので、毎日ローテーションを組んでいる。いちばん新顔のソウゲンハヤブサは、まだほかの二羽と一緒に狩りはさせない。

狩りのとき、ネイトはハンターというより鳥猟犬《ちょうりょうけん》のようなものだ。タカを放ったあと、地上あるいは空中へ獲物を追いたてるのが仕事だ。

自分の小さな空軍をいっせいに放って、彼らが獲物たちにどんな大打撃をくわえるか目にする日を、ネイトは楽しみにしていた。

アカオノスリの足緒を止まり木に結んでいたとき、遠くから近づいてくるエンジン音が禽舎まで聞こえてきた。北へ五キロ半あまりの牧場主《ランチハウス》の家の方向からだ。

ネイトとリヴが訪問者を迎えることはめったにないので、彼はさっと緊張した。餌やりの前に銃を携帯してきてよかったと思った。

そのときはっきりしたガチャガチャいう音を耳にして、彼はほっとした。

牧場のピックアップはいつも荷台にごみや道具などがごろごろしている。けさのロドリゴの車もそうだった。古い轍の道やでこぼこの砂利道を通るとき、荷台のものはころがってガチャガチャと音をたてる。ピックアップによってのっているものは違うので、それぞれ独特の音がする。このせいで、牧場主やカウボーイが車でどこかにこっそり忍び寄ることはできない。

ネイトは禽舎のドアを閉めて待った。ピックアップはがたつきながら近づいてくる。えび茶色の新型フォードF－250スーパーカブがヒロハハコヤナギの木立を抜けてやってきた。牧場主であるドクター・カート・バックホルツ自身の車だ、とネイトは認めた。

運転台にいるのがドクター・バックホルツ一人でないことはすぐにわかった――ほかに男が二人いる。その事実だけでもおかしい。ドクター・バックホルツはこれまで一度も他人をキャビンに連れてこなかった。しかも、彼は苦しげな表情だった。口をきっと結んでいる様子から、二人の男を伴うのを強制されたのはあきらかだ。

ドクター・バックホルツは子どものころからここで育ち、医学部へ進んでオマハで外科医として成功した。父親が亡くなって牧場へ帰ってきたが、まだ非常勤でカーボン郡立病院で働いている。牧場経営を支えるために診療を続けているのだ、と彼はネイトに説明していた。家族経営の事業のご多分に洩《も》れず、牧場主に土地は豊富にあっても現金はあまりない。たとえ牛肉の値段が上がっても、肉牛飼育と干し草作りでは年間の利益はほとんど出ない。ドクター・バックホルツと妻が牧場で金を稼ぐ唯一の方法は、土地を売却するか、開発業者に区分けするかだが、そんなことをするものか、と牧場主は断言していた。

ドクター・バックホルツは痩せ型で強靭《きょうじん》で、鋭く長い鼻と銀白色の髪が特徴的だ。最初の印象よりじっさいは背が高い。というのも、腰から上をかがめ気味にしてふさふさした白い眉の下から見上げる癖《くせ》があるのだ。博学で不愛想で、〝国はだめになった〟とつねに口にしていた。だから、アウトローと見なされるネイトのような人々に援助と便宜を与えてくれる。

ドクター・バックホルツと同様の考えを持つ人々の小さなネットワークが全国にあり、どんどん増えている。彼らは大規模な一般社会からはドロップアウトしたも同然とはいえ、地域社会にはまだ貢献し、参加している。終末論者やサバイバリストに近いが、危機に際してはお互いやその家族、友人たちに進んで手をさしのべる。彼らにとって、連邦政府と東西海岸のエリートたちは異国の敵も同然だ。ドクター・バックホルツのような人たちといるとネイトは居心地がよく、彼らは交代で避難所とプライバシーを提供してくれる。

ドクター・バックホルツはときどきネイトとオリヴィアに貸しているキャビンまでやってきて、何杯か飲んでいく。いつもいいバーボンを持参してくれた。彼はネイトにこう言ったことがある。「この国は正しい反逆者たちの手で創られた。協調組合主義者やエリート主義者たちが創ったんじゃないし、ましてや政治家どもじゃない。その精神を保ちつづけることに手を貸せるなら、おれは協力する！」

とっさにネイトは一歩下がってヒロハハコヤナギの古木の裏へまわり、五〇口径を抜いた。撃鉄が起きて弾倉がまわるカチッカチッという音を合図に、彼の五感は最大限にとぎすまされた。突然、川の音が大きく聞こえ、ドクター・バックホルツのピックアップの走行音は耳ざわりな騒音になった。ヒロハハコヤナギの苦くほこりっぽい臭いが鼻を突いた。そして目は、医師の隣にすわる男二人の顔にズームして焦点を合わせた。

二人は五十歳前後に見えた。医師の隣の真ん中の席にいる男はきちんとひげを剃《そ》り、きびしい表情をしている。FBI風に短く刈った髪、突き出たあご、黒い角縁《つのぶち》のメガネ。

助手席側のドア寄りのもう一人は、太い眉、スキンヘッド、幅広の鼻、鋭い目。その顔つきは、襲いかかろうと構えたこぶしのように攻撃的だ。

ネイトは銃の照準をスキンヘッドの男の眉間《みけん》にぴたりと合わせた。最初に彼を倒し、中央の男を二発目で殺せる。シングル・アクションのリボルバーを速射するテクニックは、とっくの昔に完璧にマスターしている。大きな反動で跳ねあがった銃を戻しながら、なめらかな動作でふたたび撃鉄を起こす。五発全弾をセミオート並みの速さで、しかももっと正確に発射できる。二・五秒しかかからない。

だが、真ん中の男が医師の脇腹に銃口を押しつけていたら？

ネイトはためらったが、銃は下ろさなかった。

ドクター・バックホルツは速度を落としてエンジンを切った。ピックアップとの距離は二十メートルほどだ。

中央の男が、ネイトに見えるように手のひらをこちらへ向けてゆっくりと両手を上げた。そしてスキンヘッドの男になにか言うと、彼もまた両手を上げた。

ネイトは銃を動かさずに、ピックアップの両側のやぶや木立に動きや音がないか確認した。彼らは二人だけで来たのか？

聞こえるのは、牧場主のピックアップのエンジンが冷えていく音だけだ。

中央の男がまたなにか言って、一瞬後に運転席側と助手席側の窓が下がった。

「これから出ていく」中央の男が告げた。「われわれは丸腰だから、ドンパチの必要はない。きみがその銃でなにができるか、よく知っている。ドクター・バックホルツと奥さんはどんな危害もくわえられていない。そうですね、先生？」

ネイトはドクター・バックホルツを見つめた。心配そうだが、怯えた顔ではない。医師のピックアップにいる男たちが自分を殺しにきたのなら、こんな方法は選ばないはずだ、とネイトは思った。まっすぐキャビンへ乗りつけてわざわざ標的になったりはしないだろう。

「すまない、ネイト」開いた窓からドクター・バックホルツが言った。「こうするよりなかったんだ」

中央の男がスキンヘッドに合図してドアを開けさせた。

「騒ぐことはなにもない」車を降りながら、スキンヘッドはネイトに言った。

「おれは騒がないたちだ」ネイトはスキンヘッドの額《ひたい》に狙いをつけたままだった。「ドアの後ろから出て車の正面に立て。こっちに見えるように両手を上げていろ」

スキンヘッドはうなずいて言われたとおりにした。彼は背が高くがっしりしていた。キャンバス地のサファリ風ジャケットをはおり、下にはボタンダウンのシャツを着て、おろしたてらしいジーンズをはいている。ジャケットにいくつもあるポケットはみなふくらんでおり、ネイトは気にくわなかった。

「上着をぬいで地面に落とせ」

「よごれるじゃないか」スキンヘッドは文句を言った。だが、まだピックアップにいる男を一瞥すると、肩を揺すってジャケットをぬぎ、足もとに落とした。

二人目の男がベンチシートの上で体をすべらせて、スキンヘッドの隣に立った。この男のほうが相棒より背が高く瘦せていた。鍛えたプロフェッショナル然とした雰囲気だ。ぴんとしたチェックのシャツの上に〈ザ・ノース・フェイス〉のダウンパーカを着ている。スキンヘッドと同じく、彼のジーンズもおろしたてのようだ。二人とも土地柄になじもうとしすぎて、かえって場違いに見える。そして二人とも、一目でわかる軍人のたたずまいだ。

メガネをかけた背の高いほうが言った。「ネイト・ロマノウスキ、きみはなかなか見つからない男だな」

ネイトはうなずいた。「そこが肝心なんだ」

「わたしはブライアン・ティレル、こっちはキース・ヴォルク。われわれは何ヵ月もきみを探していた」

「なぜだ?」ネイトは尋ねたが、理由は大いに思いあたる。

「われわれはきみを助けるために政府から派遣されたんだが、すんなりとはいかないようだな」

ネイトは答えなかった。

「率直に要点を言おう」ティレルは続けた。「きみは指名手配されている無法者だ。連邦裁判所で使われる予定の、きみとオリヴィア・ブラナンの起訴状を見たよ。例によって、過剰な罪に問われている。しかし、起訴状にある罪の半分でも立証されれば、きみは終身刑だな」

ネイトはうなずいた。

「では、あんたたちはおれを逮捕しにきたのではないというわけか？」

「われわれはある提案と取引を持ってきた。受けてくれれば、きみとミズ・ブラナン二人の容疑をすべて白紙にできる。もう社会から隔絶して暮らさなくてもいいんだ」

「おれはそういう暮らしが好きなんだよ」

「わかっている。だからきみを見つけだすのはクソむずかしいし、われわれの申し出にきみは大いに興味があるはずだ。ミズ・ブラナンだけでも自由にしてやりたいだろう。起訴状を読んだかぎりでは、彼女の最大の罪はきみを助けたことなんだから」

ティレルは自信満々だな、とネイトは思った。そしてリヴについて彼の言ったことは正しい。彼女が連邦刑務所へ送られるのはネイトには耐えられなかった。

「一緒にドクター・バックホルツの家まで来てくれれば、くわしく説明する」

ネイトは銃を下ろさなかった。「なぜ、ここでいますぐ話せない？」

「いいか」ヴォルクはいらだちを隠そうとしたがむだだった。「われわれが殺す気なら、きみはもう死んでいる。逮捕する気なら、いまごろは拘束されている。だが、ここまで車でやってきたのは、きみは話せばわかってくれるとミスター・ティレルが考えたからだ。わたしならこういうやりかたはしなかっただろうが、責任者は彼だからな」

「なんの責任者だ？」ネイトは聞いた。

「それが話の一部だよ」ティレルは言い、ドクター・バックホルツに向きなおった。「お住まいへ、全員を送っていただけますか？」

4

バックホルツのランチハウスの正面には、連邦政府のナンバープレートをつけた黒のユーコンXLが止まり、男がもう一人いてフロントポーチに立っていた——ティレルたちより若く、髪を五分刈りにしてサングラスをかけていた。ゆるめのジャケットと、ピックアップが近づいたとき身構えたことから、若い男が武装して警戒しているのをネイトは知った。カジュアルな服装とはうらはらに、男は神経を張りつめているように見えた。

ランチハウスは白い下見板張りのつつましい二階建てで、いくつもある納屋や小屋や付属の建物の中心をなしている。そして、新しくした電気設備と配管設備以外は、医師が子どものころと実質的に変わっていない。夏に日陰をつくる樹齢百年のヒロハハコヤナギの木立は、秋には葉を落として骸骨《がいこつ》のような姿になる。地面には丸まった黄色い葉が散り敷き、木立の端を涙形の体型のシチメンチョウの群れがゆっくりと歩いている。

自宅のそばまで来ると、ドクター・バックホルツはバックミラーでネイトと目を合わせて言った。「あらためて、こんなことになってすまなかった」

「気にしないで」ネイトは後部座席から答えた。なによりも、彼は好奇心をかきたてられていた。ティレルとヴォルクは状況しだいでは威嚇《いかく》的にもなれる男たちに見えるが、完璧に自制しているようだ。自分たちの行動やこのあとの提案へのネイトの反応を危惧しているとしても、態度に表していない。二人とも彼に背を向けて前部座席にすわっている。武器を隠しているだろうが、見せてはいない。ネイトはキャビンに武器を置いてくるようにとは言われず、五〇口径は脇の下のホルスターにおさまっている。

二人とも自信があるのか、底知れない愚《おろ》か者なのか、どちらかだ。前者だろうとネイトは思った。

ティレル、ヴォルク、ポーチの男は全員彼にはなじみに感じられた。一度も見たことも会ったこともないが、彼らを知っている。かつて特殊部隊で戦友として、あるいは上官として戦ったたぐいの男たち。

「彼も仲間なのか?」フロントポーチの男を手で示して、ネイトは尋ねた。

「ああ、もちろんだ。それから中にもう一人同僚がいる」

「では、四人か?」

「そうだ」

「ドクター・バックホルツ、ほかにだれか見ましたか?」ネイトは聞いた。

「いや。けさロドリゴが出かけて一時間ぐらいたってから、この四人が現れた。ローラとおれがちょうど朝飯を終えたときだ」

ドクター・バックホルツはユーコンの隣に駐車した。ティレルが医師に言った。「中に入ったら、奥さんを連れて別の部屋へ行くとか、なんなら二人で外へ出て牧場の仕事をしたらどうですか。ほら、フェンスを作ったり孕《はら》んだ牛の面倒を見たり、あなたがたがいつもやっていることを。だが、わたしとミスター・ロマノウスキの話に同席したり、立ち聞きしたりさせるわけにはいきません」

「おれの家なのに、あんたたちだけにしろっていうのか?」ドクター・バックホルツは怒っていた。

「そうしていただきたい。いいですか、あなたと奥さんの安全のためなんです。あなたがたはこの件について知らなければ知らないほどいい。それから、われわれはまもなく出ていきますが、われわれと会った事実は秘密にしておいていただきたい」

脅迫とはいえないな、とネイトは思った。口調には思いやりが感じられた。しかし、ティレルの言葉に裏がないと確信はできない。

「保安官に電話したらどうする?」医師は尋ねた。「なんといっても、あんたたちはおれの牧場に不法侵入しているし、部下の一人を残して妻を家の中に閉じこめた」

ティレルは大きく息を吸ってほうっと吐いた。「ドクター・バックホルツ、あなたはなんでも好きにできる。どうぞ保安官に電話してください。そして、なぜわれわれが来たのか、なぜあなたが牧場に連邦政府の指名手配犯二人を七ヵ月も匿《かくま》っていたのか、説明したらどうです。あなたの望みがこのミスター・ロマノウスキの逮捕と勾留なら、それがいいでしょう。わたしが一本電話をかければ、われわれ四人のよそ者は無罪放免になる。あなたしだいだ」

ドクター・バックホルツはかぶりを振った。

「それとどうか、われわれがあなた、あるいは奥さんを脅迫したとほのめかさないでください、脅迫してはいないですから。われわれが来たとき、あなたは中に入れてくれた。奥さんはコーヒーを出してくれた。彼女はいつでも好きなときに立ちあがって出ていけたんです。信じないのなら、奥さんに聞いてみるといい」

ヴォルクが横から口を出した。「われわれはみんな、立場を同じくしているんです」

「ほんとうに？」ドクター・バックホルツは懐疑的だった。

「ほんとうです」

「わかった、わかったよ。ネイト、きみはこれでいいのか？」

ティレルとヴォルクはネイトのほうを向いた。

「彼らの言い分を聞きますよ」彼は答えた。

「いい答えだ」ヴォルクは言った。

フロントポーチにいた五分刈りの男が、階段を上るネイトに近づいてきた。男がサングラスを額に上げ、目を輝かせて見つめてきたので、ネイトは立ち止まった。五分刈りの男は手をさしだした。

「ネイト・ロマノウスキ、会えてほんとうに光栄です。あなたのキャリアをずっと追いかけてきた」

「おれにはキャリアはない」ネイトは相手の手を握った。

「大義、と言うべきだった」五分刈りの男はにやりとした。

「おれにはそれもない」ネイトは答えた。

「敵味方のエール交換はそのくらいにして、入ろうか？」ヴォルクが促した。

ティレル、ヴォルク、ネイトはキッチンテーブルの前にすわり、ドクター・バックホルツとローラは二階の書斎へ向かった。階段を上る前に、ドクター・バックホルツは振りむいて、これが最後になるかのようにネイトを見た。

そうなるかもしれない、とネイトは思った。「大丈夫です」彼は牧場主に声をかけた。

夫婦が二階へ行ってドアが閉まると、ティレルは言った。「始めようか？」問いかけというよりは宣言だった。

ネイトはうなずいた。

ティレルは手を伸ばしてテーブルの中央に置かれたノートパソコンを開いた。「安定したＷｉ－Ｆｉ環境が必要なので、ここで話すしかなかったんだ。きみのところにないのはわかっている」

「その点は正しい」

「固定電話も携帯も、それを言うなら外界とつながるどんなものもない」ティレルは続けた。「クレジットカード、ローン、サブスク、許可証、税務書類……」

「社会保障番号はあるぞ」ネイトはゆがんだ笑みを浮かべた。

「きみは一度も使ったことがない。われわれは番号を知っているがね」

ヴォルクが言った。「516－33－3118。識別コードはモンタナ」

ネイトは眉を吊りあげた。ヴォルクが口にした番号は合っていた。

「われわれはおそらく、ほかのだれよりもきみについて情報を持っている」ティレルは言った。「そしてポーチにいる同僚と同じく、賞賛すべき点が多々あると考えているんだ。きみの特殊部隊時代は……特別だ。一緒に戦ったことのある人間たちは全員、きみを激賞しているよ、説得して話を聞けた場合はね。極秘作戦におけるきみの任務評価はみごとなものだ」ティレルは一瞬ためらった。「しかし、〈ペレグリンズ〉の一員になって以来、きみは独自の方向へ進んでしまった、そうだろう？」

ネイトは答えなかった。

〈ペレグリンズ〉はいかなる公式な認可もなく政府のために動く秘密の襲撃チームだった。任務が失敗しても、おおやけに責任をとれる者はだれもいなかった。なぜなら命令系統はトップシークレットだったからだ。当時、ネイトと同僚たちは〈ペレグリンズ〉の存在を知る人間はワシントンに五人もいないとわかっていたし、それがだれなのか彼は知らなかった。だが、チームはめったに失敗しなかった。

〈ペレグリンズ〉の特殊な立場は指揮官のジョン・ネマチェクを慢心させ、その結果、襲撃チームは完全に崩壊した。それは仕方のないことだとネイトは思っていた。なぜならネマチェクに裏切られたからだ。のちに、彼はかつての上官を殺した。

ティレルは続けた。「この七ヵ月間、きみは鮮やかにわれわれのレーダーをかいくぐってみせた。昨今、それはだれにとってもなみたいていのことじゃない。だから、見つけるのにこんなに長くかかってしまった。知るかぎり、きみは一度も電話をかけず、ネットに接続せず、メールもメッセージも送信していない。クレジットカードなどは言うに及ばずだ。銀行口座も持っていない。あきらかに、所得税を払っていないな」

「収入はなかった」ネイトは言った。

「それでも申告はしなければならない、わかっているはずだ。だが、われわれは国税庁の代理で来たわけじゃない。とにかく、きみはわれわれが国内で追ってきただれよりも巧みに、木が森にまぎれるように隠れていた。われわれは全米の監視カメラにアクセスできるが、一度もヒットしなかった。カメラのある公共もしくは私有の場所に一度も姿を現さないのは、不可解だったよ」

「公共もしくは私有？」

ティレルはにやりとした。「すべてにアクセスできるのさ。牛乳一パックを買いにコンビニへ行っていれば、こっちはわかった」

「顔認証ソフトウエアだよ」ヴォルクがつけくわえた。

「じゃあ、どうやっておれを見つけた？」ネイトは聞いた。

「残念ながら、オリヴィア・ブラナンは先月二、三度電話をかけなければならなかった、そうだろう？」ティレルは気の毒そうな口調で言った。

ネイトは理解した。母親が危篤だと知ったとき、リヴは車で町へ行ってルイジアナ州にいる母親と医師たちに電話した。ワイオミング州の小さな町サラトガに唯一残っている公衆電話と、雑貨店とコンビニで借りた電話から。

ネイトは言った。「プラット・リヴァー・ヴァレーからかけられる電話すべてをモニターしているのか？」

ティレルは答えた。「ミスター・ロマノウスキ、われわれは全米のすべての通話をモニターしている。このあたりに集中する必要はなかった。どこであれ、見られるし聞けるんだ。知っているものとばかり思ったよ」

「あんたたちはどこの所属だ、国家安全保障局か？」

ティレルとヴォルクは視線をかわした。

「というわけでもない」ティレルは言った。

「だったらどこだ？　全身から連邦政府の臭いがぷんぷんするぞ」

ヴォルクは尋ねた。「そこまであからさまか？」

「ああ」

「われわれも髪を伸ばしてポニーテールにして、タカを飼うべきかな？」ヴォルクはティレルに言った。「そうすれば、ＦＢＩみたいに見えないんじゃないか？」

「かもな」ティレルは答え、ネイトに向きなおった。「われわれについて説明しよう。あまり気の進まないところまで話すのは、信頼関係を築くのが重要だからだ。くわしい背景がわからなければ、きみは協力しない気がする」

ネイトはうなずき、目の前の二人への怒りを抑えようとした。

「祖国を愛しているか、ネイト・ロマノウスキ？」ティレルの質問は真剣だった。

「愛している」真剣な答えだった。

「政府を愛しているか？」

「それは別問題だ」

「ＦＢＩ特別捜査官スタン・ダドリーとこの春かわした合意書を読んだよ」ティレルはパソ

コンの画面をタップした。「きみを連邦政府による監禁から解くためのかなりの数の条件に、同意しているな。合意書をかわした相手は事実上連邦政府だ」

ティレルは画面に指先を走らせながら読んだ。

「たとえば、つねに行動を追跡できるようにデジタル・モニターを身につけることに同意している」ティレルは画面から目を上げてネイトを見た。

「病院で外されるまで身につけていた。その合意書には、おれが新しいものをつけなければならないとは書かれていない」

「解釈の問題だな、まあいい、よしとしよう。次に、きみは毎日携帯でダドリー捜査官に電話することに同意している」

「ショットガンで武装した男二人に待ち伏せされたときに、壊れたよ。ＦＢＩは別のをくれなかった」

ティレルは微笑した。「やはり解釈の問題だが、こちらの弁護士によればきみの言い分には正当な根拠があるそうだ。これはどうかな、〈本人は、ウルフガング・テンプルトンと彼の犯罪ネットワークに関する連邦政府の捜査に協力することに同意する。本人は、司法省の要請があれば法廷で宣誓することに同意する。本人は、司法省の命によりウルフガング・テンプルトンに関するいかなる地域の工作にも参加すること、当該捜査のあいだ犯罪訴追手続きのために工作員として働くことに同意する〉」

「彼の裁判があったという話は聞いていない」

逮捕される前、ネイトは友人のジョー・ピケットからテンプルトンに不利な証拠を政府に提供するように、説得されていた。テンプルトンはワイオミング州ブラックヒルズにあった牧場を根城にして、ハイクラスの暗殺請負組織を動かしていた。ネイトはテンプルトンに雇われて自分では高潔な仕事と信じて手を下していたが、そうではないとわかった。ネイトが背《そむ》いたあと、テンプルトンは自家用ジェット機で逃亡し、まだ居所もつかめていないし逮捕もされていない。

「これはテンプルトンが関係しているのか？」ネイトは聞いた。

「いや。ＦＢＩは彼を捕まえたがっているし、そのための政治的圧力もかかっているが、これとは無関係だ。われわれが来たのはウルフガング・テンプルトンがらみではない。率直に言って、個人的な意見としては彼がおかした殺人の多くはもっともだと思うよ。法の網をすり抜けていた最低のやつらを何人か、殺してくれた」

ネイトはかぶりを振った。「あんたは変わった役人だな、それは間違いない」

ティレルは肩をすくめ、さらに合意書の内容をスクロールした。「きみは銃を携行する権利を放棄するという条項にサインしている」

「あれはおれのミスだった。ダドリーは本気でおれをおとりとして差しだそうとしていた。おれを丸腰にしたかったのは、おれを追ってきたときテンプルトンがみずから現れてＦＢＩ

が捕まえられると考えたからだ。ダドリーが仕掛けた罠だよ。ただ、その点が違うやつらに有利に作用した。反撃する方法もなく、おれは奇襲を受けた。その条項は、憲法で保障されている銃を持つ権利に反しているし、おかげでおれは殺されかけたんだ。おれは有罪になった重罪犯じゃなかった。あれは不当だ」

「たしかに、この種の合意書では異例の条項だ。しかし、じっさいのところ、きみはサインしている」

「サインした、だがするべきではなかった。誇れることじゃない。とはいっても、連邦政府の監禁から逃れるためなら、あのときはどんなことにでも同意しただろう」

「つまりきみとしては、合意書のどの条項に実際に従うか、決める権利が自分にあると考えているわけか？　同意できる条件にだけ自分は縛られると？」

「正しいことと間違っていることの違いはわかる。自衛手段なしのおれをおとりとして差しだすのは間違っていた」

ティレルは画面から指を離し、テーブルの表面をつついて要点を強調した。「では、ミスター・ロマノウスキ、なにが正しくなにが間違っているかについての自分自身の規定がほかのなにものにも優先する、ときみは考えるのか？」

「この場合は、そうだ」

「なるほど」ティレルはすわりなおした。

「あんたは二つの条項を抜いた」ネイトは言った。「その合意書で、ルーロンが知事でいるあいだはワイオミング州でいかなる犯罪もおかさないという彼の要請に同意した。そしてそれを守った」

ヴォルクは驚いてティレルを見た。「知事が実際そんな条件を出せるのか？」

ティレルはぎょろりと目玉をまわした。「きみはスペンサー・ルーロン知事を知らない。彼はなにを言いだすかわからない男で、昔ブッチ・キャシディと知事が同じ取引をしたという事実を見つけだしたらしい」

「そしておれはそれに従っている。〝名誉を重んじる無法者〟に対しての申し出だったようだ」ネイトは言った。「ダドリーはまた、ジョー・ピケットと彼の家族に接触しないと約束させた。それにも従っている」

触れないでおいたのは、最後にネイトがピケット一家と遭遇した折に起きた出来事だった。モンタナ州ビリングズで、当時昏睡《こんすい》状態だったエイプリル・ピケットに迫っていた危機を彼は阻止した。だが、文字どおりの意味で〝接触〟はしていない……

ネイトは続けた。「話はもういい。あんたはある提案を持ってきたと言った。提案を出さないなら、おれを放っておいてくれ。あんたたちが連邦政府のどこに属しているのかさえ、こっちは知らないんだ」

「ワシントンのすべての連邦政府の部局から、数百人が集められた。それがわれわれだ」ティレルは言った。「国家安全保障のための影の政府の一部だ。われわれは〈ウルヴァリンズ〉

と称している、映画の『若き勇者たち』に出てきたレジスタンス・グループにあやかってね。ほら、民主主義を守るためにゲリラ戦術を使って戦う少年たちだよ。自分たちのことしか考えず、直面している脅威を見ようともしない臆病者の政界のお偉方から、われわれは祖国を守ろうとしている。きみが手助けしてくれないかと期待しているんだ」

ネイトは言った。「おれ向きじゃない。政治的意見はないんだ。ただ、自分の人生を生きて放っておいてもらいたいだけだ」

「立派な政治的意見じゃないか」ヴォルクが言った。「ようこそ〈ウルヴァリンズ〉へ」

「〈ウルヴァリンズ〉はどんな政党とも関係ない」ティレルは説明した。「わたしが民主党員でこっちのヴォルクは頑固でガチガチの共和党員だと言ったら、驚くだろうね。二人の意見が合うことはあまりないが、一つだけ同意できるのは国家安全保障を維持することだ。国内および国外の敵によって、祖国が危険にさらされているのはわかっている。われわれを隷属《れいぞく》させるか殺したがっている連中がそこいらじゅうにいるんだ。それなのにいわゆる指導者層は、規則のない世界で規則に従わなければならないと考えている」

「それがおれとなんの関係があるのか、わからないんだが」

ヴォルクが身を乗りだした。「ブライアンが言いたいのは、われわれはあらゆる部局から集まっているので、ことを起こせるということだ……そしてことを片づけられる。政府はあまりにも巨大で管理しにくく、あがきがとれない。ワシントンの〝リーダーシップ〟なしで独力で事態を掌握しなくてはならないと、〈ウルヴァリンズ〉は知っている。それができたら、われわれは国内の政策論に戻れる。だが、できなかったら終わりだ」

「まだ、おれとなんの関係があるのかわからない」ネイトは言った。

「FBIとほかのいくつかの法執行機関が何年もきみを追ってきた」ティレルは言った。「そうしたいと思えば、われわれはすぐにでもきみを彼らの手に渡せる。オリヴィア・ブラナンも同様だ。だが、そうはしたくない。きみに対する連邦政府の告発をすべてなしにしたいんだよ。国家安全保障局、CIA、国防総省、司法省、FBIの内部に卓越した〈ウルヴァリンズ〉がいる。大統領顧問団にさえ秘密のメンバーが二人いるし、大統領の国家安全保障チームにもいる。全員が協力して、ことをどうなすべきかわかっているんだ。

きみはもう標的ではなくなる。じっさい、どんな連邦法執行機関のデータベースにも存在しなくなる。スタン・ダドリー捜査官がきみのファイルを探しても、サーバーから削除されているのを知るだろう」

「で、あんたの話を信じるべき理由は？」

ティレルはため息をついて何度かパソコンの画面をタップした。それから、ネイトに見えるようにパソコンの向きを変えた。

最初ネイトには、広大なヤマヨモギの平原を通る二車線の舗装道路を上から見たグーグルマップにしか見えなかった。静止画像のようだ。

「いまズームインする」ティレルは言った。

すぐに、道路を走るピックアップの屋根と荷台にのっているものが映った。ほかに車の姿はない。以前に何度となく目撃した、ミサイルに襲われる直前の敵の車両か車列を思い出した。次の瞬間、ピックアップがロドリゴのものだと気づいた。

「オリヴィアがあれに乗っている」ネイトは怒りがこみあげるのを感じた。

「デンヴァー空港へ向かう途中だ、間違いない」ティレルは言った。「ずっと彼女を監視している。空港でチェックインする映像も入るだろう。そして、ニューオリンズ空港に到着し、そこから出ていく映像も」

「では、これは脅迫だな」

「まったく違う」ティレルは気分を害したようだった。「きみにこれを見せているのは、政府の持つ最優秀の監視システムにわれわれはアクセスできると証明するためだ。これを見せているのは、ほらを吹いているのではないのを知ってもらうためだ」

ほらだろうとなんだろうと、ネイトは激怒していた。すわりなおすと、ティレルをにらみつけた。テーブルの向こう側へ飛びかかって首を引きちぎってやりたかった。以前なら、そうしていた。どこの所属であろうと、ネイトはティレルやヴォルクのような強引なやつらが嫌いだった。だが、もはやこれは自分だけの問題ではない。オリヴィアのことを考えなければば。過去のおこないのせいで、彼女を巻きこむわけにはいかない。こいつらが望むものがなんなのか聞かなければならない借りが、彼女に対してある。

じっさい、自分に選ぶ余地があるとは思えなかった。ネイトは歯をくいしばった。「リヴとおれの容疑を抹消するかわりに、なにをしろというんだ?」

「わかってきたらしいな」ティレルはうれしそうに微笑した。

ヴォルクが言った。「ダドリーと交わしたような書面は期待しないでくれ。われわれは書いたものは残さない。書くと記録になるからな。記録も残さないんだ」

「わたしの名前がほんとうはブライアン・ティレルではなく、彼もキース・ヴォルクではないと聞いても、きみは驚かないだろうね」ティレルは言った。「われわれの本名はどうでもいいし、組織もどうでもいいんだ。しかし、申し出はぜったいに確実だ。きみは任務を完遂し、われわれはきみが干渉されずに暮らせることを保証する。きみたちを有罪にするために集められたデータは抹消される。それに、きみは愛する祖国を救い、われわれの自由と生きかたを守る手助けをすることになるんだ」

二人の男は黙った。ネイトの答えを待っている。

たっぷり一分間の沈黙のあと、彼は尋ねた。「どうしておれなんだ、政府のいたるところに人材がいるというのなら?」

「理由はたくさんある」ティレルはテーブルの表面を人差し指でたたきながら挙げていった。

「一つ、きみには特殊作戦における傑出した経験がある。二つ、双方とも賭けているものは大きいから、きっと合意に到達できる。三つ、きみは西部山岳州地帯（ロッキー山脈を擁する）を知っているし、土地に慣れている。われわれのようなよそ者と間違われることはない。それに、きみは無名の存在じゃない。ドクター・バックホルツのようなある種の人々は、きみの評判を知っている。われわれには、ほかに指名できるそういう信用のある存在がいないんだ」

「きみは人殺しのできる自由論者の国民的英雄ってわけさ」ヴォルクがにやにやした。

「いまの言いかたは気にくわないな」ネイトはティレルのほうを向いた。「話はそれで全部か？」

「いや。いちばん重要な特質を抜かしたままだ。きみはタカ狩りの達人だ。信じられないかもしれないが、どのポジションにも、〈ウルヴァリンズ〉のメンバーでタカ狩りに通じている者はいないんだ」

「なぜそれが重要なんだ？」

「説明しよう」ティレルはノートパソコンの向きを戻して、別のファイルにアクセスした。

「だがまず、きみはレッド・デザートでタカ狩りをしたことはあるか？」

「レッド・デザート？　このワイオミングの？」

「ほかにどこが？」

「ワイオミングの？」

「われわれは可能性のあるテロ活動を全五十州で追っているんだ」

ティレルは手を伸ばしてテーブルの表面を指でたたきながら、一語一語を強調した。「全、五十州、でだ」

この男たちといかなる関係も持ちたくないとネイトは思った。だが、自分は彼らにとりこまれた。それはわかっていた。

5

その日の夕暮、エンキャンプメント川の岸から張りだしたヒロハハコヤナギの枝に腰かけたとき、下の川では小さな羽虫が渦《うず》を巻くように湧いていた。密集しているので、薄い煙のように見える。水面下のブラウン・トラウトも羽虫に気づいた。マスたちは一匹また一匹と跳ねては、川面に近い虫を捕えた。餌をとるときマスはほとんどさざ波を立てないが、ネイトのいる高みからは、開いた口を少し上に向けて川底から浮上してくる魚影がはっきりと見える。虫を呑みこむマスたちは、自然のエンジンの中でゆっくり動くピストンのようだ。
七頭のミュールジカの群れ――牝《めす》三頭、仔《こ》三頭、大きいが用心深い牡一頭――が対岸の木立とやぶを静かに移動してきて、やがて並んで川の水を飲みはじめた。群れは一度もネイトに目を上げず、彼も動いたり音をたてたりしなかった。ピチャピチャと水を飲む音が聞こえる。

エンキャンプメント程度の小さな川でさえ、ワイオミングのような雨の少ない山国では絶対的な命の源《みなもと》になっていることを、ネイトはしばしば考える。水を見つけろ、そうすれば命をつなげる。

上流にいるビーバーが尾で水面を叩き、シカたちは頭を上げた。その音にはネイトもぎくっとして、自分がいかに神経質になっているか、あらためて悟った。むりもない。今日は悪夢で始まり、ティレルとヴォルクの登場でさらにおかしな展開になった。目が覚めてすべてが熱に浮かされた夢だとわかるのではないかと、ネイトはなかば期待していた。

だが、違った。たしかに起きたことだった。

そして明朝、彼はタカたちと備品を百六十キロほど西のシエラマドレ山脈の向こうへ運ぶ。砂丘、岩石丘、岩柱、峡谷、荒涼とした風景の広がる二万三千平方キロメートルの異様な地形、レッド・デザートへ。そこには水はほとんどない。

「彼の名前はムハンマド・イブラーヒーム」ティレルはノートパソコンの画面を示した。「来月二十九歳になる。サウジアラビア王国の駐米大使の長男として、ワシントンDCのジヨージタウンで育った。生まれたのはジェッダだが、五歳のとき父親に連れられてわが国へ来たんだ。ヴァージニア州の私立学校に通って、優秀な成績をおさめた。ハイスクールの最高学年のときには、フットボールで全米ナンバーワンのプレースキッカーと目されて、何十もの大学から奨学金の申し出があった。しかし残念ながら、大学進学の前の夏、母親と運転手とともに交通事故に遭い、ひざを砕かれてしまったんだ。

フットボールをあきらめて、イブラーヒームはミシガン大学で学士号、南カリフォルニア大学アネンバーグ・スクール・フォー・コミュニケーション・アンド・ジャーナリズムで修士号をとった。両方の大学で、彼は大学新聞に記事を書き、自治会にも参加していた。われわれが調べたかぎりでは、人気者でみんなに好かれ、才能にあふれた学生と見なされていた。四つの言語を流暢《りゅうちょう》にあやつる、英語、フランス語、スペイン語、アラビア語。ムハンマドではなく〝イビー〟と呼ばれていた。敬虔《けいけん》なイスラム教徒と考えられているが――父親が大使なのだから、そうあってしかるべきだよな――彼は厳格なほうではなく、宗教的な見解はあきらかに過激ではない。いわゆる穏健な、というより世俗的なイスラム教徒だ、信者の大多数と同じくね。

南カリフォルニア大学でたくさんの記事や特集を執筆し、そこにはイスラム過激思想はかけらもない。信じてくれ、われわれは全部読んだんだ。むしろ、彼はことさら宗教的あるいは政治的なテーマを避けていた。そして、スポーツライターとしては大したものだった」

た。

「いかにもアメリカ的な青年というわけだ」ヴォルクの口調にはかすかな冷笑が含まれていた。

イブラーヒームの写真はこれまでのティレルの話のすべてを裏付けている、とネイトは思った。イブラーヒームは黒髪で肌は浅黒くハンサムで、気さくだが自信に満ちた笑みを浮かべている。目は温かみがあって知的だ。写真では、南カリフォルニア大学のフード付きパーカを着て、フットボールの試合の行きか帰りらしい十人以上の学生たちに囲まれている。南カリフォルニアのよく晴れた日で、背後にはヤシの木と抜けるような青空が写っている。金髪のかわいらしい女子学生二人が彼の肩に手を置き、イブラーヒームは自分の幸運が信じられないというような顔でカメラに目を向けている。黒い巻き毛が陽光にきらめいている。

「卒業後すぐ、通信社に海外特派員として採用された」ティレルは続けた。「人脈と言語能力が買われたのはわかるだろう。彼は世界中をまわって記事を書いた。ヨーロッパ、ロシア、アルゼンチン、中国。グーグルで検索すれば、彼の署名記事が何百も見つかるよ。最後のころの発信地はサウジアラビア、イエメン、シリアだ。そのあと……記事は出なくなった。六年間、イブラーヒームは世界一よく働く記者だったのに、姿を消してしまったんだ。電話もなければメールもメッセージもなに一つ送られてこなくなった」

ネイトは眉をひそめた。

「そうだ」ヴォルクが言った。「そこでわれわれが関心を持ったのはわかるだろう。そのあとこれが見つかった」ヴォルクは画面をタップしてパソコンをネイトに向けた。画面には、モスクらしき建物の外に集まって話している五人の男のモノクロ写真が映っていた。四人はローブ姿だが、一人は違った。

「この男たちはイエメンのよく知られたアルカーイダの戦闘員だ。二年前にドローンで撮影されたが、当初は見過ごされていた。右側にいる男を見てくれ」

西欧の服装のすらりとした男はカメラに背を向けているが、ほかの四人を見ている顔の四分の一ぐらいは目視できる。ネイトはかぶりを振った。はっきり見分けるには、写真はぼやけすぎている。

ヴォルクは言った。「確定できないのはわかっている、しかし彼かもしれない。少なくとも背格好は合っている。当時彼がイエメンにいたのは把握しているんだ」

ティレルがそのあとを引きとった。「シリア、イラク、イエメンなど、イスラム国《ISIS》の支配地域に滞在後、帰国したアメリカのパスポートを持つ国民全員をチェックする、非公式かつ公式の指針があってね。

そこで捜査官二人がイブラーヒームの家族を訪ねたんだが、うまくいかなかった。じっさい、長男の安否確認のため自宅に現れたＦＢＩ二人に対して、大使は公式の苦情を申し立てた。ただの苦情じゃなかった——直接大統領に訴えたんだ。じつは中東で極秘の反テロリズム戦略を実施するべく、わが政権はサウジアラビア王国と緊密な連携関係にあると判明した。

イビーの父親である大使は、その主要なパイプ役なんだ。大使はFBI捜査官たちにハラスメントを受けたと主張し、彼らはそのせいで失職したよ。大使はあきらかにきわめて特別な外交官なんだ」

ヴォルクが鼻を鳴らしてすわりなおした。「気の毒なFBI二人は、なんでそんなことになったのか、ぜったいに知ることはないだろうな」

ネイトは尋ねた。「イビーは家にいたのか？」

ティレルとヴォルクはまた視線をかわした。「家族の話では、所在はわからないそうだ。イビーが完全に社会と縁を切ったのには理由がある。彼は発見されたくないんだ」

「気持ちはわかるね」ネイトは言った。「だが、この話のなにがおれと関係しているんだ、それにおれを見つけだすのがどうしてそこまで重要なんだ？」

ティレルは答えた。「なぜなら、近々テロが計画されていることを匂わせる会話《チャター》が海外で傍受されたからだ。だれがかかわっているのか、いつ起きるのかはわからないが、われわれは大規模テロと考えている。そして実行されるのは、だれにとっても予想外のこの西部山岳州地帯のどこかと推定されている。どこにいてもだれも安全ではないと、連中は示したいのさ」

「その手のチャターはいつだってあるんじゃないのか？」ネイトは懐疑的だった。

「ああ。その中から本物を見つけるのは、消火栓から一口の水を飲もうとするようなものだよ。だが、これは信憑性が高いとわれわれは信じている」

　ティレルはいったん黙り、ノートパソコンの画面に別のファイルを開いた。

　そのあいだにヴォルクが口をはさんだ。「それに、これにはただのチャター以上のものがあるんだ。この地域ではほかにもいろいろ起きている。州間高速道路八〇号線沿いのトラックサービスエリアで、運転手が離れているあいだにトレーラートラックが二台盗まれた。油田設備の機器や銅管の大規模な盗難が少なくとも三回あった。大きなスポーツ用品会社の倉庫に何者かが押し入って、サバイバル用品と武器を持ちだし、盗んだものはあきらかに特定の目的を示唆《しさ》しているんだ。テント、発電機、ハイパワー・ライフル、弾薬、フリーズドライの食料、迷彩服」

「で？」

「いま挙げた犯罪、それに、うちの工作員が同時期にチャターから拾ったある単語やフレーズを照合確認した内容。こっちで窃盗がおこなわれた数時間後、ヨーロッパと中東の悪党どもがトレーラートラックや電子機器について話していたんだ。点と点をつなぐ情報はじゅうぶんではない——だが、つながるべき点があるのはわかっている。だからここにわれわれが、そしてきみがいるんだ」

　ティレルはまた画面をネイトのほうへ向けた。映っているのは、砂漠で鳥を飛ばしている鷹匠らしき男で、衛星かドローンで撮影されている。ティレルがズームインし、ネイトは身を乗りだした。

写真の男は頭上でおとりを振りまわしていた。ひもに鳥の羽を結んだもので、空中のタカの注意を引き、呼び戻すために使う。写真の最上部には襲撃にかかるタカのぼやけた姿が捉えられている。

その鷹匠はイビーによく似ていた。

「これが撮られたのは二ヵ月前、ここから百五十キロほどのところだ」

ネイトはこの展開を予想していた。「では、イビーはタカ狩りをやるんだな」

「子どものころからだ」ティレルは若いイブラーヒームの写真を次々と画面に出し、一緒のタカは、チョウゲンボウ、アカオノスリ、ソウゲンハヤブサ、ハヤブサ、オオタカと移り変わっていた。「きみはよく知っているだろう？　中東の王族がタカ狩りに熱心なのを」

ネイトはうなずいた。

「きみには、彼を探る上でほかのやつにはないチャンスがある」ヴォルクが言った。「鷹匠同士なんだ。彼のもくろみがなんなのか、行方不明になってからなにをしていたのか、調べてほしい。そしてもちろん、このさし迫った脅威に加担しているとわかったら、われわれに知らせてくれ」

ネイトは一瞬目を閉じ、ふたたび開けたときには怒りが再燃していた。「あんたたち、あんたたちは頭がおかしい、おかしい」

「どういう意味だ?」ティレルの首筋が赤く染まった。

「鷹匠は孤独を好む。そこが大きな魅力なんだよ。本物の鷹匠なら、生涯をタカ狩りに捧げる。やること全部がタカたちと狩り中心になる。仲間とつるむような社交的な人種じゃないんだ。そんなのは、おれたちが信じるものすべてに反している」

「おいおい、よせよ」ティレルは勢いこんで言った。「海外のタカ狩り集会について、山のように報告があるんだ。アラブの首長や王族は自家用ジェット機を砂漠へ飛ばし、テントを立て、一緒に狩りをするじゃないか」

ネイトはうなずいた。「そうだ。そして年に一、二度しか飛ばさないタカを何千ドルも出して買う。だが、タカ狩りそのものを別にすれば、彼らのタカ狩りの流儀とおれたちの流儀はまったく違う。

こっちでは、おれたちはアウトローの一匹狼だ。社交クラブみたいに集まったりしない。たまに会えば、議論したり競ったりするだけだ。農民や牧場主のようなもので、意見が合うことはあまりない。おれたちは独立している。おれたちはア、メ、リ、カ、人なんだ。

イビーはおれと話したがらないよ、おれが彼と話したくないようにな。彼は砂漠でタカ狩りをしていて、ほかの鷹匠に邪魔されたくないんだ。縄張りに踏みこまれたら、怒り狂うだろう。

あんたたちはどうしてそんなに理解できないんだ? イビーは政治や宗教や戦争にうんざ

りして、タカを飛ばすためにしばらくドロップアウトしているんじゃないのか？　自然というのは強力な麻薬なんだよ。いったん足を踏み入れてその美しさと厳しさを受容したら、そこに留まっていたくなる。イビーはタカ狩りをやるために一人になりたいだけじゃないと、どうしてわかる？」

ティレルは答えた。「わからないよ。だから、きみがいるんだ。きみがそれを確かめる」

「あるいは」ヴォルクが冷酷な笑みを浮かべた。「〝美しき自然〟について刑務所の看守たちに何年も語りつづけるかだ。そして、オリヴィア・ブラナンに会うことは二度とないだろう。きみしだいだ」

「いまのはもう少し婉曲な言いまわしもできた」ティレルはとりなそうとした。「ただ、ヴォルクは正しい」

ネイトはどうしようもない絶望感に襲われた。

「もう一つ」ヴォルクは言った。「そしてこれは重要なことだ。きみが捕まったり正体がばれたりしても、こっちはきみのことなど聞いたこともないし、危機から救いだすためになんらかの影響力を使うとは期待しないでくれ。そういう事態になったら、われわれにとってきみは死人だ。きみが〈ウルヴァリンズ〉に頼まれたとはだれも信じない、なぜなら〈ウルヴァリンズ〉が実在すると知る者はいないから。われわれの名前を出してもむだだ」――彼はティレルと自分を示した――「教えた名前は存在しないから。われわれは幽霊なんだ。きみを必要としている理由は、きみが捕まったり正体がばれたりしても、われわれや政権に結びつくことはないからだ。世界情勢はいま混乱をきわめているので、自国の高官の息子にわれわれが目をつけているとサウジアラビア王国に知られる危険はおかせない。そんなことになったら大惨事だ。こっちには大惨事を起こす余裕はない。わかったか?」

「ああ」ネイトは苦々しく答えた。

ネイトは暗闇の中で木から下りた。これから禽舎のタカたちに餌をやらなければならない。ティレルとヴォルクが話したことを信じられるのか? あの二人のことを信頼できるのか? わからない。

だが、二人は彼を見つけ、リヴを追跡している。要求に応える以外、道はなさそうだ。ジョー・ピケットがそばにいて話ができたらと思った。ジョーはしばしば、ネイトを、そして自分自身をも驚かせる知恵を備えている。

ティレルらは最新型の小型衛星電話をネイトに渡した。彼はそれを隠し持ち、ティレルとヴォルクに直接連絡するときだけ使うことになっている。二人の私用の番号はもう登録されている。ティレルの話では、衛星電話には暗号化技術が応用されているので、盗聴されないばかりか通話記録も通話相手も消去されるらしい。

そして、電源を切ってもネイトの正確な位置を知らせつづけるGPSチップが、この電話には埋めこまれているにちがいない。

キャビンの近くで場違いなものの存在を感じとって、ネイトは目をこらした。暗すぎてはっきりとは見えず、樹間から洩れる月光があたりをぼんやりと照らしているだけだ。星々が地上を明るくするほどには、闇はまだ濃くない。ネイトは銃を抜いて脇に持ち、木から木へと静かに移動した。

視界に捉えたのは禽舎の屋根の上の白いおぼろな影だ、と彼は気づいた。

近づくにつれて、シロハヤブサがはっきりと見えた。夢に出てきたシロハヤブサ。

鳥は頭をこちらへ向け、彼らは目を合わせた。

けさ見たのは悪夢ではなく、前兆だったのかもしれないとネイトは悟った。

第二部　逃げた熊

カナダに近づけば近づくほど、馬はなにかにとりつかれる。
——トマス・マッゲイン脚本の映画『ミズーリ・ブレイク』より

6

四十七歳の誕生日の午後遅く、ワイオミング州猟区管理官ジョー・ピケットは緑色の狩猟漁業局のピックアップでビッグホーン山脈の東側斜面をわが家へ向かっていたが、緊急の連絡が入って引きかえさなければならなくなった。

ジグザグの道で急ハンドルを切って、暗い森から光の中へ出たとき、携帯に着信があったのだ。夕日に目を閉じかげんにしながら、彼は画面を見た。ジェシカ・ニコル・ホワイトからだ。この地域で研究をしている、大型肉食動物専門の生物学者三人のうちの一人。

ジョーは車と馬運車を、かろうじて両方が入る道路脇のスペースへ進めた。鞍《くら》を置いた栗毛の去勢馬ロホが、後ろの馬運車の中でバランスをとろうと動くのが感じられた。ジョーを乗せて山の中を一日じゅう歩きまわったあとで、眠っていたにちがいない。ロホは家に帰って外へ出たいのだ。ジョーも帰りたかった。狩猟シーズン開始の第一週なので、朝の四時半から活動していた。

ピックアップのヘッドライトを頼りに暗闇の中でロホに鞍をつけることで、長い一日が始まった。寒さのせいで指は鞍の革のようにこわばり、吐く息は白くなった。半キロほど乗ったあと下馬して歩くことにした。関節のこわばりをほぐし、運動して体を温めるためだ。年をとるにつれて、こういうことが必要になってきた。太陽が上って暗いロッジポールマツの森に朝日が差しこんできてようやく、体が心地よく動くようになった。

最初のキャンプ地で、ウエスト・ヴァージニアから来たエルク・ハンター三人とキャンプファイアを囲み、ベーコン&エッグの朝食をごちそうになった。そのあとはずっと木立の中を大きな輪を描いて進み、狩猟許可証や生息地保全スタンプ（切手に似たもので、ハンターはかならず購入しなければならず、売上げは野生動物の生息地を守るために使われる）をチェックし、狩猟法が守られるように監督した。

ピックアップや四輪駆動の全地形型車両《ATV》を使うよりも、ジョーはキャンプからキャンプへと馬でまわることを選ぶ。森にはちゃんとした道路はほとんどないし、ロホに乗っていれば木立を縫ってかなりこっそりとキャンプに入れる。騒々しく登場して密猟者を警戒させたり、狙われているエルクを驚かせたりする理由はない。狩猟漁業局としては、ハンターたちがたくさん獲物をとってくれるのは大歓迎だった。エルクの数がどうしようもないほど増えすぎているからだ。

だが馬に乗っていると、ハンターがジョーの馬を木立にいるエルクやムースと間違えて発砲する危険がある。それに、ロホが興奮したとき自分が馬から投げだされる危険もある。ハンターのけがの原因は馬の事故がもっとも多いのだ。

今日はとくになにごともなく平穏に過ぎた。出会ったハンターたちは真剣なスポーツマンばかりで、違反もなく召喚状を渡すこともなかった。ジョーが調べた二十三人のうち、七人がすでにエルクを仕留めていた。大きなエルクは仮処理され、狩猟用の柱から吊るされていた。

どのハンターたちも互いに情報を交換し、エルクがどこにいるか、このあとの天気はどうか、最近このへんで熊や狼が目撃されたか、ジョーに尋ねた。イエローストーン国立公園への狼の再導入とグリズリーの増加は、エルク狩りに新たな影響を及ぼしていた。何十年も昔、ハンターたちの最大の恐怖は、別のハンターに狩猟動物と間違えられて撃たれることか、狩りのさなかにけがをすることだった。いま彼らが心配しているのは、グリズリーに襲われて食べられたり、狼につきまとわれたりすることだ――狼はめったにそんなことはしないが。

駐車スペースは高台になっており、トゥエルヴ・スリープ・リヴァー・ヴァレーの広がりと、遠くのサドルストリングの町の建物や通りを望むことができた。サドルストリングの約十三キロ先にはウルフ山の濃紺の峰と自宅があり、妻のメアリーベスと二人の娘たちがジョーを待っている。ケーキを焼いていないといいが、と彼は思った――何年もやめてほしいと頼んでいるのだ――かわりにモモかリンゴの〝バースデー・パイ〟にロウソクを何十本も立ててくれているといいが。

黄色いラブラドールのデイジーは隣の助手席で丸くなっており、頭を上げるとあくびをした。この牝犬《めすいぬ》も疲れているのだ。

「ジョー・ピケット」携帯電話に応答した。

「ジョー、ジェシカ・ホワイトよ。ＧＢ53に問題が起きたの」

ＧＢ53（グリズリー・ベア・ナンバー53という意味だ）は、この夏にグランド・ティートン国立公園からビッグホーン山脈に迷いこんできた体重二百五十キロの牡《おす》のグリズリーだ。ＧＰＳ装置付きの首輪のおかげで、ブリッジャー‐ティートン森林地帯からアブサロカ山脈、パウダー・リヴァー盆地からバージェス・ジャンクション付近のビッグホーン山脈の頂《いただき》に至るまで、あてどなく歩くこのグリズリーのルートを追跡できた。獲物が豊富な山々の東側斜面を縄張りにしたらしく、この三ヵ月はそこから動いていない。

「どんな問題だ？」

「ハンターとの生物間相互作用《インターアクション》があったかもしれない」

「インターアクション？　英語をしゃべってくれ、役人語じゃなくて」

口調から察するに、ジェシカは動揺していた。「けさ会ったハンターの一人が、送信機を持っていくことに同意してくれたの。わたしたちは一日中彼とＧＢ53の動きを追っていた。

十五分ぐらい前に、二つの位置が一つになったのよ」

「銃声は聞いたのか？」

「いいえ、聞かなかった」

「なにか見える？」

「いまいるところからはだめ。わたしたちは三キロちょっと離れているの……インターアクション発生地点から。あなたの助けが必要。考えているような事態になっていないといいんだけど」

ジョーもそう願った。「これから引きかえすよ。きみはまださっき会った牧草地にいるんだね？」

「ええ、ジョー」

「待っていてくれ。三十分で行く。そのあいだに、通信指令係を通じてサドルストリングのリード保安官に連絡するんだ。捜索救助隊の招集を頼め。武装が必要だと言うんだ、人殺しの熊が野放しになっているのかもしれないから」

「ああ、最悪。こんなことになってほしくなかったのよ」

「うろたえないで。熊の行方を追えるように、画面から目を離すな。そのハンターと連絡をつける手段は？」

「やってみている」ジェシカはいまにも泣きだしそうだった。「彼の携帯に何十回もかけているのに、このあたりは電波状況が悪くて」

「小型無線機をハンターに渡さなかったのか？　そうすれば直接連絡できるだろう？」

「そのつもりだったんだけど……」彼女の声はとぎれてしまった。

ジョーはいったん目を閉じてから開いた。省庁間合同のグリズリー・チームは研究のため、ハンターたちにボランティアを頼んでいる。頼まれたハンターのほとんどが協力する。GPS送信機のほかに、決まりとして双方向無線機も渡されることになっている。あきらかに、研究チームはそのハンターに無線機を渡すのを忘れたのだ。

「GB53はまだそこにいる」ジェシカは言った。「まったく動かない」

「ハンターは動いたか？」

一瞬の間が長く感じられた。「動かない」

口にはしなかったが、ジョーは昔から何度となく聞いてきた格言を思った。餌付けが熊を殺す。

駐車スペースから車を出しながら、短縮ダイヤルでメアリーベスにかけた。

二回鳴ったあと妻が出た。

「どうしたの、ジョー？」その声はそっけなかった。日没が近くなって帰宅が待たれるときに彼が電話してくる意味を、わかっているのだ。

「帰りが遅くなる」

「やっぱりね」

メアリーベスはトゥエルヴ・スリープ郡図書館の館長だ。最近は残業が多かった。カーネギー財団が建てた古い建物を拡張して設備を新しくするために、図書館評議会が一セント売上税（商品が売買されるとき購入者に売上税が課される。税率は州や地方自治体が決定する）を推進しようとしているからだ。可否を問う地元の投票は二週間後に迫っていた。今日は、ジョーの誕生パーティを準備するために仕事を早めに切りあげて帰ってきたにちがいない。正直なところ、もう自分の誕生日などどうでもいいのだが、彼は家族が集うのをいつも楽しみにしていた。

「ごめん。エルク・ハンターが負傷したかもしれないんだ。グリズリーに襲われて」

「知りあい？」

「まだわからない。できるだけ早くまた電話するよ」

「何時ごろ帰れるかわかる？」

彼はバックミラーを見た。ロホが馬運車から顔をのぞかせて同じ質問をしているようだ。

助手席のデイジーも同じだった。

「わからない」

「バースデー・パイを焼いたの」

「ついにか！」

「あなたが帰ってきたときに全部なくなっていないといいけど」

ジョーはくすっと笑った。

「気をつけて」メアリーベスは言った。「熊に食べられないでよ」

「心配するな。おれは痩せていて筋っぽいから」

ワイオミング州には五十人の猟区管理官がいて、バッジナンバーが年功権を表している。ナンバー1のビル・ヘイリーが夏に引退したので、ジョーはいまナンバー20だ。いつものようにジョーの服装は、〈ラングラー〉のジーンズ、編み上げのアウトフィッター・ブーツ、汗じみのある〈ステットソン〉のカウボーイハット、プロングホーンの袖章がついた赤いシャツ。ピックアップは彼の仕事場であり、地図やノートや道具や武器を満載している。

彼には、ほかの猟区管理官とは違う特別な呼称がある。すなわち、〝行政府特別連絡担当〟。つまり、ときおりスペンサー・ルーロン知事に命じられて通常任務外の仕事を引き受けるのだ。ルーロンはジョーを自分の〝カウボーイ偵察員〟と呼びたがり、それは狩猟漁業局局長リーサ・グリーン-デンプシーの不興を買っていた。彼女は自分の部下をほかのだれとも共有したがらないのだが、ルーロンはいっこうに気にしなかった。

ルーロン知事は最後となる二期目をあと数ヵ月残しており、最近ジョーに連絡はなかった。カリスマ性に富み、ときに驚異的な辣腕《らつわん》ぶりを発揮するルーロンが、ひまになったらなにをするのだろう、とジョーは思っていた。また、次の知事も特別な任務を自分に課すのかどうかも気にかかっていた。正直なところ、ルーロン以外の人物のために働く気になるかどうかわからなかった。

次の知事の最有力候補はコルター・アレンで、ビッグ・パイニーで弁護士業を営み、牧場も所有していた。八月、ほかの三人の候補を相手に接戦の末アレンが共和党の候補に選ばれたとき、彼が次の知事になるのは決まったようなものだった。アレンの選挙のスローガンは〈連邦政府をやっつけろ〉で、出馬した共和党のどの候補も同じようなキャンペーンを張っていた。

ジョーは民主党の候補の名前すらよく覚えていない。いわば無党派の民主党員だったルーロンは、その候補をまったく支持も応援もしなかった。ジョーが知っていたのは、民主党の候補は大学教授だということぐらいだ。彼に勝ち目はない。ワイオミング州特有の奇妙な政治状況の中、ルーロンはむしろアレンをひいきにして、選挙がおこなわれる前から大っぴらに政権の移行を手助けしているように見えた。

ジョーの聞いたところでは、コルター・アレンはまだ海のものとも山のものともつかないらしい。ビッグ・パイニーの猟区管理官はアレンと何度か衝突しており、その猟区管理官は彼についてよく言わなかった。アレンはアンチ狩猟漁業局であり、アンチ州政府職員ではないかと、その猟区管理官は疑っていた。ワイオミング州の有権者は、アレンのいかにもワイオミングらしい名前と、彼が元合衆国海兵隊員でハイスクールのロデオ・チャンピオンだった経歴を気に入っているだけなのではないか、とジョーは考えていた。

明日選挙活動でコルター・アレンがサドルストリングを訪問するとき、二人で会うことになるとメアリーベスは言っていた。彼女は図書館のための税金にアレンの賛同を得ようとかけあうつもりなのだ。アレンの側近は狩猟漁業局局長を通して、コルターがジョーと会うのを楽しみにしていると伝えてきた。例によって、ジョーはどんな政治的催しにも行きたくなかったが、同行して妻を支える義務を感じた。政治家として手腕を示せるかどうかはコルター・アレンしだいだ、とジョーは思っていた。州の人口はきわめて少ないので、あらゆる政治活動は個人的になり、一対一で進む。ルーロンのように、民主党もしばしばいつのまにか入りこんでいる。ルーロン知事は人々とつながるすべを心得ているからだ。ルーロンはよく名前を覚え、偏向した政治をしなかった。州の法律が三期までを許せば、ルーロンは七割が共和党員のこの州でまた大勝をおさめたことだろう。

ジョーが約一万三千平方キロメートルあるこの区域の猟区管理官になって以来、アレンは三人目の知事になる。一人目の知事ビル・バドを、ジョーは許可証なしで釣りをした件で逮捕したことがあり、二人目のルーロンとは直接仕事をした。自分が辞めるまでにあと何人の知事が入れ替わるだろう、と彼は思った。

大型肉食動物研究チームは、クレイジー・ウーマン・クリークから一キロ弱の山の牧草地の端を拠点にしている。二台の車を持ち、一台は州のナンバープレートが付いたSUV、もう一台は衛星放送用パラボラアンテナを屋根に搭載し、中には多くの電子機器を備えたパネル・ヴァンだ。チームのメンバーは、リーダーのジェシカ・ニコル・ホワイト、州の生物学者マーシャ・ミード、技術者のタイラー・フリンクだ。今週パトロール中にジョーは彼らと何度か話をしており、チームは自分たちの仕事の目的を説明した。

この二、三年、人間とグリズリーの〝生物間相互作用《インターアクション》〟が目立って増加しているため、アイダホ州、モンタナ州、ワイオミング州は合衆国魚類野生生物局と協力して、なにが起きているのか調査することで合意した。今年だけでも、イエローストーン国立公園で釣り人一人、グランド・ティートン国立公園でハイカー一人がそれぞれ別のグリズリーに襲われて殺された。モンタナ州では三人、アイダホ州では二人が死んでいる。アイダホ州でグリズリーの母子を撮ろうと愚《おろ》かにも近づきすぎたカメラマンを別として、ほかの六人の場合はすべて挑発などしなかったにもかかわらず、殺されたらしい。

狩りの季節になるとまったく新たな問題が生じる。山々はグリズリーの生息地にさかんに入りこむハンターたちであふれかえるからだ——生息地は年ごとに拡大している。つまり、多くの人間はさらに多くの遭遇の機会を意味し、それはさらに多くの血まみれの死を意味する。三州と魚類野生生物局は、グリズリーをいっせいに調査すれば、その行動の新たな解明がなされるのではないかと期待していた。

ジェシカ・ホワイトがジョーに語ったところによれば、早期に発見されたいくつかの事実は研究者たちを驚かせたそうだ。GPS装置付きの首輪が単純だが信頼できる無線送信機にとってかわったおかげで、研究者たちはかつてなくグリズリーの動きを把握できるようになった。接近して追跡するのではなく、どのコンピューターからもどの場所からも衛星技術を使って追跡できるのだ。たとえば、エシルという牝の熊は三年間で四千五百キロ近い距離を踏破していたことがわかった——研究者たちが予想もしていなかった距離と範囲だ。エシルは山々を越え、何度も川を渡り、小さな村々の眠りについた通りを歩き、モンタナからアイダホへ旅していた。モーテルや雑貨店の裏のゴミ箱をあさり、田舎の小学校の校庭のそばの茂みで二晩を過ごしたが、地元民には気づかれていなかった。

ジェシカによればほかのいくつかの発見はさらに不吉で、それらはハンターに関係していた。研究チームは自分たちのGPS装置をボランティアで携行してくれるよう、ハンターたちに頼んでいた。そうすれば、生物学者たちはグリズリーと人間を同時に追跡し、動きを記録できる。複数の事例であきらかになったのは、ハンターが木立の中を移動しているとき、グリズリーが気づかれずにつきまとっていることだった。あるケースでは、無警戒のハンターから約五十メートルまで近づいていた。別のケースでは、ほかの獲物を狙うときと同じやりかたでグリズリーが人間を追っているように見えた。

新たな発見は議論を呼び、それは日ましに大きくなっている。立場によって意見は分裂していた。動物愛護活動家、アウトドア愛好者、生物学者、環境保護論者、狩猟賛成派および反対派、ガイドやアウトフィッター（ガイドを務め、装備も提供する）、スポーツ愛好クラブ。発見について〈ニューヨーク・タイムズ〉が最近掲載した記事は全米のメディアの興味と、ジョーには首をひねるしかない疑問をかきたてた。

グリズリーは以前からこういう行動をしてきたのか、それともこれは最近のことなのか？

最近のことなら、きっかけはなんだったのか？

グリズリーの遺伝的性質に、人間を食料と考えさせるものが含まれているのか？

調査そのものが、人間と大型肉食動物の自然の垣根を壊すことにつながったのでは？

グリズリーと出会う機会を減らすために、人々は森に入らないようにするべきではないのか？

ジョーが牧草地のキャンプに着いたとき、ジェシカ・ニコル・ホワイトとマーシャ・ミードは見るからに取り乱していた。二人はもともとはジャクソンホール支局で働いており、まさにそういう雰囲気だ、とジョーは思っていた。服装や態度に、洒落《しゃれ》たリゾートタウンの虚飾が感じられた。

ホワイトは二十代終わりぐらいで、フリースのベストを着て厚手のジーンズをはき、賢そうに見えるデザインのメガネをかけている。茶色の髪はポニーテールにして後ろで結んでいる。ミードはカウガールで、ブーツをはき、スナップボタンのついたシャツの裾を出し、ロープ・メーカーのキャップをかぶって髪が目にかからないようにしている。二人とも頭がよく学歴のある専門家だ。同時に少し世間知らずでもある、とジョーは感じていた。手の届くところに熊よけスプレーを置いておくだけでなく、研究対象がすぐ近くに来たときに備えて大口径の銃をキャンプに持ちこむべきだ、と彼は強く勧めていた。二人はその忠告が気に入らなかった。

昼間の気温は十度台まで暖かくなるが、日が西の稜線に落ちるとすぐに寒くなる。マツとヤマヨモギの香りが空中に漂っている。まだ秋は深まっていないので、歩くと草が音をたてて折れる。

ジョーが乗りつけて木立と牧草地のあいだに駐車すると、ホワイトが開いたヴァンのドアから手招きした。

「来て、これを見て」彼女は言った。

ミードはヴァンの横に立っており、表情はぼんやりしている。ショック状態のようだ。

ジョーが近づいて帽子をかぶると、技術者のタイラー・フリンクがヴァンの中の椅子の上でそりかえり、ジョーが上体を車内に入れられるようにした。

「リード保安官に連絡したか?」ジョーは聞いた。

「した。ここへ上ってくるまで少なくとも一時間かかるって」ホワイトはいらいらしている様子だった。

「五十五キロはあるんだ。町からここへ来るには一時間かかるよ。それでもじっさい、かなり早いほうだ」

「そのころにはほとんど暗くなっているわ」ホワイトの声は甲高《かんだか》くなった。

「そうだな。おれにそれを見せてくれ」

ジョーは車内にかがみこみ、フリンクが小さなはめ込みデスクの上のパソコンの画面を示した。タイラー・フリンクの髪はくしゃくしゃで、フランネル・シャツは大きすぎる。ビッグホーン山脈ではパネル・ヴァンと同じく場違いに見える最新流行のメガネをかけている。ジョーが初めて会ったとき、フリンクは〝T－フリンク〟と呼んでくれと言い、ジョーは「オーケー、タイラー」と答えた。

画面には、高高度から衛星で撮ったクレイジー・ウーマン・クリーク流域の景色が映っており、そこを二本の線が通っていた。

「赤い線がGB53だ」フリンクは指先を画面にあてた。「密生した森を西から東へ進む熊の動きが見えるだろう」

「首輪が送信してくるのはどのくらいの頻度だ？」

「二十分おきにセットしてある」

「そんなにしょっちゅう?」ジョーの問いかけは懐疑的だった。新しいGPS付き追跡用首輪の大きな問題点の一つは、バッテリーだと知っていた。首輪が送信すればするほど、バッテリーは消耗する。ジョーがそれを知っているのは、研究者たちが無線で〝見失った〟グリズリーについてこぼしているのを聞いたからだ。

「たしかにしょっちゅうよ」ジョーの後ろでホワイトが弁解するように言った。「でも、人間と遭遇する危険があると考えれば、わたしたちは送信を増やす」

「なるほど」

「青い線はこちらのハンターだ」フリンクは別の画面を出して指を動かした。

「彼の名前は?」

「バブ・なんとかだ。ほんとうに、バブ、バブなんだよ」フリンクは薄笑いを浮かべていた。

「バブ・ビーマンだな」ジョーは言った。「知っている。いいやつだ」

バブ・ビーマンはウィンチェスター在住のろくでなしの屋根職人で、何度か薬物所持で逮捕されている。九月一日に、ナゲキバトを規定数以上に狩った罪で、ジョーは彼に召喚状を渡した。決して模範的な市民ではないが、ジョーは研究チームに彼がたんなる被験者ではないと強調したかった――現実の人間なのだ。ジョーが生物学者たちと接した経験では、彼らはときに研究対象の動物の視点で世界を見ており、自分たちの給料となる税金を払っている市民を軽視していた。

フリンクはジェシカ・ホワイトと顔を見あわせた。二人はちょっと考えているようだった。

「それで」ジョーは促《うなが》した。

「バブも西から東へ動いている、湾曲している川の流域沿いに進んでいるみたいに。いま見ている画面はけさ十時ごろだ」

「例のグリズリーは？」ジョーは聞いた。

「ここだ」フリンクは画面を拡大した。

「この時点でどのくらい離れている？」

「二キロ半ほどだと思う。あいだに高い峰が一つと木がたくさんあるんだ。次はこっちだ」

フリンクは次の画面を出した。「十時四十分ごろ」

ジョーは目をこらした。赤い線が急カーブを描いて青い線に向かっている。

「グリズリーはもう四百メートルまでバブに近づいている」

「二キロ半先から、グリズリーは人間の匂いを嗅ぎつけられるのか？」

「ありそうもないけど、不可能じゃない」ホワイトがジョーの背後から答えた。「グリズリーの嗅覚はすごいの。瀕死のムースから約五キロ離れた場所で、グリズリーがまっすぐそちらへ方向転換するのを見たことがある。推測だけれど、その牡は嗅覚器を使っていた」

「鼻か」

「そう」

「なあ、この時刻に銃声を聞かなかったか?」

ホワイトはマーシャ・ミードのほうを向いた。「銃声を二発聞いたと言っていたわよね? 何時ごろだった?」

「十時半ごろよ。腕時計は見なかったけど」

ジョーは尋ねた。「こういうグリズリーたちははらわた山をあさるのが好きじゃないか?」はらわた山は、大型狩猟動物が野外で処理されたあとの内臓などでできている。はらわた山の上で鳥が旋回しているのを見て、ジョーはハンターたちが獲物を殺した場所を知るのだ。

「好きよ」ホワイトは答えた。

「では、二発の銃声はそのグリズリーには昼飯の合図に聞こえたんだろう」

「ありえる。そうじゃないことを祈るけど」ホワイトは言った。

「とにかく」ジョーはフリンクに向きなおった。「二発発射したのがバブなら、はずしたにちがいない。彼は死んだ獲物を放置しないし、撃った動物を追跡していたようには見えない。撃ったあと、そのまま移動したようだ」

「そうだね」フリンクはうなずいた。「スクリーンショットを時間を追って進めてみよう」

見ながら、ジョーは胃が引きつるのを感じた。十一時に、グリズリーはバブまで約百メートルに迫っていた。あきらかにバブは気づいていない、正午から二時まで同じ場所に留まっていたからだ。眼下の流域を観察できるようにバブは高い場所で止まったのだろう、とジョーは思った。きっとエルクを探しながら昼食をとったのだ。昼寝すらしたかもしれない。バブがそこにいるあいだずっと、ＧＢ53も止まっていた。バブの近くで。

三時に、バブはまた移動を始めた。グリズリーは彼のあとをつけ、画面上で二つの線は五ミリほどしか離れていない。じっさいの距離は七十メートルか八十メートルだ、とフリンクが言った。バブが狩りをしている森は樹木が密生しているから、グリズリーがいると彼が気づいて探したとしても見えない、とジョーにはわかっていた。

「この時点で彼に連絡しようとしたのか？」ジョーは尋ねた。

「そう。でも返事はなかった」ホワイトは答えた。

「渡すのを忘れた無線機はどうした？」

「忘れたんじゃないのよ。でも、昨夜だれかが充電器につなぐのを忘れていたの」彼女は非難の視線をフリンクに送った。

「なんだよ、いつからそれがぼくの仕事になったんだ？」フリンクは興奮して言いかえした。

「ぼくは追跡装置を受け持ってデータをダウンロードする。仕事内容のどこに、きみたちの無線機もつねに充電しろと書いてある？　時間外の労働に対してきみが支払いをしてくれるのか？」

「必然として含まれているわよ」

「必然として含まれている」いままでこんな奇怪な話は聞いたことがないというように、フリンクは小声でくりかえした。「いいか、ぼくたちはこんな事態を招く気はなかった。責任はない。GB53がバブを追うなんてわからなかったんだ。わかるわけがないだろう?」

ジョーは彼をぶん殴ってやろうかと思った。

「このことはあとで話しましょう、T-フリンク」ホワイトは言った。

「わかった」フリンクは深いため息をついて、ジョーを見ると画面を示した。「事態が悪化したのはここだ」

三時十分から三時三十分のあいだのどこかで、二本の線は交わった。追跡装置は二十分おきに信号を送りつづけているが、動いていない。

「そこはここからどのくらいだ?」ジョーは聞いた。

「五キロ弱」ホワイトは答えた。

ジョーはヴァンから顔を出し、バブが動きを止めた西方の地形を眺めた。開《ひら》けた牧草地の向こう側には、目路《めじ》のかぎり森が続いている。

「ここから車で行く方法はない」ジョーは言った。「だがおれの馬を連れてすぐ出発すれば、一時間弱で着くだろう」

フリンクはすばやくすわりなおして〝ぼくは行かない〟というように両手を上げた。

「こっちもどのみちきみを連れていく気はない」それから、ジョーはジェシカ・ホワイトとマーシャ・ミードに言った。「どっちか一人はここに残って保安官に指示を出してくれ。もう一人はロホとおれと一緒に来たらどうだ」

「わたしが行く」ホワイトはとっさにベルトの熊よけスプレーに手を伸ばし、ちゃんとあるのを確かめた。

「いまは銃があればよかったと思うだろうね」ジョーはにやりとした。

「わたしたちがここにいるのはグリズリーを救うためで、殺すためじゃない」ホワイトは言った。

「バブの家族にそれは聞かせないほうがいいぞ」

7

「GB53が動いている」ジェシカ・ホワイトがジョーに知らせたが、彼女が首に下げている小型無線機からマーシャ・ミードが同じことを伝えた声が、彼にははっきり聞こえていた。

「どっちの方向へ？」ジョーは尋ね、ホワイトがミードに同じ質問をした。

「南」ミードは答えた。

「南よ」ホワイトは顔を上げた。

「おれたちから離れていく。いくらか安心したよ」

「わたしも」

二人は暗い森の中を歩いていた。ジョーは引き綱をゆるくしてロホを先導し、狭い樹間をすり抜けるように進み、倒木をまたいでいった。ジェシカ・ホワイトと二人乗りすることも考えたが、ロホは一日働いたあとで疲れているし、周囲は木々が密生しているのでやめた。二人乗りするには低く張りだした枝が多すぎる。ロホを連れてきたのは、遺体を運びださなければならなくなったときのためだ。

デイジーはとまどっていたが、ジョーは窓を少し開けて運転台に閉じこめてきた。愛犬を失う危険をおかしたくなかった。

木々の梢《こずえ》の上はまだ暮れていないものの、森の中はすでに夕闇で光は弱い。聞こえるのは見えないリスの鳴き声ぐらいで、ほかのリスたちに二人の不法侵入者の存在を警告している。あとは、地面の松葉を踏むロホの重いひづめの音。

ジェシカ・ホワイトは、無線機だけでなく充電したGPS追跡装置を首にかけている。だが、装置を使うよりも、ヴァンに残ったマーシャ・ミード、タイラー・フリンクと連絡をとるほうがいい、と彼女は言った。二人が使っている電子装置のほうが持ち運べる装置より性能がいいのだ、とジョーに説明した。

彼は最初腑《ふ》に落ちなかったが、やがてホワイトが怯えていて、つねに同僚たちとつながっていたいのだと察した。彼女が慣れているのは、パソコンのモニターを眺めて見たものを分析することで、西の稜線に太陽が沈むころに山の中へ分け入ることではない。そうでないと、自分たちのやっていることや遭遇するかもしれない事態をあまりにもリアルに感じてしまうのだろう。

出発する前に、GB53の首輪の伝送速度を十五秒パルスに上げてほしいと、ホワイトはフリンクに頼んでいた。「二十分おきの追跡では、そのあいだに多くのことが起きてしまう可能性があるわ」そのとき、ジョーは意味のある要請だと思った。たとえ、首輪のバッテリー消費量がさらに上がるとわかっていても。

いつもの四〇口径グロック・セミオートのほかに、ジョーは一二番径ウィングマスター・ショットガンを持っていた。近距離から射殺しなければならないときのために、散弾ではなく大きな一粒弾《スラッグ》を装塡《そうてん》してあった。三〇八ウィンチェスター弾を装塡したM14カービン銃は、ロホに積んだ鞍用の携帯ケースにおさまっている。新しい熊よけスプレーはベルトに留めてある。

「前にもこういうことがあったんだ」ジョーはホワイトに言った。「十年ほど前、ビッグホーン山脈にはぐれグリズリーがいた。その牡が後ろから人間を襲うのを、おれは見たんだ。いまでもその光景が目に焼きついている――あのグリズリーがいかにすばやく強力だったか」

「殺したの？」彼の答えを確信している様子でホワイトは尋ねた。

「おれはのろますぎた」ジョーは彼女を驚かせた。「グリズリーは逃げたよ」

「その後、目撃したことは？」

「ない」

「双方にとってよかったと思う。わたしたちがGB53と出くわしたら、どうするつもり？」

ジョーはちょっとためらってから答えた。「しなければならないことをする」

「そうならないか心配よ」

GB53は、ジョーが十年前に遭遇したグリズリーよりも若くて大きい。当時、ひどい旱魃《かんばつ》のせいでイエローストーン国立公園の熊が何頭か、食物を求めて公園からさまよい出た。連邦政府による灰色狼の公園への再導入が生態系のバランスを崩し、腐肉やほかの食物をめぐる競争は激化していた。そのはぐれグリズリーは百八十キロ超の飢えのかたまりだった。

今回の二百五十キロ近い牡のグリズリーはまったく別問題だ。厚い毛皮がやがては霜《しも》が降りたようになるので灰色熊と呼ばれるが、牡の一部は三百六十キロから四百五十キロにまで達し、立ちあがると体高が三メートル近くなることがある。長さ七センチ以上のカミソリのように鋭い爪を一度振りまわせば、馬の腹を裂くことができる。天敵はいない。ジェシカ・ホワイトとマーシャ・ミードは、そのグリズリーがなぜみずからグランド・ティートン国立公園を出て、その後これほどの距離を移動してきたのか、しかるべき理由を見いだせていない。バブ・ビーマンをつけて襲ったなら、このグリズリー――そしてグリズリー全体――が悪名をとどろかせることになる。餌付けが熊を殺す、とジョーはまた思った。

「ウルサス・アクルトス・ホリブリス」ジョーは灰色熊の学名をつぶやいた。

「わたしたちはその呼びかたはしない」ホワイトは言った。

「そうだろうな。その呼び名を使わなければ、〝恐ろしい熊〟という意味にはならない。違うか？」


「グリズリーがなぜああいう行動をとるか、仮説を聞いたことがある」二人で森のさらに奥へ進みながら、ジョーは言った。「年寄りの狩猟ガイドからね。彼は生物学者じゃないし、ハイスクールを卒業しているかどうかもあやしいが、ワイオミング州のもっともけわしい地域でエルクとオオツノヒツジを狩って人生を過ごした。聞きたいか？」

ホワイトはため息をついた。「そうね。そういう古い非科学的な山男《やまおとこ》の考えは好きよ」

ジョーは微笑した。「彼の仮説では、人間がグリズリーを調査しすぎることが、グリズリーのまったく新しい、そしてより危険な特徴を作りだしているんだ」

彼女はぐるりと目玉を動かした。「的はずれもはなはだしいわ」

ともあれ、ジョーは先を続けた。「熊はしょっちゅう鎮静剤を打たれ、輸送され、採寸され、体重を測られ、追跡されている、とそのガイドは考えていた。仔熊のときから、人間につつきまわされて歯を調べられ、首輪をはめられている。百年前なら、熊は見られれば射殺されてしまうからできるだけ人間から離れた場所に留まっていた。だがいまは、人間に手を口に突っこまれたり、あらゆる行動を強制されたりしながら育つ。熊はもはや生まれついての人間への恐怖を持っていない、持つべき理由がないだろう？　しかも、たぶん人間は味がよくて殺すのが簡単なんだ。もうこちらが〝恐ろしい熊〟と考えていないからね」

「ばかげている」ホワイトはきっぱりと言った。「熊を見たらすぐに撃ち殺す時代へ戻れっていうの？　きっとその年寄りの山男はそうしたいんでしょうよ」

「彼の解決策がなんだったのかはわからない。おれはとにかく、興味深い仮説だと思ったよ」

「そのガイドは解決策を話さなかったの？」彼女は眉《まゆ》を吊りあげてみせた。

「その前に死んでしまったんだ。去年の秋、狩猟キャンプでグリズリーに襲われて」

「へえ、おもしろいわね」そう言ってから、彼女はちょっと考えて口調をあらためた。「去年の秋？　それ、デュボイスの近く？」

「そうだ」

「GB38よ。わたしは追っていなかったけれど、ほかの研究チームの話では、その年寄りが肉を吊るしていた木立はテントからじゅうぶん離れていなかったって。GB38は、彼の悪しき習慣のせいでエルク・キャンプに引き寄せられたにちがいないって」

「きっとそういうことだったんだろう」

「皮肉を言っているのなら……」ホワイトは途中で口を閉じた。ジョーが話を打ち切って、いま歩いている細い獣道の横に気をとられていたからだ。

五、六本のマツの木の根元のあいだの土が盛りあがっていた。まるでだれかが重機でも持ちこんだかのように。乱れた地面の端にはかなり大量の湿った土、枯枝、掘りかえされた腐葉土がある。

そこから六メートルほど離れた場所に、スコープ付きの狩猟用ライフルが木の幹にきちんと立てかけてあった。何者かが肩から下ろして立てかけ、小用を足したかタバコに火でもつけたか。

ジョーはささやいた。「熊はあとで食べるために獲物を隠し場所に埋めることがある、知っているだろう」

ホワイトは目を見開いてうなずいた。「ハンターはそこだと思うの？」彼女は盛りあがった場所を示した。

「ああ」網目状に置かれた枝のあいだに、ジョーは血だらけの肉と服の一部を認めた。

目的地に着いたことを確認するために、ホワイトはヴァンにいるミードに座標を読みあげるように頼んだ。

「ええ、あなたたちはまさにボランティアのいる位置にいる」ミードは教えた。

ジョーはしゃがみこみ、掘りかえされた土の中からGPS追跡装置を見つけた。

「これはきみたちがバブに渡したものか?」彼は静かに尋ねた。

彼女はうなずいた。

無線機からまたミードの声がした。「ジェシカ、GB53が戻ってくる。聞こえている?」

ホワイトは無線機を持ちあげた。「ええ、聞こえている。GB53のこと、確かなの?」

「確かよ。かなりの速さで近づいている」

ジョーは言った。「おれたちが隠し場所を見つけたと知っているんだ……」

ロホがジョーの握るロープを強く引っ張り、鼻を鳴らした。去勢馬もグリズリーの接近を聞いたか、臭いを嗅いだのだ。ロホは白目をむいている。

「よし、よし」ジョーは馬をなだめようとした。

「どうする?」ホワイトはすがるようなまなざしを彼に向けた。

「準備しろ」ジョーはロホをなんとか獣道の脇へ連れていき、急いでトウヒの幹につないだ。

「近づいてくる音がする」ホワイトはベルトの熊よけスプレーに手を伸ばした。缶を握ると
き手をすべらせ、地面に落とした。「ああ、どうしよう……」

ジョーにも聞こえた。GB53は貨物列車のような勢いで獣道をやってくる。枝をバシバシ

と折り、びっしり生えた茂みを押し通ってくる。グリズリーののどから出るフーッフーフーッという音に、ロホは発作を起こしたように跳ねはじめた。馬がロープを切ったり、つながれている木を自分たちの上に倒したりしないともかぎらない。松葉が雨のように降りそそぐ。視界の隅で、ジョーはホワイトがスプレー缶を拾おうとして不注意にもさらに遠くへ蹴《け》ってしまうのを見た。

ジョーは右手に熊よけスプレーを、左手にショットガンを握った。グリズリーの接近は急速すぎて、どちらを放りだすべきかわからない。ブーツの下の地面が揺れるのが感じられた。南側の木立ごしに、姿勢を低くした焦げ茶色のどっしりしたものが動くのがちらちら見えた。グリズリーの走る速さは信じがたく、フルスピードのグリズリーなら全力疾走する短距離レース用の馬に追いついて捕まえられるのを、ジョーは思い出した。

熊が来る前に逃げるすべはない。

次に起こったことはあっというまだった。

十五メートルも離れていない茂みからグリズリーが飛びだしてきて、足を止めた。車のハブキャップのように丸い顔にある小さな目と、発達途上の背中のこぶ。口のまわりの短い毛は乾いた血でピンクに染まっている――バブ・ビーマンの血だ。プラスティックのGPS付き首輪は、太い首に埋まって一部しか見えない。グリズリーは体を後ろに引き、二百三十キロが繰りだすこぶしは致命的な一打になりそうだ。

ジョーはグリズリーが混乱しているのを感じた。正面に三つの標的——ジェシカ・ホワイト、ロホ、ジョー——どれを襲うべきか迷っている。ジェシカ・ホワイトが悲鳴を上げて両腕を振りまわした。熊を驚かせると思われている二つの方法のうちの一つだ。もう一つの方法は死んだふりをすること。正しい方法はだれにもわからない。ジョーが視線を走らせると、スプレー缶はまだホワイトの手の届かないところにあった。

GB53は前肩をかがめて頭を後ろにそらせ、咆哮《ほうこう》した。夢に何度も出てきそうな咆哮だ、もしまた夢を見られるならば。彼の心臓は早鐘のように打ち、息はほとんどできなかった。

考えずに、ジョーは熊よけスプレーを持ちあげ、親指で安全装置をはずして赤いトリガーを押した。シューッという音とともに、円錐形の赤い霧がグリズリーに向かって噴きだした。スプレーは九メートルの距離から九秒有効で、缶にはカプサイシンが詰まっている——超高濃度の赤トウガラシだ。

赤いスプレーの雲がグリズリーを包み、熊はまた吼《ほ》えた。それから蹴られた犬のように甲高く鋭い声を上げると、百八十度向きを変えて、獣道を南へ突進していった。

グリズリーは去った。

ロホが後ろへ跳ねてロープが銃声のような音とともに切れたとき、松葉の雨はまだ降っていた。切れた音にぎょっとして、ジョーはからになった熊よけスプレーのトリガーを自分がまだ押しつづけているのに気づいた。スプレー缶はシューシューという音をたてていた。

ロホが北へ走り、グリズリーが南へ突進している森では、次々と枝が折れていった。

ジョーは大きく息を吸い、一瞬目を閉じた。心臓は早鐘を打ち、手足はアドレナリンでぴりぴりしている。缶を下ろし、地面に落とした。

「死ぬかと思った」ホワイトはつぶやいた。

「おれもだ」ジョーの声はかすれて甲高くなっていた。

「熊よけスプレーを落としちゃった。それにパンツを替えなくちゃ」

ジョーは一声うなった。

「あなたはショットガンを使うとばかり思ったわ」

「スプレーのほうが効くと思ったんだ。もしおれがはずしたり、グリズリーにけがをさせたら？　そのまま向かってきただろう」

「あなたの判断は正しかった」ホワイトは体を丸めてしゃがみこんだ。真の恐怖の影響が遅れて表れているのだ。熊よけスプレーの缶をベルトに留めなおそうとしている両手が震えている様子から、ジョーにはそれがわかった。

「たぶんね」ジョーは向きを変えて北のほうに目をこらした。「おれの馬はどこへ行ったんだろう」

バブ・ビーマンの引き裂かれた遺体は腐葉土と枯枝の下にあった。盛りあがった土に近づくと、血と内臓の臭いがして、ジョーは自分が荒らす前に携帯で現場の写真を撮った。ビーマンに息がないか確かめるために、かがんで土の裂け目に手を入れ、ハンターの脈をとれるのどを探った。そこにいれば安全であるかのように、ホワイトは獣道から踏みだそうとしなかった。グリズリーが人間にどんなことができるかを、間近で見る気はあきらかにない。

「追跡できている？」彼女はパニックに引きつった声でミードに無線で尋ねていた。「また、戻ってきていない、いない？」

「いいえ、ずっと南へ向かっている。なにがあったの？」

「GB53はわたしたちの真正面にいたの……目が見えたくらい……」

ホワイトとミードとの無線通話から、リード保安官と捜索救難チームが到着したことをジョーも知った。ロホも着いていた。からのあぶみを両側に垂らしながら、森から走りだしてきたのだ。リードの保安官助手で自分も馬を持っている一人がロホを捕まえ、汗びっしょりの去勢馬をジョーの馬運車へ連れていった。

「問題が起きた」ミードかフリンクと、声をひそめてだが熱心に話したあと、ホワイトは告げた。

「別の問題か？」土の中をまだ探りながらジョーは聞いた。指は温かい血でぬるぬるしていた。ビーマンの片方の手首を見つけたが、脈は感じられなかった。いまは胴を頭のほうへたどっている。彼は意識を切り離して、なにをしているか考えないようにしていた。

「GB53のGPS装置のバッテリーが尽きそうなの。リアルタイムで追跡できるように出力を高めたんだけど、バッテリーが少ないから電波をほとんど受信できない」

ジョーは彼女の話を半分しか聞いていなかった。指先が、ビーマンののど骨の突き出た部分に当たったった。

「バッテリーが少なすぎるからリモートで制御できない。高周波の信号を送りつづけてくるはず……バッテリーが尽きるまで。早くあのグリズリーを見つけてバッテリーを交換しないと」そこで彼女はぎょっとしたようだった。「首輪が役に立たなくなれば、あの牡の居場所の手がかりがなにもなくなってしまう」

ジョーは目を閉じ、集中するためにホワイトの存在を意識から締めだした。ビーマンののどに、かすかだが規則的な脈を感じた気がした。

そのあと、また感じた。

「いまはすべて忘れろ。リード保安官に、バブは生きている――かろうじて――と伝えるんだ。暗闇になる前に、バブを病院へ運べるようにここへチームを寄こしてもらわないと」

「でも――」

ジョーはぴしゃりと言った。「いまはグリズリーのことは忘れろ。首輪のバッテリーを新しくするために、あの熊に鎮静剤を打ちこむことはない。見つけたら、殺す。さっさと人命を救うんだ」

8

ジョーがビッグホーン・ロードの小さな家に帰りついたときには、とっくに真夜中を過ぎていた。彼は疲れきっており、ピックアップと馬運車を正面に止めてロホを降ろし、鞍をはずして裏の囲いへ引いていって干し草をやるのに、さらに十五分かかった。家の中でまだ起きているのはコーギーとラブラドールの雑種犬チューブだけらしく、窓から窓へ走りながらジョーの様子を見守っていた。雑種犬の鼻は窓枠の下にかろうじて届いていた。

玄関に着くと、ジョーはデイジーを先に入らせ、二頭の犬は鼻をくっつけあった。デイジーも疲れきっており、ジョーがブーツと上着をぬぐ玄関の間《マッドルーム》から一メートルほどの場所で、丸くなってしまった。

居間でテレビの低い音がする以外、家の中は静かだ。こんなに遅くまでだれかが起きて待っているとは思っていなかったが、靴下だけの足でキッチンへ向かいながら、やはりうしろめたさと寂しさを感じた。何時間も前からバーボンのダブルが頭から離れず、もう飲みたくてたまらなかった。

ソファの上でメアリーベスがぎょっとして体を起こし、妻の突然の動きに彼のほうが飛びあがりそうになった。彼女がいるのが見えていなかったのだ。

「やっとね」メアリーベスは金髪を目の上から払った。化粧をしていなくても美しい、とジョーは思ったが、自分がどこにいるかわかるまで彼女の目には恐怖が浮かんでいた。

「大丈夫？」ジョーは尋ねた。いつもメアリーベスはゆったりと目を覚ますのに。

「悪い夢を見ただけ。何時？」

ジョーは腕時計を見た。「一時」

「一時」メアリーベスはくりかえし、そのあと失望をこめてはっきりと言った。「あなたの誕生日は終わった」

「ああ」

彼女は話を続けようとしたが、なにかが目に留まってはっと口を閉じた。「ジョー、その服についているのは血？」

彼は視線を下げた。赤いシャツの袖には黒いしみがあり、ジーンズも黒いしみでよごれ、こわばっていた。「そうらしいな」

夫が泥や油やときには動物の血、脂肪、毛でおおわれた服で帰宅するのに、彼女は慣れていた。だが、これは人間の血、バブ・ビーマンの血だ。

「マッドルームで全部ぬいで。ローブを持ってくるから」

彼は言われたとおりきびすを返し、そのあいだにメアリーベスは掛けていたブランケットをはいで階段の上の寝室へ向かった。

二人はキッチンテーブルの前にすわった。ジョーはバーボンを、メアリーベスはワインを手にして。

「バースデイ・パイ、おいしかったよ。焼いてくれてありがとう。モモは好物だ」

「ちょっと変な感じだったけれど、娘たちは気に入ったわ」

「新たな伝統のスタートになるんじゃないか」

「たぶんね」彼女はほほえんだ。

十九歳のエイプリルは、実現しなかったジョーの誕生パーティのために今夜は帰宅していた。泊まっていき、前に使っていたベッドで眠っている。いまは同じ年の別の娘とサドルストリングのアパートをシェアしていて、コミュニティ・カレッジの新学期のために学費を貯めている。この春に負った頭のけがから完全に回復したあと、〈ウェルトンズ・ウェスタン・ウエア〉での以前のアルバイトを再開した。ジョーもメアリーベスも、エイプリルの生活がふたたび軌道に乗ったのを見て、まだ慎重を期しながらも喜んでいる。善なるエイプリルが戻ってきていた。

十七歳のルーシーはハイスクールの十一年生で、学園祭の女王《ホームカミング・クイーン》に選ばれたばかりだが、奇妙にもそのことに嬉しさと困惑の両方があるらしい。ルーシーは生まれつき陽気で思いやりがあり、金髪で色白だ。パーティが大好きで、進学や将来にあまり関心がなく、メアリーベスはそれにいらだっている。三人目の娘を大学へ行かせられるかどうか、気をもんでいるのだ。

二十二歳のシェリダンはワイオミング大学四年生で、専攻を司法制度に変更することに決めていた。その変更のせいで、履修単位をすべてとるには五年間の大学生活を送る必要があった。ジョーの誕生日に帰ってくることはできず、自分自身が帰れなかったのだからかえってよかった、と彼は思った。近いうちに長女をつかまえて、卒業後の進路を尋ねるつもりだった。シェリダンはいつもあいまいにしているからだ。〝一年間ゆっくりして旅行するか、本腰を入れてタカ狩りを学ぶ〟とメアリーベスに思いつきで話しているプランは、両親の支持を得られていなかった。

学期中は娘たち全員が家にいない一年がどんなものになるのか、ジョーにはまだわからなかった。彼よりはじっくり考えているだろうが、メアリーベスにも想像がつかないにちがいない。彼が階下のバスルームを使えるようになったのは数年前からだ。それまでは娘たちのだれかにいつも占領されていた。

「それじゃ、グリズリーはどこにいるの?」メアリーベスは尋ねた。夕方から夜までなにをしていたか、ジョーは妻に話しおえたところだった。

彼は肩をすくめた。「だれにもわからない。グリズリーからの信号はとだえた」

「まずいわね」

「ああ、だれかが目撃するまで待つしかないよ」

「どうしてバッテリーがそんなふうに切れてしまったわけ?」

ジョーは状況を説明した。

保安官事務所の捜索救難チームの二人が、ジョーは熊よけスプレーを使うのではなくグリズリーを殺すべきだったと言っているのを、彼は聞いていた。

「反論したの?」

「いや。二人は若くてがむしゃらなタイプだ。簡単には死なないグリズリーと、おれが何度か対峙《たいじ》したことがあるのを知らないんだよ。手負いのグリズリーがどれほど狂暴になるか、彼らにはわからないのさ」

メアリーベスはじれったそうにため息をついた。夫が自分の行動を他人にきちんと説明しないと、彼女はいらいらするのだ。

「パイのおかわりはある?」彼は聞いた。

「それでバブ・ビーマンは？」

ジョーはすわりなおして大きく息を吐いた。「病院へ運ぶ途中で死んだ。正直なところ、襲われたあと生きていたのが不思議だよ。ひどい傷だった」思い出すと、自然に体が震えた。

「あの爪と歯で襲われたらどうなるか、みんなわかっていないんだ」

「どうなるか言わなくていい」メアリーベスは急いで止めた。

「言わないよ」

「ビーマンの家へ行ったの？」

ジョーは行ったと答えた。「バブの奥さんのトレイシーは、おれたちが行く前にもう知っていた。タイラー・フリンクという局の技術者がツイッターに上げた情報を見ていたんだ。彼は捜索と救助の様子を全部リアルタイムでツイートしていたらしい。こんど会ったら、あいつの口にガンと一発くらわせてやる」

「そんなふうに知るなんて残酷すぎる」メアリーベスはたじろいでいた。

「トレイシーがなぜツイッターでフリンクをフォローしていたのかわからないが、していたんだな。こういう研究チームのメンバーはときどき自分たちのやっていることにしか気がまわらず、木を見て森を見ずの状態になる。現実の人間がかかわっているのを忘れてしまうんだ」

「エイプリルはバブの息子と学校で一緒だったわ。いい子だったって、エイプリルは言っていた。下の学校にもバブの子がいる。二人とも父親を亡くしてしまったのね。子どもたちのために基金を立ちあげるとか、なにかできないか明日考えてみる。たぶん図書館として基金を設立できると思うの」

ジョーはうなずいた。メアリーベスが実際的にものごとを捉え、感情から行動へとすばやく切り替えられることに、感心していた。

「もちろん、うちでたくさんのお金は出せないけれど」彼女は言った。

エイプリルのけがと人工的昏睡《こんすい》によってかかった高額な医療費は、驚くべきものだった。メアリーベスは毎週何時間か保険会社とかけあっていたが、先方もメアリーベスと同じくらい、どこまでカバーできるかわかっていないようだった。もしうまく解決できなければ、ピケット家はビリングズの病院に対して何十万ドルもの払えない負債を抱えることになる。一家は破産するかもしれず、そのせいでジョーもメアリーベスもよく眠れない夜を過ごしていた。ウルフガング・テンプルトンとともに逃亡中の母親ミッシー・ヴァンキューレンに助けを求めることすら、メアリーベスは口にした。ミッシーは前より裕福な相手に次々と乗り換えて七度結婚し、〝ステップアップ〟した大金持ちだ。

母親に連絡をとろうかとさえメアリーベスが考えたのを知り、夫婦の経済状態がいかに絶望的か、あらためてジョーは身にしみた。自分に解決策があれば、助けてくれるだれかがいれば、と思った。

目下のところは、保険会社が責任をもってちゃんとやってくれるのを祈るしかない。

「こんな遅くまで起きていたなんて」メアリーベスはガス台の上の時計を見た。ジョーはパイを食べおわり、氷の上にさらにバーボンを少し足した。「こんなに遅くなったのは初めてよ」

「おれのせいだ」

「もちろん。それから、明日コルター・アレンと会うことになっているのを忘れないで」

ジョーはうめいた。

「ルーロン知事が一緒に来るわ。異例だと思わない？」

ジョーはかぶりを振った。退任する民主党の知事が共和党の最有力候補と選挙活動をするのは筋が通らないことぐらい、彼にでもわかる。

「ルーロンはあなたに会いたいって。伝えるのを忘れるところだった」

「どうしてきみが知っているんだ？」

「知事のオフィスから電話があったの。きっと、あなたの携帯につながらなかったのね。彼が残したメッセージ、聞きたい？」

ジョーはうなずいた。

メアリーベスは壁から固定電話をとって留守番電話を聞く番号を押した。知事のオフィスのスタッフの声が流れた。「ルーロン知事がお話しになります」カチリという音のあと、ルーロンの特徴的な大声が続いた。「最後の一戦の覚悟ができていることを祈るぞ、カウボーイ偵察員」

メッセージはそれで終わりだった。

「これだけ？」知事がなんのことを言っているか、わかる？」

ジョーはとまどって首を振った。「あの熊に関係したことかな？　知事は事件を聞いて、これ以上ハンターが殺されないようにしたいのかもしれない。だが、わからないよ」

「彼がいなくなると寂しくなるんじゃない？」

「知事がこういう妙なことをするときは、そうでもないよ」

明かりを消してベッドに入って数分してから、ジョーはメアリーベスのほうを向いた。

「おれが家に入ったとき、悪い夢を見ていたと言ったね。どんな夢？」

「ああ、なんでもないの」

「そんなはずはない。きみはちょっと怯えていたみたいだった」

少し間を置いてから、メアリーベスは答えた。「ネイトについての夢なの」

「ネイト？」ジョーは片肘《かたひじ》をついた。

「わかっている。何ヵ月もなんの連絡もないのに、彼のことでばかげた夢を見るなんておかしいわよね」

「変だな、おれは彼の夢を見たことなんか一度もない」ジョーはやさしくたしなめるように言った。

「そ、う、い、う夢じゃないの」彼女は弁解するように言った。

「じゃあ、どんな夢？」

メアリーベスは一瞬黙った。「とにかく奇妙なの、それなのにすごくリアルで。自分がまるでそこにいるみたいだった。夢の中で、ネイトはどこかの砂漠の真ん中に立っていた。あなたもそこにいたの、でもわたしからあなたは見えなかった。なぜか、あなたがいるってわかったのよ」

「ふうむ」

「そして三台のピックアップがネイトのほうへまっすぐ走っていた。荷台には銃を持った大勢の男たちが乗っていて、叫んでいたの……」

9

「で、ジョー」翌日、トゥエルヴ・スリープ郡図書館の部屋の奥で、スペンサー・ルーロンは顔を近づけて尋ねた。「最後の一戦の覚悟はできているか、カウボーイ偵察員？」

「お言葉の意味によりますが」ジョーは少し身を引いて答えた。ルーロンは説得にかかる相手との距離を詰める癖《くせ》がある。話している相手がだれであれ、近すぎる状態を切りあげるために同意するだろうという思惑なのだ。

ルーロンはジョーに向かって低く笑い、こっそりと周囲を見まわした。だれがだれと話しているか、だれが自分を陥《おとしい》れる陰謀をライバルと相談しているか、だれがいまにも輪を離れてこちらへ近づいてくるか、つねに室内をチェックする政治家向きの才能を持っている。

ルーロン知事は赤ら顔のたくましい男で、あらゆるドアを頭突きで開けるつもりのように、前傾して歩く。会う者にだれかれなくひそかな微笑を送ってウインクし、秘密を共有している気分にさせる。手ごわい、そして予測不能というのが、しばしば彼に対して使われる形容詞だ。

「ここではだれもおれが来ると思っていなかったから、少し時間がある。しゃべるのはおれではなく――コルターだ」ルーロンは室内を動きまわっている候補者のほうへうなずいてみせた。メアリーベスは演壇近くの正面にいて、このあとの紹介にそなえて用意したメモを読んでいる。

ジョーはジャケットとネクタイ姿で、けさ身につけたとたん、なぜ両方とも嫌いなのか思い出した。しかし、催しは政治的なもので彼は州の公務員なのだから、制服で来たくはなかった。制服の赤いシャツとカウボーイハット、銃とバッジがないと、会場にいる人々のほとんどが自分だとわからないのに気づいた。だが、ルーロンはすぐジョーを認めて、彼を奥のほうへ追いつめた。

ジョーが参加者を眺めると、アレンは車椅子のリードにかがみこんで握手していた。アレンは誠実で愛想よく見えた。聞きとれた会話の断片から、アレンはリードに死んだハンターとはぐれ熊について尋ねているようだ。事件は通信社が扱って、いたるところで記事になった。おもに、タイラー・フリンクのリアルタイムのツイートのせいだ。

コルター・アレンは背が高く肩幅は広い。長めの銀髪、映画スターのようなあごの輪郭、太い眉。ヨークのついた黄褐色の毛織のジャケット、ループタイ、はき古したカウボーイブーツという服装――ワイオミング州の制服みたいなものだ、とジョーは思った。

〈サドルストリング・ラウンドアップ〉の新しい編集長T・クリータス・グラットが、参加者を縫ってアレンを追っている。グラットは背が高く猫背で、顔と首はいぼだらけで、メガネは鼻の上でずり落ちている。取材手帳を前に構えて、物議をかもしそうなアレンの発言を書きとろうと用意万端だ。〈バーゴパードナー〉で朝のコーヒーを飲む連中の話題は、州外在住の〈ラウンドアップ〉の所有者がなぜT・クリータス・グラットを雇ったのかということだった。グラットは深南部の大都市の新聞の編集長からシカゴの日刊紙のコラムニストになり、やがてスタッフの削減でほかの報道記者のほとんどとともに解雇されていた。

その後、グラットは国じゅうを渡り歩いてどんどん小規模な新聞へ移り、どんどん恨みがましくなり、とうとう〈サドルストリング・ラウンドアップ〉にまで落ちぶれた。

小規模な週刊紙の舵《かじ》をとりはじめてから数週間後、グラットはサドルストリングもワイオミング州もおおむね嫌いであることをあきらかにした。彼の嫌悪リストには、政治家（とくにスペンサー・ルーロン）、教師、法執行官、西部山岳地帯、週刊紙の編集にあたって彼が信奉する尊大で辛辣《しんらつ》なものの見かたに反感を持つ者全員が含まれていた。対麻痺《ついまひ》の保安官（そしてジョーの友人）であるマイク・リードに対する最近の酷評記事は、〈無能へ進む車椅子？〉というタイトルだった。

ルーロンはジョーに向きなおって身を乗りだした。「クリータス・グラットがあそこにいる。やつの記事を読むと以前は頭にきたものだが、いまはやつが気の毒でしかたがないよ。自分が書いたものの読者がだれ一人、自分のようにやつを重要人物扱いしないのはつらいにちがいない」ルーロンはかぶりを振ってグラットの件を一蹴《いっしゅう》した。「人々がやつの週刊紙を購読するのは、追悼記事と警察の事件簿とハイスクールの試合結果を知るためだけだとわかっていない。じつに哀れだな」

そのあとルーロンは続けた。「とにかく、アレンの陣営から彼がビッグホーン山脈で選挙運動をすると聞いたとき、おれは同行していいかと尋ねたんだ。まあ、彼はおれよりいいジェット機を持っているし、乗ってみたかった。知事になって州のジェット機を使わなければならなくなったら、アレンのやつ、がっかりするだろう」

ルーロンの公用機は、後ろ脚を蹴りあげる馬の州のロゴが尾翼についた小型のセスナ・ジェットだ。〈ルーロン・ワン〉という名で知られている。

「ときには、メッセージを出す最善の方法はなにも言わないことなんだ。おれは話したり、彼を推薦したり、なに一つする必要はない。ここに一緒に現れるだけで、はっきりしたメッセージになる。関心がある者はそれを聞く。たとえクリータス・グラットでもメッセージを受けとるだろう。コルターがそれに感謝してくれるといいが、きっとしてくれると思う」一呼吸置いて、知事は続けた。「おれが知事の座を下りたときにわかるはずだ」

ジョーは黙ってうなずいた。ときに、ルーロンのものの言いかたは聞きようによっていくつもの解釈ができる。それは知事の才能の一つだった。

「なあ、探りを入れるために、メディシンウィール郡へ行ってもらったときのことを覚えているか？　出馬したとき二度ともおれに投票する分別を持ちあわせていなかった頭のおかしいやつらばかりの郡でも、猟区管理官なら疑いを招かないと考えたときのこと？」

ジョーは答えた。「もちろん覚えています」

「じっさいは、疑いを招かないどころじゃなかったが、それでもきみは最終的にはちゃんとやりとげた。きみには特別な技があるんだ。うろうろ歩きまわっているうちに、状況が暴発して大殺戮《だいさつりく》や大事故につながるという才能は、神秘的といっていい。どうやっているのか、おれにはわからないが」

「わたしにもわかりません」ジョーは真っ赤になった。

「またそれをやってほしいんだ。心配するな、狩猟漁業局の局長には話をつけておく。あるいは、きみがさっさと行って片づけて、おれはあとで彼女に知らせるほうがいいか。そうすれば、局長にとって忘れられないおれの思い出になるだろう」

「ここではエルク狩りのシーズンが始まったばかりで、ハンターを殺したはぐれ熊の問題もある。あなたもお聞きでしょう。いまが絶好のタイミングだと本気で思うんですか？」

幼稚な発言が信じられないというように、ルーロンはジョーを見た。「殺人グリズリーを追うために、きみが担当区域を離れて州の別の場所へ行くことがないとは言えないだろう？はぐれ熊を探してきみが知らない土地に現れるのはそれほどおかしなことか？」

「おかしくはないですが、時間の浪費でしょう」

「これほど長く働いていて、きみは公務員であることを学んでいないな？」ルーロンは天を仰いだ。「時間の浪費も仕事の一部だ。だがいいか、ジョー、選挙まで二週間しかない。そのあとは、アレンの就任式までおれは移行モードに入る。あまり時間がないんだ」

「なるほど」ジョーは言ったが、なにがなんだかさっぱりわからなかった。

「政界で在任期間が残り少ないのは、奇妙なものだよ。機敏に動いていたスタッフが、いまはおれの命令に目をぐるりとまわしてしぶしぶ従うんだ。突然、おれが部屋に入っていってもみんな立たなくなる。もう次の知事に気持ちがいっているようだ、もちろん次はコルターになるだろう。しかし、おれにはまだ政治的影響力があるし、去る前にきちんとしておきたいことが二、三残っている。おれの個人献金者であるドクター・カート・バックホルツから電話をもらった。彼を知っているか？」

「いいえ」

「いい男だ、一徹者でな。根っからの保守派《ティーパーティ》なんだが、おれのために資金集めパーティを彼の牧場で二度ほどやってくれた。わかるだろう、典型的なワイオミングの牧場主さ。サラトガとエンキャンプメントのあいだのアッパー・ノース・プラット・リヴァー・ヴァレーに住んでいる。あのへんに土地勘は？」

「よく知っています」ジョーはある密猟事件で、その区域の猟区管理官を手助けしたことがあった。三方を山に囲まれた高地の谷間を、州の中でももっとも美しい場所の一つだと思っていた。もしサラトガ区域の猟区管理官が引退したら、後釜に申し込んでみようかと考えているほどだ。

「ここしばらく、バックホルツの牧場にだれが住んでいたか知っているか？」

「いいえ」

「ほんとうに知らないのか？」

「知りません」

「きみの旧友ネイト・ロマノウスキと、あのセクシーな恋人だよ」

ジョーは驚いてあとじさった。「ネイトが？」

「善人の医師は連邦政府のやつらから彼を匿《かくま》っていたのさ。バックホルツから聞くまで、おれも知らなかった。むりやりサインさせられたＦＢＩとのあのばかげた契約のせいで、ロマノウスキはきみに知らせなかったんだろう」

ジョーはあごをさすり、そのときメアリーベスが部屋の向こう側から彼をじっと見つめているのに気づいた。最初は、ルーロンが自分になにを話しているのか探ろうとしているのだと思った。それから、ルーロンがネイト・ロマノウスキと言ったのを、おそらく唇《くちびる》の動きで読みとったのだと悟った。

「で、いまネイトはどこに？」ジョーは尋ねた。

「それをきみに調べてほしいんだ」

ジョーはとまどってかぶりを振った。なぜ知事はネイト・ロマノウスキのことを気にしているのだろう？　ジョーの知るかぎり、ワイオミング州でこれ以上犯罪をおかさないという合意を、ネイトは守っているはずだ。

だれにも聞かれないように、ルーロンはさらにジョーのほうにかがみこんだ。アレンと少人数の取り巻きが近づいてくるのが、ジョーの視界の隅に映った。候補者は一人ずつ握手しながら部屋の奥へ進んでくる。自分が相対しているだれにでもすべての注意を向けていると見せ、握った手を押し放して次の相手に移るという政治家のこつを、すでに身につけていた。取り巻きは、ビジネススーツ姿でクリップボードを持ち、愛想のいい笑みを浮かべている男女五、六人だ。

「きみの友だちだけのことじゃないんだ」ルーロンは言った。「カート・バックホルツの話では、偽名を名乗って名刺を渡した謎の連邦政府工作員四人が訪ねてきた。ロマノウスキを探しにきたんだ。工作員たちは医師を遠ざけてロマノウスキと二時間ほど話したそうだ。やつらは自分の家なのに彼を部屋の外へ追いやったんだぞ。翌日、ロマノウスキはいなくなった。残していったのは、助けてくれたカートへの礼と、いつか戻ってきて恩返しをしたいと書かれたカードだけだった。ドクター・バックホルツによれば、ロマノウスキはキャビンをからっぽにしてタカたちを連れていったそうだ」

「オリヴィア・ブラナンは？」ジョーは聞いた。

ルーロンは肩をすくめた。「ほかのだれかのことは言っていなかったから、彼女もいなくなったんだろう」

「だが、そいつらはネイトを逮捕しなかったんですね？」ジョーは驚いていた。

「しなかった。医師もそれにはあっけにとられていたよ。ロマノウスキが逃げたあと、連邦政府は彼を捕まえたがっている。われわれもFBIと司法省からしょっちゅう居所を知らないかと問い合わせを受けている。ドクター・バックホルツは、来た連中は彼をなにかの任務にリクルートしにきたと思っているんだ」

「どんな任務をどこでです？」

「それも、きみに探ってほしい。いまいましい連邦政府のやつらがおれの州に入りこんできて、わがもの顔にふるまうのがどれほど気にくわないか、知っているだろう。何度も言っているんだ、ああいう工作員どもの目的がなんなのか教えろとね。やつらのチームが地元の牧場主の敷地に侵入して、住民の一人を勝手にリクルートしたと聞いたとき、血が煮えくりかえったよ」

まくしたてるルーロンの首と頰が赤く染まった。知事のこういう怒声を、ジョーは何度も聞いていた。

「おれのオフィスを通じてFBIのチャック・クーンに問いあわせた」ルーロンが挙げた特別捜査官は、長年のあいだにジョーが好きになり、信頼するようになった相手だ。「クーンはこの件についてはほんとうになにも知らなかった。つまり、FBI以外の組織もおれの州内を勝手に歩きまわり、大きな顔をしているわけだ。来るときには地元当局に相談するのが礼儀だし、仕事上のならわしってものだ――そうだろう。われわれの州内では差しでたふるまいをするなと何度も何度も警告してきたっていうのに」

ジョーはうなずいた。連邦政府の役人を逮捕すると、ルーロンは声高《こわだか》に脅《おど》しをかけたことがある。もっとも、実行に移したことは一度もない。

「ロマノウスキがどこへ向かったか、おおよそはつかめていると思う。州間高速八〇号線沿いで、この数ヵ月ばらばらに起きている犯罪の増加から推測した。サービスエリアからトレーラートラックが消えたり、エネルギー産業の事業所から大型備品が盗まれたり、そういったことだ。FBIはなにを調べているのか言おうとしないし、おれの州の捜査官を締めだしている。あいつらがそういう態度をとるときは、テロが関係していると考えざるをえない」

「ほんとうですか?」ジョーは聞いた。「八〇号線のどこです?」

州間高速道路八〇号線はワイオミング州南部を端から端まで横断している。サンフランシスコからニュージャージー州ティーネックまで続いているのだ。道路沿いには、オークランド、サクラメント、リノ、ソルトレイクシティ、シャイアン、オマハ、デモイン、シカゴ、トレドといった都市がある。ワイオミング州ではもっとも高度のある荒れはてた土地を通っており、冬にはよくブリザードで閉鎖される。シャイアン、ララミー、ローリンズ、ロックスプリングズなどの州内の街を結んでいる。こういった街のあいだには、高地砂漠と荒地がえんえんと広がっている。ジョーはできるだけ八〇号線を通らないようにしていたが、どうしようもないときも何度かあった。

ルーロンは言った。「州犯罪捜査部《DCI》の捜査官が情報提供者から聞いたんだが、レッド・デザートでただならぬ活動が進行中らしい」

「まさか？」

「わかるよ――あそこには砂と風以外ほぼなにもない。だが、コロラド州との境に接しているんだ、ジョー。おれがまず思ったのは、コロラドから持ってきた合法的なマリファナを転売する中間準備基地として砂漠を使っているんじゃないか、ということだった。ところが、なんであれもっと大規模な犯罪らしい。とりあえず、そこからロマノウスキを探しはじめるべきだと思う。

というわけで、在任中の最後の仕事として、おれの権限をもってきみにロマノウスキを見つけ、連邦政府のやつらがなにをしようとしているのか探りだすように命じる。さっそく現地へ行って嗅ぎまわってくれ。猟区管理官としてな。州犯罪捜査部《DCI》のスーツ姿の連中を送りこんだら、政府のやつらに気づかれてこっちの目的を悟られてしまう。おれが乗りだしたのを知られたくないんだ。わかったことを首席補佐官に知らせて、もしでかいヤマだったら直接おれに連絡してもらいたい。費用は知事の自由裁量の予算から出すが、新しい車を買ったりとか、ばかなことはしないでくれよ。ロマノウスキを見つけて、連邦政府が彼になにをさせようとしているのかわかったら、報告しろ。そうしたら、狂暴なクズリみたいにおれがやつらに飛びかかってやる」

話が大きすぎて、ジョーには聞きたいことが山ほどあった。だが、コルター・アレンが近づいている。彼は人混みを縫ってこちらへ向かっており、いまにもそばに来るだろう。握手しなければならないのはあと十人ちょっとだ。

ジョーは言った。「でも、あなたの在任中にネイトを見つけられなかったらどうします?」

「きみもか?」ルーロンは傷ついたふりをした。それからにやりとして、ふざけてジョーの肩にパンチをくらわせた。「すでに強大な弁護士事務所が席を用意しておれを待っているんだ。最初の二、三年は、知事在任中に煮え湯を飲まされたくそったれども全員——おもにワシントンDCといくつかの連邦組織のやつら——を訴えることに費やすと、パートナーたちは理解してくれている。手始めに環境保護局、国税庁、保険福祉省だが、ドクター・バックホルツを困らせてきみの友人をリクルートした新顔のばかどもが、リストのトップに来るだろう」

「新しい知事は、引き続きわたしをこの特別任務に当たらせてくれるでしょうか?」

「頼んでおく」ルーロンは疑問を退《しりぞ》けた。「しかし、一つ言っておきたい。例の病院の支払いの件で、きみがどれほどひどい状況にあるかわかっている。娘さんがけがをしたとき、ちょうど連邦政府が健康保険のルールをあれこれ変更しているタイミングで、法律がどうなるか、健康保険がどこまでカバーできるか、だれもわからなかったのが問題だった。われわれの政府が無能であわてふためいているせいで、娘さん——そしてきみ——が苦しむべきではない。

思うに、これは突破口になるケースだ。そしておれは突破口を開きたい。おれのために最後の仕事をしてくれたら、ジョー、おれは娘さんの件を吟味して訴訟を起こすつもりだ。少なくとも、きみがわけもなく破産したりしないですむ和解を勝ちとれるだろう」

ジョーは驚いた。

「ありがとうございます」

クリップボードを持ったアレンの取り巻きの一人が、いまや一メートル先に立っていた。彼は知事の注意を引こうとしたが、ルーロンは無視した。

「きみはいいやつだ、ジョー。すばらしい奥さんと家族がいる。おれのために力を尽くして働いてくれたし、おかす必要のないリスクをおかしてくれた。せめて、このくらいはさせてくれ。政治屋どもをヒーヒー言わせてやろうじゃないか」

「ルーロン知事、ちょっといいですか?」クリップボードを持った男がめげずに呼びかけた。

ルーロンはジョーの肩をぽんとたたいて話は終わりだと告げた。ジョーの聞きたいこと——たとえばレッド・デザートのどこなんです——はしばらくお預けだ。とにかく砂漠は広大なのだ。

「なんだ？」ルーロンはアレンのスタッフに尋ねた。

コルター・アレンがスタッフを押しのけてやってきた。アレンはジョーにうなずきすらしなかった。「スペンサー、わたしの演説の前にあなたが少し話されたいかと思ったんだが？」

ルーロンは嫌悪をこめて相手の顔をにらんだ。「まさか」

「せめてあそこで一緒に立っていてもらえないかな？　ほら、写真用に」

テニスの試合を見ているかのように、ジョーは現知事から次の知事へと交互に目を向けた。

「ごめんこうむる」

アレンは落胆した表情になった。

「おれはここにいる。それでじゅうぶんだろう」

「どうしても？」

「しつこくすると、おれは演説してきみが言ってほしくないことを言うかもしれないぞ」

アレンはなんと答えていいかわからないようだった。

そのとき部屋の入口付近で、メアリーベスの聞きなれた声がするのをジョーは耳にした。

「わたしはメアリーベス・ピケット、トゥエルヴ・スリープ郡図書館の館長です。今日はミスター・コルター・アレンをお迎えしています。次期知事選の候補者であり、図書館拡張のための地域の一セント売上税を強力に支持してくださいました……」

ルーロンとの会話などなかったかのように、アレンが勝負顔になって大股で演壇へ向かうのを、ジョーは見守った。

「彼がどんな知事になるか、おれにはわからない」ルーロンは小声でジョーに言った。「あのデスクの向こうにすわるまでは、みんな簡単な仕事だと思っている。自分がすべての答えを知っている気でビッグ・パイニーあたりでいばっているほうが、彼のためかもしれない。とにかく、献金者に耳を貸しすぎず、この州を悪い方向に向かわせないように、祈るだけだ」

ジョーはルーロンの言葉をほとんど聞いていなかった。すでに頭の中は、南へ行ってネイト・ロマノウスキを探すことでいっぱいだった。

ふだんの仕事を離れた新しい任務に、彼はうしろめたい興奮を感じていた。担当区域となじんだ環境から出ていかざるをえないときに、自分がつねに最高の――ときには最低の――結果を出すのはわかっている。

あそこでなにが起きていると連邦政府は疑っているのだろう？　コロラド州で合法的に買ったマリファナの転売以上のことにちがいない。たしかに、いま問題になりつつはあるが。

そしてネイトをリクルートした目的はなんだ？

10

その夜のララミー。蚤《のみ》の市で見つけた中古のテーブルランプの光のもと、二十二歳のシェリダン・ピケットは遅ればせながらの誕生祝カードに封をしていた。投函するには切手がいるが、あるかどうかもわからない。
パパの誕生日には携帯でメッセージを送り、〈ありがとう!〉と返事があった。パパはあまりメッセージが好きではない。誕生祝カードを喜んでくれるといいけれど。カードの表紙にはこうあった。

あるところに娘のいるお父さんがいて、
ぶらんこに娘を乗せ、
鬼ごっこで娘を追いかけては、
娘を捕まえました。

そして内側にはこうある。

ああ、どれほどの幸せを彼は娘にくれたことでしょう!

ただし、釣り、車の運転、自分の足で立つことを教えてくれたのは言うまでもなく、という言葉を、ああ、どれほどの幸せを彼は娘にくれたことでしょう！の前に書きくわえたので、リズムはだいなしになってしまった。

シェリダンは気に入ったが、ほんとうのところパパはカードもあまり好きではない。

引き出しの中に切手はないかと探して、デスクの上にいろいろなものを並べた。輪ゴム、チケットの半券、古いUSBフラッシュメモリ数個、寄宿舎に住んでいたころの一年生の学生証、パパがくれた辛子スプレー……

「ノック、ノック」

キャンパス外のスティール・ストリートの貸家をシェアしている二人のルームメイトの一人、キーラ・ハーデンだった。もう一人はエリンだ。シェリダンがここへ越してきたのはエリンがいたからなのに、もう三週間も彼女を見ていない。シェリダンとエリンはともに四年生で、ワイオミング州北部のトゥエルヴ・スリープ郡出身だった。エリンはいま、ボーイフレンドのラルスのところに転がりこんだも同然の状態だった。彼はノルウェーからの金髪の交換留学生で、街の反対側に住んでいる。

キーラはエリンが連れてきた。彼女は小柄で妖精のようだ。黒い目、スキンヘッド、鼻と下唇に金のピアス、肩から腕全体までのタトゥー。シェリダンにタトゥーが見えるわけではない。キーラはいつも寒がりで、だぶだぶのスエットパンツと、大きすぎて袖も長すぎるので指先までおおうフード付きパーカを着て、家の中を歩きまわっている。

「ちょっといい、だんまりちゃん《チャーチマウス》？」

「いいよ、リスベット」シェリダンは答えた。

キーラはそのあだ名ににやにやした。


キーラはサンフランシスコの湾岸地区で育ち、ワイオミングに関するすべてをつねにおもしろがっていた。気候、学生、カウガール、文化（あるいは文化の欠如）。彼女はハスキーな声のロースクール一年生で、ソーシャルメディアでは自分のことを〝素人芸術家／行動主義者〟と称していた。LGBTQ（レズビアン、ゲイ、バイセクシュアル、トランスジェンダー、クイアまたはクエスチョニング）への理解を広めるキャンパスのイベントにシェリダンを誘い、組織のメンバーを家に招き、肉を食べない食事会を開いていた。出席者は多くなかったが、キーラに失望した様子はなかった。肩をすくめ、また進んでいくだけだった。そして彼女はシェリダンがあとで片づけを手伝ってくれたのを感謝した。

シェリダンはキーラに惹かれ、キーラもなぜかシェリダンに惹かれているようだった。もうここにはいないエリンとの関係を除けばなにも共通点がないのに、二人は友だちになった。LGBTQの集まりのあと、キーラはシェリダンをだんまりちゃん《チャーチマウス》と呼びはじめた。集まりのあいだずっと、目を丸くして部屋の隅に立ち、参加者たちを異国の生きものであるかのように黙って観察していたからだ、とキーラは説明した。

シェリダンにとって、参加者たちはそう見えた。そして、キーラにはお返しにニックネームを進呈した――リスベット・サランデル、『ミレニアム』シリーズのヒロインだ。キーラは気に入った。

シェリダンは、ボーイフレンドのジェイソンとくっついたり離れたりしている。背が高くハンサムでシャイアンの有名な一家の出だから、シェリダンは結局はこのまま手を打つと彼は自負していたが、キーラのオフロード・バイクが外に止めてあるとスティール・ストリートの家には来ようとしなかった。それでもシェリダンはちっともがっかりしていないことに気づいた。最近ジェイソンと会わないほうが心地よいのだ。彼の中に見ていた長所――誠実さ、よく笑うこと、礼儀正しさ――は前には感じていなかった彼の嫉妬心や依存心で帳消しになりつつあった。たとえジェイソンが信じようとしなくても、この関係に未来はない。彼といると息苦しく、たとえ相手が自分たちは〝必然のカップル〟だと主張しても、彼女は同意できなかった。

「なに？」まだドアの外の暗がりにたたずんでいるキーラに、シェリダンは尋ねた。キーラは個人のプライバシーをとても尊重し、シェリダンはそれをありがたいと思っていた。「入ってよ」

「ありがとう」

キーラは部屋に入ってきてテーブルランプの光を横切り、シェリダンのベッドにヨガ・スタイルで足を組んですわった。キーラはエネルギーの節約のために家の中の電気を消しておくのが好きだった。でもサーモスタットをいつもつけてるのは別問題よ、とも言っていた。

「切手《スタンプ》を一枚借りられない？」シェリダンは聞いた。

「タトゥースタンプなら背中に一個」

シェリダンは笑い、封筒を持ちあげた。「意味はわかるでしょ」

「切手持ってる人なんている？　いまどきだれが郵便でなにか送るのよ？」

「パパへの誕生祝カードなの。もう過ぎてるんだけど……切手がいるのよ」

「前に読んだことがある。小さくて四角いべたべたしたやつでしょ？　表に昔の白人の写真なんかがついてる？」

「そう」

「じつは、あたしの部屋に少しある。ママがくれたのよ、あたしが手紙を出すとでも思ったんでしょ。〝永遠の切手〟と呼ばれてる、なぜならママはあたしが永遠に使わないってわかってるから。一枚あげるね」

「よかった、ありがとう。助かる」

キーラは出身地についてシェリダンによく質問した。サドルストリングという小さな町の郊外で育ち、母親と馬に乗り、ネイト・ロマノウスキという鷹匠《たかじょう》の弟子になり、猟区管理官である父親と一緒に車で出かけた話を、シェリダンは語った。キーラはシェリダンのことを、別の時代への先祖返りのように見なしていた。あるとき、こう言った。「あんたは本心からママとパパが好きなのね？」

シェリダンはそうだと答えた。

「それはすてきなことにちがいないよね」キーラはうっとりした口調だった。それから、家に水洗トイレとインターネットはあったの、と聞いた。

シェリダンはお返しに、両方とも大学へ入るまで知らなかった、と答えた。シェリダンが自分をかついでいたことに、何週間もたつまでキーラは気づかなかった。

家族はキーラをどう考えるだろう、とシェリダンは思い、いつか週末に彼女を北部へ招待するプランを温めていた。キーラをよく知ればママは彼女を好きになり、馬に乗せてくれるだろう。馬に乗れば、どんな違いも溶け去ってだれでも楽しい仲間になれる、とママは思っている。パパは口には出さずともキーラにめんくらい、娘のことをちょっと心配するだろう。妹たちは自分たちのまわりにもキーラのような少女がいるようにふるまい、じっさいいるかもしれない。

「で、あたしが来たほんとうの理由なんだけど、週末、なにか予定ある？」キーラは尋ねた。

「夢見るジェイソンとフットボールのビッグゲームに行くとか?」

シェリダンはキーラの皮肉に笑った。「たぶん行かない」

キーラはシェリダンを見つめ、やがて共謀者めいた笑みを浮かべた。「ちょっと冒険しない?」

「あんたの言う意味によるわね。プラカードを掲げて歌いながら行進するとかなら、パス」

「心配しないで」キーラは一蹴するように腕を振り、袖の端をひらひらさせた。「LGBTQのパーティじゃないの。あんたの地平線を広げようとするのはあきらめたし、ああいうことはあんた向きじゃないってわかる。それに、連中は争いあって時間を浪費してるし。そうじゃなくて、こんどのはじつはアウトドアの冒険なのよ」

「あんたがアウトドア? まさか!」

「うん、わかってる、信じて。スモア（キャンプでよく作られる菓子）ってなんなのか調べるのに、ググらなくちゃならなかった。そしたら、ゲキマズみたい」

「外で食べるとなんでもおいしいのよ」シェリダンは言った。「やってみたらわかる」

「なんでもやってみるけど。ねえ、クローゼットにキャンプの道具を持ってるよね?」

シェリダンはうなずいた。

「キャンプやハイキングやテント泊なんかを全部経験してるんでしょ?」

「うん、パパとね」

キーラはベッドからぽんと下り、シェリダンが写真をピンで留めているコルクボードの前へ行った。騎馬旅行やフライフィッシングの遠足やタカ狩りの写真などだ。シェリダンのルームメイトは首を振った。「ほんと、こういうことのやりかたを知ってるんだよね？　この写真は、ほら、フォトショップで加工したりしてないんでしょ？」

シェリダンが答える必要はなかった。

「じつはね、ネットで知りあった友だちがいて、みんなすごくクールな人たちなの。で、彼らがあるプロジェクトを手助けするボランティアを募集してるんだ」

シェリダンは疑わしげにすわりなおした。「その人たちフェイスブックやってるの？　見てみたい」

「正確にはフェイスブックじゃないの。あたしたちが話してる内容には、フェイスブックは遅れすぎてるから」

「じゃあ、そのプロジェクトって？」

「わからない。彼らはそれを……荒野で進めてるらしいの。すべてが極秘。まだどこなのかさえ知らないし、あたしが参加するまで彼らは言おうとしない。でもとにかく、キャンプしなくちゃならないみたい。その手のことには、あたしはまったく無知なのよ」

「だから道具を借りたいの？　いいわよ、ぜんぜん。切手と交換で貸してあげる」

キーラは笑ってかぶりを振った。「違うのよ、ただ借りたいんじゃない。一緒に行ってほしいの」

「え？　あたし、その人たちを知りもしないのよ。どうして行かなくちゃならないの？」

「ああ、シェリダン、あんた、きっと彼らを気に入る。この国を、この地球を愛してる人たちなの。それに、二日ぐらい出かけるべきよ！　勉強にあきあきしてないなんて言わせないから！　お願い！　だんまりちゃん《チャーチマウス》、すごくおもしろいから」シェリダンは、どういうことなのかわかる前に、すぐ断わりたくはなかった。だんまりちゃん《チャーチマウス》という消極的なイメージのあだ名はあまり好きではない。それに、ちょっと好奇心をそそられていた。

「一緒に来てくれるなら、だれにもそのことを言わないって約束して、いい？　あたしたちがどこへ行ってなにをするのか、だれにも言っちゃだめ、わかった？　あんたがしゃべったら、あたし、彼らとやばいことになる」

「まだなんの説明も聞いてないじゃない」

キーラはまたすわってベッドカバーを両手でたたき、笑った。「それは、あたし自身が知らないからよ！　オンラインでは話してくれないの。でも、正義にかかわることだってわかってる――あんたがいずれ孫たちに話してきかせるようなこと。あたしはきっと孫なんかできない。とにかくどういうことなのかまだ教えてくれないの、あたしが」――キーラは一瞬ためらった――「つまり、あたしたちが参加するまでは」

「ちょっと。自分が行きたいかどうかわからないのに……」

「お願い。あんたがやってるのは、勉強とバイトとあのケン人形と遊ぶことだけでしょ。大学生活ってこういうものなんじゃない？　いろいろチャレンジして新しい経験をする時間じゃないの？」

シェリダンが答えないと、キーラは懇願した。「お願い、お願い、お願い。あたし一人じゃできないってわかってる。そして、知るかぎりじゃ今週末がボランティア募集の最後になるらしいのよ。ねえ、友だちを助けると思って」

シェリダンの心は揺れた。懇願するキーラを目にしたのは初めてで、彼女が気の毒になった。

それにキーラは正しい。勉強と、ジェイソンをめぐるドラマから、いったん離れるのもいいかもしれない。

思わず、聞いてしまった。「あんたが知ってるのは一晩のテント泊になるってことだけ？」

「そう。食料はあたしが持ってく」

「一緒に買物すればいい。キャンプファイアやバーナーではなんでも料理できるわけじゃないの。トーフなんか焼き網から落ちちゃうかも」

「へえ」

「天候はまだ悪くない」シェリダンは考えた。「いい天気はもうあまり長くは続かないわね」

「そうよ！　ねえ、行くって言って！」

「向こうには何人ぐらいいるの？」

「わからない。あたしの知りあいは二人しかいないの。でも、少なくともオンラインではほんとうにすばらしい人たちに見える」

「辛子スプレーを持ってく」シェリダンは言った。

「それは大丈夫だと思うけど、確認するね」

「辛子スプレーを持っ、て、い、い、いくから」

キーラは目を丸くした。ルームメイトのこういう口調は初めてだった。

「あんたたちカウガールときたら」

「あたりまえじゃない」

第三部　レッド・デザート

古代の影から、手首にハヤブサを止まらせた男が現れた。

——ロジャー・トリー・ピーターソン『アメリカの鳥類』

11

砂漠に来て四日目、接触があった。そのとき、ネイト・ロマノウスキは濁った小さな貯水タンクのような泉のほとりに裸で立ち、服から赤い土を洗い落としていた。捨てられた革の足緒を見つけてからの四十八時間、自分の動きが追跡されているのはわかっていた。

つまり、近づいているのだ。

革ひもは硬いシリカの地表上で丸まっており、コンクリートで死んでいるミミズのようだった。タカの足にとりつけられていたのがすり切れてゆるくなり、地面に落ちたのだとネイトにはわかった。革はまだ柔らかい——それほど長く太陽と風にさらされてはいない。一週間以内だ、とネイトは思った。

そして、これを見つけて足緒だとわかる者はほかにいないだろう、とも思った。

彼を追跡しているのがだれにしろ、いままでは距離を保っていた。昨日、数キロ先の車の窓に太陽が反射するのをちらりと目にしたし、タイヤの巻きあげる羽毛のような煙のなごりがゆっくりと動くのを見た。昨夜は、近くの涸《か》れ谷で足音と、ブーツの硬い底が砂岩にこすれる音を聞いた。

ビター・クリークで州間高速を下りてレッド・デザートへ百二十キロ近い未舗装道路のドライブを始める前に、ネイトはローリンズの〈ウォルマート〉で装備をととのえた。まずはガソリンと水を五ガロン容器数個に満たし、そして購入した〈イエティ〉のクーラーボックスに数日分の氷と食料を入れ、ダッフルバッグとデイパックにキャンプ用品を詰めた。料理用バーナー、燃料、一人用ドーム型テント、鍋、皿、調理器具。ヴォルクとティレルから渡された音声データ暗号化機能付き衛星電話には、ソーラー・バッテリー充電器もついており、それはネイトが買った小型GPSと付属の地形図ソフトにも使えた。リボルバー用の五〇口径の弾薬を売っている銃砲店で、弾薬以外に、ルガーの全天候型ランチ・ライフル用に六・八SPC弾も三箱買った。記録が残らないように、すべて現金で払った。

舗装道路をあとにすると、ティレルとヴォルクが彼の動きを監視するために渡した衛星電話からバッテリーを抜いた。彼らが激怒するのはわかっていたが、ネイトは気にしなかった。しかるべきときが来たら、バッテリーを戻せばいい。だがそれまでは、ネイトの正確な位置を二人は推測するしかなく、彼は監視のない自由な行動をとれる。

ジーンズの左前ポケットには、アリーシャ・ホワイトプリュームの三つ編みにした髪の束が入っている。思い出以外に、彼女のものでまだ残っているのはこれだけだ。いまはリヴが自分の望むすべてを持つ女だとわかっていても、アリーシャのたった一つの遺品を手放す気にはなれなかった。

右前ポケットには、一ヵ月前に撮ったリヴのラミネート加工した写真が入っている。リヴはフライフィッシング用の竿で初めて釣りあげたレインボー・トラウトを掲げて、満面に笑みを浮かべている。

ふたたび彼女に会えるだろうか、とネイトは思った。

ティレルとヴォルク以外にも砂漠で自分を追跡している者がいるのに気づいていても、彼は監視者にそれを知らせたり呼びかけたりはしなかった。何十年もの狩りの経験から、たいていは獲物にこちらへ来させるのが最善であり、ただちに追うべきではないと学んでいた。そのためには、忍耐力と沈黙と相手を直視しない慎重さが必要だ。そうやって何十頭ものエルクを仕留めてきたし、プロングホーンを引き寄せるいちばんの方法は、木か棒に布切れを結んで、好奇心の強い動物が近づいて調べるのを待つことだと知っていた。

それに、攻撃的に追われたときの獲物の最初の反応は、戦うか逃げるかだ。だから、獲物に自分のところへ来させれば……

今回、ネイトの布切れは自分のタカたちであり、彼は車を止めるたびに彼らと狩りをした。探しかたを知り、なにを目にしているか理解できる者なら、遠くからでも空中の鳥たちを見つけられる。タカ狩りの達人なら、ほかのだれも気づかない空の点が見えるし、種類を判別できる。空中のタカには種類によって特徴的な輪郭があるのだ。

ネイトが経験した中でも、レッド・デザートはもっとも荒々しく人を寄せつけない場所だ。舗装道路はなく、浸食された轍《わだち》の道の多くはどこにも通じていない。見えるのは、乾いた赤い孤立した丘《ビュート》、細長い峡谷、登れば転落してそのままになる傾いたすべりやすい岩盤。岩石層――干し草の山状の岩、奇形の岩柱、巨大なマッシュルームのような柱状の岩など、さまざま――は、風景の中に散らばった墓石を思わせる。

地図上でスカル・クリーク・リムの北側にあるアドービ・タウンと記されている場所にはとくに、風で形成されたビュートや尖峰や岩石層が集まっており、日干しレンガ《アドービ》でできた町というよりは、捨てられた寺院か城のようだ、とネイトは思った。岩石層のあいだを歩くのは古代ローマの遺跡を探検するのに似ていたが、この遺跡は自然にできあがったものだ。南西部にある有名な西部劇の撮影地のミニチュア版、モニュメント・ヴァレーはアドービ・タウンの南側にある。

草木も少し生えており、ビャクシン、ウチワサボテンが風で吹き飛ばされない砂丘の東側に根を下ろしている。ネイトは北側へも車を飛ばし、何百万年もかけて形成された、底には川も流れもない十八万エーカーの峡谷の端まで行ってみた。狩りにおあつらえ向きの場所を見つけるとかならず、ジープを止めてタカを一羽飛ばした。これまで鳥たちは、五、六羽のウサギと二羽のキジオライチョウを仕留めていた。

野生動物に必要な水がないように見えるにもかかわらず、何百頭ものプロングホーン、野生馬、オオツノヒツジ、デザート・エルクの大群がいた。

しかし人間はいない。彼を追跡している何者か以外には。牧場主も羊飼いも、この砂漠は将来的に有望と見なされているにもかかわらず石油採掘関係の車両もいない。地平線には電線もフェンスもビルも、いたるところにある風力発電も見えない。ただ、樹木のない巨大な広がりがどこまでも続き、深い青を湛《たた》えた空の下に火山性の硬い地表がある。

十月にしては季節はずれの暖かい日で、遠くで熱波が揺れていた。静かで、なんの音も聞こえない。十キロほど離れたアドービ・タウンの近くの峡谷を吹きぬける、風のうなりがかすかに届くだけだ。

そのとき、ネイトは彼らを見た。

西方の断層崖の上に、二人の男がシルエットになっていた。姿が見えにくいように、わざと太陽を背にして現れたのだ。

一人はこぶしにタカを止まらせていた。

もう一人はライフルを持っていた。

男たちが近づいてきたとき、ネイトは泥がはねた自分のジープに目をやった。ランチ・ライフルは座席のあいだに差しこんである。後部にいる頭巾をかぶせられたタカ三羽の動かない姿が、幌窓《ほろまど》ごしに見える。

彼は泉からあとじさって前かがみになった。リボルバーはよごれた服の上に置いたホルスターにおさまっているが、取ろうとはしなかった。銃ではなく、ほかの服と同様に赤い土でうっすらとピンクに染まったパンツに手を伸ばした。それから、相手からは見られないがすぐ手にとれるように、リボルバーの上によごれたフード付きパーカを置いた。

パンツをはき、彼らが来るのを待った。

「いまいましい赤土はなんにでも入りこみますね？」ムハンマド・イブラーヒームは親しげな笑みを浮かべた。ティレルとヴォルクに見せられた写真から、ネイトはすぐに彼だとわかったが、写真より痩せてさらに強靭《きょうじん》そうで、動きはアスリートのようだった。ひげを剃《そ》っておらず、黒い巻き毛はシャツの襟《えり》あたりまで伸びている。砂でピンクがかったベージュの軍用作業ジャケットを着て黒のカーゴパンツをはき、腰には丸く出っ張ったタカ狩り用ウエストバッグを巻いている。

「そうだな」ネイトは答えた。「いろいろ洗っているところだった」

「邪魔をする気はないんですよ。あなたがここにいるのを見かけて、ちょっとあいさつしないのは失礼かと思って」

彼の声ははきはきとして少し甲高《かんだか》いが、訛《なま》りはまったくなかった。まさにヴァージニア州育ちに聞こえる。

「どうも」ネイトはうなずいた。

ライフルを持った男はイビーより背が高く年も上で、愛想笑いする必要はないと思っているようだった。パイロット用サングラスをかけ、黒髪を短く刈って、顔にはあばたの跡がある。イビーと同じく、中東出身らしい。ライフルは肩にかけられているが、銃身と銃口は見えた。AR15か同型のセミオートだろう。男が向きを変えないと、スコープ付きなのか大容量弾倉を備えているのかネイトにはわからない。男は動かずに、少しあごを上げて無言でネイトと服の山とジープを観察している様子だった。

ティレルとヴォルクは二人連れだとは言っていなかった。知らなかったのかもしれない。

「水をフィルターで漉《こ》してもいいですか？」イビーは尋ねた。「今日は長距離を移動した。このあたりをご存じなら、水場から水場がどのくらい遠いかわかるでしょう。場所を知らないと、何日も水が見つからないこともある」

「あまりいい水じゃない。アルカリ臭がある」

「慣れるものですよ」

二人が泉に近づけるようにネイトは脇に寄った。イビーは頭巾をかぶせたタカをそっと地面に下ろし、飛ばないように足緒の上に岩を置いた。

「あなたはどうやって見つけました？」イビーは聞いた。

ネイトは泉の端近くの硬い地面にあるいくつものくぼみを示した。「車で通りかかったとき、野生馬の群れがここから走りだした。動物を見つければ水が見つかる」

「鋭い」使いこんだ〈ナルゲン〉のクォート・ボトルのプラスティックのフィルター・キャップを開けながら、イビーは言った。そして連れを見やって尋ねた。「きみもどう？」

「わたしは大丈夫」男は答え、やはり訛りはなかった。

「もっと水分をとったほうがいいよ」しゃがみこんでボトルを満たしながらイビーは言った。

男は答えなかった。

キャップを戻したあと、イビーはボトルを頭上に持ちあげて握りしめた。濾過《ろか》された水が細い流れとなって彼の口の中へ落ちていく。

「聞きたいんですが」イビーはネイトに言った。「シロハヤブサを飛ばしていますか？」

「ああ」

イビーはかぶりを振ってにやりとした。そして連れのほうを向いた。「ほらね。シロハヤブサだと言ったろう。わたしをぜったいに疑わないことを、きみは学ばないとな。どんなに遠くからでも、自分のタカはわかるんだよ」

ネイトにはこう言った。「わたしはシロハヤブサを飛ばしたことはないが、前から一羽ほしいと思っているんです。ずっとイヌワシを飛ばして、小型のシカを仕留めるのに使ってきました。でも、シロハヤブサが手に入ったらどんなにいいかと」

「あの雌《めす》とはまだ日が浅いんだ」ネイトは答えた。「気心が知れているわけじゃない」

「罠で捕まえた？」

「いや。ただ現れた」

イビーは疑わしげに首を振った。「ただ現れた？　そして、あなたが頭巾をかぶせて足緒をつけるのを許したんですか？」

「それはおれも不思議に思った」ネイトは正直に答えた。

ネイトはイビーに話していたが、ライフルを持った男のことはずっと気に留めていた。男がライフルを肩から下ろして狙いをつける前に、地面にころがって武器をとり、発砲する勝算はあった。

いざとなれば。そして、イビーが自分の武器をタカ狩り用ウエストバッグに入れていなければ。

突然礼儀を思い出したかのように、イビーは言った。「わたしはイビー、こっちは弟子のガジ・サイードです」

「ネイト・ロマノウスキだ」

相手を認めてイビーはまばたきした。

「あのネイト・ロマノウスキ?」少し間を置いてから続けた。「あなたはタカ狩りの達人だと聞いています。マスコミで何度かニュースになりましたね?」

「意図したわけじゃない」ネイトは答え、一瞬身を低くしてころがろうかと思った。だが、そのとき、ティレルとヴォルクがイビーに抱いている疑いがほんとうなら、自分の過去が不利ではなく有利に働くかもしれないと気づいた。

「ミスター・ロマノウスキは一種の伝説なんだ」イビーは肩ごしにサイードに説明した。「数年前、連邦政府のならず者たちの〝失踪〟に関係があると疑われた。彼がやったと言っているのではなく、以前記事を書くために調べたとき資料のいくつかで彼の名前が挙がっていたんだ。じつは」イビーはネイトに向きなおった。「わたしは以前記者だったんですよ」

「それを聞いて残念だ」

イビーは笑った。腹の底からの快い笑いだった。「そのあとちゃんと足を洗いましたよ。この大空とここでのこのすばらしい狩りのおかげで、正気に戻った。そうだね、サイード?」

サイードは一声うなった。イエスなのかノーなのか、ネイトにはわからなかった。

「それをわたしはサイードに認めさせようとしているんです。タカ狩りは鳥に獲物を殺させる行為以上のものだ。狩り以上のものでさえある。最後にはたがいに誠実かつ自由な関係を築ける、野生の生きものとの絆を体験することなんです。同意していただけますか、ミスター・ロマノウスキ？」

「そうだな。ほら」ネイトは見つけた足緒をイビーにさしだした。「これはきみのだろう」

イビーは受けとって眺めた。「ああ、そうです。先日なくしました。ありがとう」

「きみたちの狩りの縄張りを侵すつもりはなかった。気がつくまで、ここに別の鷹匠《たかじょう》がいるとは思っていなかったんだ。洗濯が終わったら、すぐに移動するよ。レッド・デザートには、おれたち二人が狩れる広大な土地がある」

サイードはうなずいたが、イビーは答えなかった。そして、じっとネイトを観察した。黒い目は突き刺すようだった。心の中の問いの答えをこの場で出そうとしているかのようだ、とネイトは感じた。

「ここはすばらしい場所ですね？」イビーは、別のことを考えているあいだ世間話で時間を稼いでいるように見えた。「こんなに大きくて人の多い国の中に、まだここみたいな場所があるのは驚くべきことだ。携帯の電波塔もないし、インターネットもない。そうしたくてもツイッターやフェイスブックをチェックすることもできない。起きているあいだ携帯から目を離さないかわりに、目を上げてこの荒々しく美しい風景を眺められる。アドービ・タウンには行きました？」

「行った」

「あれほど辺鄙《へんぴ》な場所でなければ、ぜったいに国立公園か記念物になっていた、そう思いませんか？　もちろん、そうなればおしまいだ。観光客が押し寄せて、わたしたちだけの場所ではなくなってしまいますよね？」

ネイトはうなずいた。同意しないわけにはいかない話しかたをイビーにされることに、いらいらしてきた。

イビーは続けた。「ある人々――じっさい、ほとんどの人々――はきっとここを不毛の地と呼ぶでしょう。死んでもここには来たくないでしょうね、メールのチェックもできないし、電話すらかけられない。でも、わたしはそれがレッド・デザートのもっとも美しい点の一つだと思います。どんなに頑張っても、ここにいるわたしたちには連絡をつけられない。わたしたちは社会から切り離され、地図上から消えている。まるでもう一度人間に戻れたような、自由になれたような気がする」

いらだったのか退屈したのか、サイードが片足から片足へ体重を移した。「そろそろ行くほうが」

ざらついた声だった。

「サイードはそわそわしはじめているんです」イビーはネイトに言った。「なにか仕留めたいんだ、わたしのタカか彼のライフルで。わたしが美を見ているとき、彼は標的を見ている。ここではサイードは血に飢えたようになるんですよ」

なかばからかうような口調だったが、そこに真実が含まれていることをネイトはつゆほども疑わなかった。

「行く前に、お願いがあるんですが？」イビーは言った。

ネイトはうなずいた。

「あなたのシロハヤブサを近くで見せてもらえませんか？」

「あの雌はほんとうにおれのものってわけじゃないんだ。おれのタカすべてと同じで、自由な鳥だ。いつでも飛び去ることができる。だが、いいよ。シロハヤブサを連れてこよう」

イビーはジープへ向かうネイトについてきた。イビーやサイードにジープの中を見られないように、ネイトは自分で鳥を連れてきたかったが、イビーは選択肢を与えてくれなかった。

「そう、あなたのように、タカに名前さえつけず、好きに行き来させている鷹匠について読んだことがある。わたしが習ってきたのとは違う種類のタカ狩りです」

ネイトはうなずいて聞いていることを示した。

「それはわれわれの流儀じゃありません。猛禽類《もうきんるい》は仕える存在、獲物をとってくる存在だと考えている。われわれは何千年もタカ狩りをしてきたとはいえ、あなたの流儀のほうが……文明的に進んでいますね。だが、わたしがこう言ったと伯父たちや王族の鷹匠にあなたが話すことがあれば、そう、わたしは否定しますよ」

「王族の鷹匠？」ネイトは尋ねた。「きみは王族なのか？」

イビーはその問いをかわすように両手を振った。「血はつながっているが、複雑なんです」

ネイトは頭巾をかぶせたシロハヤブサを出してみせ、イビーはこぶしに止まらせてしげしげと観察した。そしてシロハヤブサの重さににっこりした。そのかん、サイードは興味があるそぶりさえ見せず、泉のそばに残っていた。イビーはジープのほうへ視線を向けようとすらせず、シロハヤブサに魅せられていた。

「ありがとう」イビーは鳥を返した。「こぶしにのせられて光栄でした。いつか自分でも一羽持ちたいと言わなかったら嘘になる――」そこで口を閉じて微笑した。「一羽飛ばして一緒に狩りをしたいと言うべきでした。そのほうがあなたの流儀にかなっている」

ネイトはシロハヤブサをジープの中に戻した。イビーは弾むような足どりで引きかえしていった。

ネイトが泉に戻ると、イビーはふたたび〈ナルゲン〉ボトルのキャップを開けていた。

「聞いていいですか」イビーは言った。「どうしてあなたの有名な銃をわれわれから隠さなければと思ったんです？」

その質問にネイトは驚いた。自分の五〇口径はまだパーカの下だ。

「サイードに過剰反応してほしくなかった、そうなったらおれはきみたち二人を殺さなければならない」彼は答えた。

イビーは頭をのけぞらせて笑った。ネイトの答えを心底楽しんでいるようだった。しかし、サイードの表情はけわしくなった。

「ネイト・ロマノウスキのことを聞いている者なら、だれでも彼の有名な大型拳銃のことを知っている」イビーは言った。「その銃は、一キロ半の距離から正確に的を撃ち抜くというのはほんとうですか?」

「正確なのは銃じゃない。射手だ」

「まさに」イビーはにやりとした。

立ちあがってボトルのキャップを閉め、手をさしだした。「またどこかでお会いするかもしれませんね」

ネイトは握手した。「明日どこで狩りをする予定か教えてくれたら、混みあわないようにそのあたりへは近づかないようにする」

「わたしはアドービ・タウン付近にいるはずです。キャンプがそこから遠くないので」

サイードは仮面のような無表情のままイビーをにらんだ。

「わかってよかった」ネイトは言った。


二人が去ったあと、ネイトは残りの服を洗い、ウチワサボテンとジープのバンパーを使って干した。湿気がないのですぐ乾くとわかっていた。

歩くと、砂漠の鋭いシリカの結晶が足裏を傷つけ、彼の重みでジャリッと音をたてた。あの夢とそっくりだ。

夕暮れ、彼はドームテントを立てて中に寝袋を広げた。暖かい日だったが、レッド・デザートは大陸分水嶺《ぶんすいれい》にまたがっており、高度があるのでたちまち気温が下がる。

食事の前に、三羽のタカののどがさっき仕留めて食べた獲物の肉でふくらんでいるのを確認した。後部に敷いたシートには糞《ふん》が散らばっており、彼は明日の朝あの泉で洗うことにした。

ローリンズで買ったクーラーボックスの中の食料ではなく、プロングホーンの背肉をキャンプファイアで焼いた。美味だったし、自分が狩りをして眠る場所で収獲した肉を食べるのは正しいことだと感じた。プロングホーンは、昼間百五十メートルの距離から一発で仕留めた。

許可証なしで狩猟動物を密猟するたびに、ジョー・ピケットがいたらどんなに怒るだろうと思い、ネイトは微笑する。ジョーは一本気で、それが彼を好きな理由の一つだった。

食後、ネイトは立ちあがって伸びをし、火は燃えつきるままにしておいた。この先火をおこすために、もっとたきぎが見つかるといいのだが。木は水と同じくらい稀少だ。暗くなるまで待ってから、音声データ暗号化機能付きの衛星電話をジープへとりにいった。空にはかぼそい刃のような三日月が出ているだけだが、砂漠はうっすらと水色に照らされていた。

町からもほかのどんな電気の光からも遠く離れているので、星々は夜空に渦巻《うずま》いて果てしなく深く広がり、さかさまのコーヒーカップにそそいだクリームのようだ。

ドアを開けて室内灯をつけずに、ネイトは開いた窓から衛星電話をとった。邪魔にならないように、ベルトに留めた。それから、頭巾をかぶせた三羽を一羽ずつとりだした。邪魔されて機嫌が悪そうだったが、鳥たちはすぐに落ち着いた。ハヤブサとアカオノスリを左手に、シロハヤブサを右手に止まらせて、キャンプと泉から百五十メートルほど離れた小さな浅い洞窟へ歩いていった。高い砂岩に風で掘られた洞窟だ。傾斜の上方なので、キャンプが下に見える。

岩壁を背にすわり、脚を投げだした。リボルバーは腿《もも》の横に置いた。ここからなら、キャンプファイアの熾火《おきび》と水色のしみのような彼のドームテントを見張れる。三羽は洞窟内の風の来ない場所に小さな石の彫刻のように立っている。

ネイトは衛星電話の後ろ側を開けてバッテリーを入れ、起動した。電話が衛星を探しているあいだ、彼は空いている手で表面をおおって光が外に洩《も》れないようにした。

なんのあいさつもなく、ティレルが応答した。「電源を切るとはどういうつもりだ、くそ」

ネイトはとりあわなかった。「接触した。ガジ・サイードという男と一緒だった」

一拍の間があった。「綴《つづ》りを言え」

「そっちで調べろ」

ティレルはため息をついた。「彼の居場所はわかるのか？」

「まだわからない」

「なにをしているのか示すそぶりや発言は？」

「彼はタカ狩りをしている。本物の鷹匠だ」

「それ以外にだ」

「一つだけ。おれは監視されている」

「どういう意味だ？」

「いまもそのあたりにだれかいる。おれは相手が行動を起こすのを待っているところだ」

「イビーか？」

「わからない」

「なにをしているにしろ、つねにきみの正確な居所がわかるように、電話にバッテリーを入れておけ」

答えるかわりにネイトは電源を切り、バッテリーを抜いてポケットに入れた。これ以上話したり聞いたりしたくないし、いまは五感のすべてをとぎすませておく必要がある。

12

　ネイトは洞窟の内側でぱっと目を開き、居眠りしてしまったことを無言で呪いながら、すわりなおして身を乗りだした。腕時計を見た。午前一時十八分。地面からの冷気で腿と尻がこわばり、一瞬動けなかった。ひざをついてうつ伏せになり、見下ろしたが怪しいものはなにも認められない。だが間違いなく、なにかが彼を目覚めさせた。目を閉じ、耳をすました。

　そのとき、また聞こえた。車のドアを閉める、遠いこもった音。

　ぎざぎざした砂岩の直立した壁、その南側の縁《へり》の向こうからだ。縁が邪魔で、その先にあるものは見えない。ヘッドライトの光も洩れていないし、エンジンの音もしない。車が近づく音も聞こえなかった。しかし、少なくとも二つのドアが閉められ、それも音をはばかる様子はなかった。

　ずさんだ、とネイトは思った。

　それからの十五分間、タカたちを横にじっとすわっていた。南側の縁に集中し、星の光に目を慣らした。岩の壁には隙間が三ヵ所あり、人一人なら通れる広さの三つの割れ目をつたって、彼のキャンプに近づける。車がある頂上付近の割れ目にもそれだけの広さがあるのかどうかは、わからない。侵入者が単独でも複数でも、砂岩の壁を迂回して左か右からキャンプを攻撃する可能性もある。

一羽のミヤマチドリが鳴き声とともに三つ目の割れ目から矢のように飛びたったとき、ネイトはさっと緊張した。ミヤマチドリは陸鳥で、なにかが営巣地帯に侵入したのだ。星空を横切る小さな鳥は、水色の火花のようだった。

ネイトはわずかに向きを変え、スコープ付きのリボルバーを両手で構えた。この五〇口径につけている高性能スコープは、裸眼より少し多い光を集める。彼は十字線を三つ目の割れ目に合わせた。

三人いる。壁の割れ目を一人また一人と下りてくる彼らの頭が、ゆっくり揺れるのが見える。顔立ちはまだわからない。割れ目に差しこむ一筋の星の光の中に、頭部がちらりと浮きあがっているだけだ。幽霊のように、三人は動いている。

割れ目の下で彼らは止まったが、残念ながらそこはいちばん影が濃かった。キャンプを観察し、最終的な計画を練っているのだろう、と彼は思った。冷たい風が弱く吹いており、ささやきあう声がかすかに流れてくる。

三人のうち二人が割れ目の下から現れ、キャンプのほうへ移動を始めた。姿勢を低くして、走らずに歩いている。武装しているかどうか、ネイトにはわからなかった。一人目の男が横歩きでテントへ近づいていく。二人目の男はネイトのジープへ向かった。

三人目の男は背後に控えて、姿を見せない。

お仲間と一緒に出てこい、とネイトは内心でつぶやいた。

一人目の男はドーム型テントから三メートルにまで近づき、背筋を伸ばしてからすばやく距離を詰めた。同時に両腕を頭上に上げた。テントに着くと、腕を下ろして荒い息を吐き、掲げていた剣でテントの布を切り裂いて中のなにかを突き刺した。星の光に刃がきらめくのを、ネイトは見た。

そして、恐怖と緊張からの解放に勢いづいて、一人目の男は何度も剣を振りあげてはテントに打ちかかった。刃が当たるとグサッという音が響いた。フレームが壊れてテントは倒れ、切り裂かれた寝袋のダウンの羽根が舞った。骨が砕かれ、剣が肉と皮に深くくいこむ音を、ネイトは聞いた。一人目の男が何度も切りつけると、寝袋の横に置いておいたプロングホーンの死骸《しがい》の肉片が空中に飛んだ。

「やったぞ！」一人目の男は興奮して息を切らしていた。「くそったれが！　たいしたことなかった。バラバラに刻んでやった」

「下がれ」二人目の男が言った。「おれの射線からどけよ」

一人目の男は剣を頭上で振りまわしながらテントから飛びはなれ、二人目の男は長銃を構えてテントの残骸に狙いを定めた。オートマティックの連続射撃音が夜を引き裂き、長いオレンジ色の炎の舌がキャンプを照らしだした。銃弾が当たったテントの側面が揺れ、プロングホーンの肉片がさらに飛び散った。血だらけの折れた長い骨も。

「ヒュー！」銃声がやむと、一人目の男が口笛を吹いた。「あいつの体はかけらも残っていないな、間違いない」

ネイトは目をこらして、三人目の男が割れ目の下から現れるのを待った。男は出てこなかった。

二人目の男が言った。「下がっていろ」そして懐中電灯をつけると、煙の出ているテントに光を浴びせた。突然の明るさに夜間視力を奪われないように、ネイトは顔をそむけた。それに、彼らがなにを見ることになるかわかっていた。

「ああ、くそ」二人目の男はうなった。「あれはなんだ？　毛が生えていて、頭には角がありやがる」

「なんだって？」一人目の男が聞いた。

ネイトは銃を持ちあげて引き金をしぼり、二人目の男の心臓を狙って背中側から撃った。男はばったり倒れた。

大きな反動からリボルバーを水平に戻し、親指でまた撃鉄を起こすと、逃げようとした一人目の男に発砲した。二度の銃声は一秒も離れていなかった。被弾の衝撃で、一人目の男はどっと横ざまに倒れた。剣が固い地面に音をたてて落ちた。

ネイトの銃口が発した二度のオレンジ色の火の玉は、彼の視界の中でゆっくりと残像に変わっていった。視力が戻るまで辛抱強く待ってから、立ちあがって三つ目の割れ目へ向かって平地を突進した。

一人目の男が地面で身悶《みもだ》えしている横を、ネイトは砂岩の壁へと大股で走った。二人目の男はぴくりとも動かなかった。乾いた砂漠の空気は、ほこりと火薬と血の臭いがした。

三人目の男は割れ目の下からいなくなっていた。

裂け目が壁に造ったトレイルを、ネイトは伸ばした手に銃を握って登っていった。ときおり、星の光が照らす短い砂地を通った。そこには彼のキャンプへ向かう三人のブーツの足跡と、引きかえして登る一人の足跡が残っていた。三人目の男はそうとう先行しており、かなり急いでいる、とネイトは思った。

割れ目から出る前に、ネイトは頭上の縁の上で車のエンジンがかかる音を聞いた。ドライバーは急発進し、スピンする後輪が割れ目に砂利を飛ばした。ネイトはそれが見えず、砂利が顔に当たって一瞬目がくらんだ。

右目から砂を払ってふたたび見えるようになったときには、車は遠くへ去っていて撃つのも追いつくのもむりだった。それでも、縁の上まで登り、注意深く割れ目から顔を出した。遠くで巻きあがるほこりにまぎれて、逃げていく三人目の男が駆る車の小さなピンクのテールライト二つが見えた。

男は南へ向かっていた。

古いヘッドランプを使って、ネイトは侵入者が来た方向からキャンプに近づいた。敵の一人の甲高い口笛のような呼吸音が聞こえた。

ネイトが〝冷血《ハートレス》〟と名づけた二人目の男は、二十代半ばのがっしりした白人だった。最新流行のストッキングキャップをかぶり、頬ひげとあごひげをはやし、カーゴパンツとフランネルのシャツという服装だった。ピンクの顔には煤《すす》かグリースを塗っており、暗がりでは見えにくい。二人目の男の死体のそばには、フルオートで撃てるように改造したＡＫ47が落ちていた。七・六二×三九ミリの予備弾倉がベルトに差してある。財布も身分証も身につけていないのが、ネイトの興味を引いた。

〝ハートレス〟のポケットを引っくりかえした。硬貨数枚、ライター、マリファナタバコ二本しか入っていない。男の服からもマリファナの臭いがした。

口笛のような音は一人目の男が発していた。ネイトが狙いをつけた最後の瞬間に向きを変えたので、心臓ではなく肺に一発くらってしまったのだ。男の口と鼻からは泡状の赤い血が噴きだし、周囲に溜まっている。意識はなく、血はほとんど流れだして、あきらかに助からない。

一人目の男は白人で若く、栄養状態が懸念されるほど痩せていた。長い髪を肩まで伸ばし、ふさふさのひげは胸の途中まで垂れている。流行のフエルト製のソフト帽《ポークパイハット》をかぶり、よごれた〈ザ・ノース・フェイス〉のトレーナーを着ている。彼の服からもマリファナが臭った。おそらくこれが、車のドアを二人があれほど不注意に閉めた理由だろう。

男の剣は、海賊が使った幅広の反り身の剣のレプリカらしい——重くて長く、野蛮だ。刃は、血と骨のかけらとプロングホーンの剛毛にまみれている。

やはり身分証はなく、ネイトは彼を〝ヒップスター〟と名づけた。

そして立ちあがると、「すまなかった」と言った——〝ヒップスター〟にではなく、テントの中にあった切り刻まれたプロングホーンの死骸に対して。あんなすばらしい生きものの命を奪い、その肉を食べるのではなくおとりとして使ったことが、いやでしかたがなかった。同じ動物への次の一発はあきらめる、と誓った——たとえ空腹でも。

侵入者たちはテントを銃撃し、弾が肉に当たる間違いようのない音を聞くはずだ、と彼は予想していた。だが、眠っている彼を剣で斬殺しようとするとは、夢にも考えていなかった。

〝ヒップスター〟がまた口笛に似た音をたてた。

ネイトは彼の上にかがみこんだ。「わかるか？　聞こえるか？」

ゴロゴロいう音。

「だれと一緒だった？　話せるか？」

せきこむ音。

ネイトは至近距離から頭を撃ち、止《とど》めをさしてやった。そして静かになった。

死にぎわの〝ヒップスター〟の足がジグを踊るように動いた。

ネイトは二人の死体を引きずり、砂漠の地面に並べた。剣とAK47を彼らの胸の上に置き、衛星電話にまたバッテリーを入れて二人の写真を撮り、送信した。そのとき、開拓時代の西部で観光客に見せるためにポーズを取らされた無法者たちの死体の、ぞっとする写真を思い出した。

〈こいつらはだれだ?〉というメッセージを添えて写真を送るだけのあいだ、電話を生かしておいた。そのあとまたオフにしてバッテリーを抜いた。

タカたちがいる洞窟へ戻りながら、ネイトは三つの空薬莢《からやつきょう》をポケットに入れ、新しく三発を装填《そうてん》した。あきらかに理由があって後ろに控えていた三人目の男のことを考えた。度胸をなくしたからかもしれないし、作戦を指揮していたからかもしれない。後者だ、という気がした。

〝ハートレス〟と〝ヒップスター〟の死体を、三人目の男が見つけやすい場所に放置した。彼はメッセージを受けとるはずだ。

三人目の男はガジ・サイードではないかと思った。
あるいは、ムハンマド・イブラーヒーム、すなわちイビーかもしれない。
その場合は名前をつけてやる必要はない、とネイトは思った。

13

ジョー・ピケットは〈マスタング・カフェ〉の前の砂利敷きの駐車場にピックアップを止めた。レッド・デザート地区の猟区管理官フィル・パーカーと待ちあわせて昼食をとることになっていた。ジョーは十五分早く着いた。店を指定したのはパーカーだった。

〈マスタング・カフェ〉はワムサターの西十六キロほどの州間高速八〇号線の近くにある、くたびれた建物だ。かつては白く塗られていたが、レッド・デザートの砂を含む暴風がさえぎるものなく北側から吹きつけるため、薄くピンクがかっている。窓の一つに〈クアーズ《COORS》〉のネオンサインがあるが、〈COO〉のあとは消えている。別の窓の〈営業中〉のけばけばしい掲示は陽気すぎて場違いに見えた。

スウィートウォーター郡のナンバープレートをつけた泥だらけのピックアップが正面に、グレーの古いパネル・ヴァンが奥に止まっている。

〈マスタング・カフェ〉を見たジョーは、ここを指定したパーカーに文句を言いたくなった。地域社会の片隅にあるみすぼらしい小売業向きの建物は決してなくならない――別の業種に転用される――と、長年のあいだに彼は悟っていた。この建物も間違いなくそうだ。

ワイオミング州南西部の炭層メタン・エネルギー事業で働く者たちのために、最初に建てられた十五年前の〈マスタング・カフェ〉を、ジョーは覚えている。当時、ここは名高いストリップ・クラブで、油田のシフト交替のあいだ、客たちは女たちが踊っているステージの真ん前でグレイヴィをかけたビスケットの朝食をとることができた。二、三年で景気が衰えたあと店は閉められ、ここはドラッグを買う労働者たちの根城となった。州犯罪捜査部《DCI》によるきびしい捜査で、元々のオーナーが逮捕され、有罪となった。

破産宣告のあと競売にかけられ、新たなオーナーが引き継いで、やはり郡内のエネルギー産業の労働者相手のコンビニにした。労働者たちが魔法瓶やソフトドリンク容器にコーヒーを入れたり、朝食用の生焼けのベーコン・エッグ・チーズ・サンドイッチや昼食用のパッケージずみのグリーン・チリ・ブリトーを温めたりする場所だった。やがてメタンが不況に陥《おちい》り、店も道連れになった。

そのときにはビデオや雑誌を売るポルノショップに変わった。だが、インターネットの普及でそれもだめになった。

いまはふたたび〈マスタング・カフェ〉になったが、ダンサーはいない。コンビニだったときにジョーは一度だけ中に入ったことがある。しかし、正面の看板はここがいまは酒も食事も出す飲食店だと告げている。

ジョーは外でパーカーが現れるのを待たず、中の席にすわることにした。


帽子をかぶったまま店に入り、暗がりに目が慣れるのを待った。見えるようになったとき、第一印象は目が慣れるのを待つ価値はなかったということだった。装飾はちぐはぐ――壁に留められたサイン入りの一ドル札、釘で打ちつけられたへこんだナンバープレート、脚の長い女たちをあしらったビールのポスター、鳴っていないジュークボックス、ほこりを払う必要のあるシカとエルクの枝角。スナップボタンのついたレトロな半袖ウエスタンシャツをズボンの上に出した、落ちくぼんだ目とよれよれの髪の痩せた男がバーカウンターの後ろに立っている。タイトなジーンズをはいた、長い黒髪のスタイルのいい若い女が、ジョーに背を向けてスツールにすわっている。

「どこでもいいか?」ジョーはバーテンダーに聞いた。〈席にご案内します〉という表示はなかった。

「どこでも好きな席へ」バーテンダーは答えた。ジョーにこそこそと視線を送り、忙しくグラスを洗うふりをしていた。なにかうしろめたいことがあって、たとえ猟区管理官でも法執行官の前でそれを見せたくない者のふるまいだ。ジョーはバーテンダーを観察して思った。

ドラッグだ。買っているのは確かで、売るほうにも手を染めているかもしれない。

ジョーは興味を持った。じっさい、笑みをこらえきれないほどだった。こういうことが好きでたまらないからだ。

彼は任務についている感覚が大好きだった。だれも自分を知らず、そこにいるほんとうの理由も知らないときに、異なる地域社会へ任務を帯びて踏みこむことにぞくぞくした。土地勘をつかみ、地元民の会話に耳を傾けて、彼らの背景、動機、考えかたを見抜くのが好きだった。ほんのしばらく、通信指令係の呼びだしに応えたり、ハンターと地主の争いを仲裁したり、だれかが田舎道で密猟した動物の死骸を探したりしなくてもいいのだ。そして制服姿で彼が登場したときには、なにをしにきたのだろうと考えない者はいない。

だが、ルーロン知事のカウボーイ偵察員としての最後の仕事を全うしたいだけではなく、ジョーはネイト・ロマノウスキを見つけたかった。彼はネイトの不在が寂しくてたまらなかった。メアリーベスも同様だが、ジョーには決して認めようとしなかった。

まるでこちらの考えを読んだかのように、スツールの女がゆっくりと体の向きを少し変えて、肩ごしにななめからジョーを眺めた。美人だな、と彼は思った。雪花《せっか》石膏《せっこう》のような肌、長く切りそろえた黒髪、大きな茶色の目、ぷっくりした唇《くちびる》。表情は大胆で、おもしろがっているようだ。

ここにはそぐわない女だ、とジョーは思った。だが、まるで所有者のようにふるまっている。

ちょっとばかり長すぎるアイコンタクトのあと、彼女はまた背を向けた。彼は不当に放りだされたような気がした。そしてたちまち、自分の反応をうしろめたく感じた。

入口とバーの両方に面したブース席にすわった。テーブルの表面はべたべたして、ところどころにタバコの火の焦げ跡がついていた。

「メニューを見ますか?」バーテンダーが尋ねた。

「ああ。二つ持ってきてくれ。フィル・パーカーと待ちあわせをしている。彼を知っているか?」

「このへんの猟区管理官?」

「そうだ」

「知っている」バーテンダーはため息をついた。「ときどき来るよ。変わり者かな」

「ああ、そうだな」ジョーは言った。

よく働いてよく遊ぶ女好きの猟区管理官というのが、フィル・パーカーの局内での評判だった。二度結婚して二度離婚し、前の担当地区スター・ヴァレーで地元のモルモン教の監督(狩猟漁業局の理事でもあった)に妻を寝取ったと責められ、トラブルに陥った。そういうわけで、レッド・デザート地区に異動になったのだ。

担当地区が遠く離れているため、ジョーはパーカーをよく知らなかったが、アフトン近くのワイオミング山脈での山岳技術講習会で寝室が一緒だったことがあった。ジョーがベッドに入るとパーカーは部屋を脱けだして町へ出かけたが、ほかのみんなと同じく翌日の朝食に姿を見せた。どこへ行ったのかジョーは聞かず、パーカーも言わなかった。一晩中なにをしていたのか、そのヒントはスクランブルエッグとベーコンの皿ごしにパーカーが送ってよこしたウインクだけだった。

ラミネート加工された紙――メニュー――を二枚持って、バーテンダーがカウンターの奥から出てきた。彼は一枚をジョーの前に、もう一枚をフィル・パーカーがすわるはずの席の前に置いた。

「おれはクーター（「のらくらする」の意味あり）だ」彼は名乗った。

「なるほどね」

クーターは尋ねるようにジョーを見た。

「会えてよかったよ、クーター。おれはジョーだ。あんたが〈マスタング・カフェ〉のオーナー？」

「オーナーの一人だ。このへんに住んでいる口を出さない共同所有者が二、三人いるんだ。夜行ける店を持っておきたいんだよ、わかるだろう？　見てのとおり、ここにはほかの選択肢はあまりないからな」

ジョーはうなずいた。「たいへんなときもあるだろうね」

「それほどでもないよ。商売は悪くない」バーにいる女を除けば、自分がただ一人の客なのでジョーはちょっと意外に感じた。

「フィルが来るまで注文をとるのは待とうか？」

「そうしてくれ」パーカーがあっというまに、ときどき来る客からファーストネームで呼びあう仲間になったことに、ジョーは気づいた。もしかしたら〈マスタング・カフェ〉はかつてのドラッグ商売に戻ったのかもしれない。

ジョーはメニューを見た。

ハンバーガー
チーズバーガー
ベーコン・チーズバーガー
チリバーガー
ダブル・チリバーガー
ホットドッグ
チリドッグ

「バラエティに富んでいるな」ジョーは言った。

クーターは肩をすくめた。「みんながいつも注文するものに絞ったんだ」

「ほう」

クーターはちょっとためらってから言った。「ほかのものもあるよ。裏に書いてある」

ジョーはメニューを裏返した。

ヴィーガン・チャンキー・チリ
アル・カブサ

ジョーはつぶやいた。「なんとね？」

「その二つは地元の名物なんだ」クーターは答えた。

「ヴィーガン・チャンキー・チリ？」

「インゲンマメ、白インゲン、茶ヒラマメ、トマト、セロリ、タマネギ、赤タマネギ、うんと硬いトーフ。そこのジャンがいつも注文するんだ」クーターはバーのほうへあごをしゃくった。彼女は振りかえらなかった。

ジョーは間を置き、冗談ではないのかとクーターを凝視《ぎょうし》した。

「チリに肉が入っていないのか？」

「さようで、だんな」

「それで、アル・カブサというのは？」

クーターは両手をこすりあわせた。「それはほんとうにおいしいよ。米の上にチキンがのっている。いろんなスパイスを使っていて、一つはシャッタってやつだけど、激辛なんだ」

ジョーは一呼吸置いてから尋ねた。「なぜだ？」

クーターは笑った。「ああ、このあたりに住む男が作りかたを教えてくれて、来るたびに注文するんだ。ときどき友だちを何人も連れてきて、みんなそれを食う。おれはぜったい作りかたをマスターできないと思ったんだが、いまはとてもおいしいと彼は言うんだ。おれがマギーブイヨンをいくつもぶっこんでイケてる味にしたと、非難したけどね」

「とにかく奇妙だ、それに尽きる」ジョーは言った。

「そうとも」クーターは目を大きくしてこくこくとうなずいた。「ここは奇妙な場所なんだよ！　どこよりも奇妙だ。どんな客が入ってきてなにをほしがるかまったくわからない。だけど、おれは頭がまわるから特定の料理に夢中のやつらの求めに応じられるんだよ」

ジョーの視界の隅に、ジャンがこちらを向いてかすかに当惑した表情で見ているのが映った。クーターに黙るように、無言で伝えようとしているらしい。

ジョーがその地元の客たちのことを聞こうとしたとき、ドアが開いてフィル・パーカーが入ってきて声をかけた。「クーター、もうビールを注いでおいてくれるかと思ったのに」

「すぐにな、フィル」クーターは指を一本上げてカウンターの奥へ戻った。

「ジャン、おれのかわいい石の探索犬は元気かな？」パーカーはにっこりしてあいさつした。

「元気よ、フィル。お気遣いありがとう」しっかりした言葉遣いで、声は官能的だ、とジョーは思った。

そして首をかしげた。石の探索犬？

パーカーはジャンに歩み寄って軽くハグをした。女が抱擁《ほうよう》を歓迎しているのか、我慢しているのかは見分けがつく。ジャンは後者だ、とジョーにはわかった。

ジャンから離れてジョーに近づきながら、パーカーは共謀者めいた顔で眉《まゆ》を上下に動かしてみせた。ジョーはブース席から急いで立とうとした。

「ああ、そのままで」パーカーは言った。

二人は握手し、パーカーはジョーの向かい側に腰を下ろした。背が高く、肩幅が広い。大きな手、ガンファイター風の左右にはねた口ひげ、四角い顔、外気にさらされてきた肌。黒いカウボーイハットのつばはロデオ風にぐいと上を向いている。フィル・パーカーは〈マールボロ〉の歩く広告塔のようだ。

「彼女に背を向けてすわるのはいやなんだ」こっそりと笑みを浮かべてパーカーはささやいた。「目の保養のチャンスを逃すからね。彼女が振りむいたら教えてくれ」

「振りむいていないよ」

彼は身を乗りだしてジョーに顔を近づけた。「彼女、ちょっとしたものだろう？　こんな辺鄙な場所で石を集めるのが趣味の資産家生まれの美女と出会うなんて、だれが思う？」

「たしかに妙だ」ジョーは言った。

「ジャン・ストークアップ。ときどき砂漠でも出くわすが、会うのはだいたいここだ。クーターが作りかたを習った例のヴィーガン食とやらが好きなんだよ。友だち連中がここに来て、彼女が南へ観光に連れていくこともある。おそらくキャンプでもするんだろう。ジャンは大勢と知りあいらしくて、彼らはどこで彼女が見つかるかわかっているようだ」

ジョーはすわりなおして首をかしげた。

「あんたがなにを考えているか察しはつく、だがおれの知るかぎり、商売女じゃない。そ、そうだったらいいのにと思うがな」つけくわえると、突然ばか笑いした。

二人は、パーカーが嫌っている狩猟漁業局局長リーサ・グリーン－デンプシーから送られてくる最近の政策方針について少し話した。「あのGPSの件をどう思う？」パーカーは尋ねた。

昨今シャイアンの州上層部は、職員が使う共用車であれ猟区管理官が使うピックアップであれ、州のすべての車両にGPS送信機を搭載し、道路を走るときはいつでも追跡し、記録できるようにすることを要請した。家族福祉局の職員などには役に立つだろうが、猟区管理官たちはすぐさま反対した。彼らがハンターや釣り人を監視している時間のほとんどは、止まっている車の中だからだ。シャイアンの官僚たちに、先週ある丘の上で何時間も動かなかった理由や、通信指令係が緊急の呼び出しをしたとき隣の郡にいた理由を、いちいち聞かれたくはない。

「車にGPSが搭載されたあと、おれがどうしたと思う?」

「想像はつく」

「取りはずして溝に捨てたよ。この先二度とシャイアンへ行くつもりはないから、連中が別のを取りつけるチャンスはないんじゃないかな」パーカーは軽蔑をこめてにやりとした。

「おれのにはまだ搭載されていない」ジョーは言った。「設置日を忘れたんだ」

「賢いな」パーカーはウインクした。「コストの観点から、連中はあんたのピックアップにはつけないと思っていたよ。なにしろ、どのみち壊れるに決まっているんだから」

「おもしろい冗談だ」

「あんたが現場で次々とピックアップを壊すのを、ほかの猟区管理官はけっこうなことだと思っているんだ。比較して、おれたちがよく見えるからな」

ジョーは話題を変えた。「おれがあんたについて聞いたとき、クーターがあまり知らないようなふりをしたのはなぜだ?」

パーカーは肩をすくめた。「そういうタイプなんだよ。犯罪者並みに人を疑う癖《くせ》がついている。あいまいにしてはぐらかすのが、彼の初期設定になっているんだ。自分でも気がついていないんじゃないか」

「クーターは悪いやつか？」

「ここいらの人間の大半は……おもしろいやつらだ」パーカーは笑いながら答えた。「おれを含めて」

パーカーの無頓着な態度と伝染しやすい笑いに、ジョーも一緒に笑いたくなった。

「で、あんたのほうはいったいどうなんだ、ジョー？」

「なんとかやっているよ」

「しばらくぶりだよな」

「ああ」

「ＬＧＤとは何度も会っているんだろう？」ＬＧＤとはリーサ・グリーン－デンプシーのことだ。

「二、三度は」

「みんなが言うように癪《しゃく》にさわる女か？　彼女がこのへんに来るときはかならず、おれは都合よく野外に出ているか、どこか別の地区の猟区管理官の手助けをしているんだ。じっさいに会ったことは一度もない」

「それほどひどい人でもない」ジョーは答えた。

「おれのことはあまり好かないだろうという気がする」

「そうじゃないかという気がするよ」

パーカーは両手を振りあげてまた笑い、クーターが彼に持ってきた生ビールのグラスを置く前にたたき落としそうになった。

「悪い、クーター」

勤務中の飲酒は規則違反であることを注意しても意味はない、とジョーは思った。

「お客さんがた、ご注文は決まったかな?」

「おれは決まったが、彼女が賛成しないだろう」パーカーは答えた。

ジョーは目を白黒させ、クーターは笑いをこらえた。

二人ともチーズバーガーを注文した。

クーターが奥でハンバーガー・パティを焼いているあいだ、パーカーは言った。「じゃあ、そのグリズリーははるばるここまで来たとあんたは本気で思うんだな? ものすごい距離だぞ」

ジョーは言った。「正直なところ、おれは疑わしいと感じている。いますわっている場所と、最後にそのグリズリーが確認された場所とは、四百キロ以上離れているんだ。だが、わかっていることを話させてくれ」彼はジーンズのヒップポケットから使い古したワイオミング州の道路地図を出し、テーブルに広げた。

ビッグホーン山脈にペンで×印をつけた箇所を、人差し指で示した。

「ここがハンターに襲いかかって殺した地点だ」

南方の二つ目の印を示した。「その直後に、ここでグリズリーからの最後の信号があった」

パーカーは言った。「さえぎって悪いが、そのグリズリーにはあんたも襲われかけたんだよな？」

「ああ」

「その話を聞きたい」

「ちょっと待て。地図に戻るぞ。完全に信号がとだえたとおれたちが考えた翌日、さらに二度発信があったんだ。どうやらバッテリーは百パーセント尽きたわけじゃなく復活して、永遠におしゃかになる前に二度信号を送ってきたらしい」

ジョーは二番目の南側につけた三番目の印を示した。いちばん近い町はメイヨワースだった。そして四番目の印がウォルトマンの北にあった。

彼は手を伸ばしてラミネート加工されたメニューをとり、その端を使って四つの印すべてを一列にしてみせた。

「こいつは驚いた」パーカーはうなった。「そのグリズリーはレッド・デザートへの最短コースを通っているようじゃないか？」

パーカーは手を伸ばして地図をたたいた。「こいつは広大な土地を縦断しなくちゃならないぞ、ラトルスネイク山脈に、グリーン山脈。しかし、道路がほとんどないからそっちの心配はないな?」

ビッグホーン山脈と、二人が昼食が運ばれてくるのを待っている場所のあいだには、舗装道路は二本しかない。キャスパー－ショショーニ間の国道二〇号線、マディ・ギャップ－ランダー間の国道二八七号線だ。

「二人のパイロットと契約してそのルートを飛んでもらった」ジョーは言った。「わかってはいたが、グリズリーは目撃できなかった。とにかくカバーする範囲が広すぎる」

ジョーは嘘をついてはいない、なぜなら彼は嘘をつかないからだ。GPS付きの首輪からの予想外の信号は、正確な位置が特定された。そしてLGDは単発飛行機を数回飛ばす許可を出した。

グリズリーのルートが、ジョーがどのみち行くはずの場所へ向かっていたのは偶然だった。グリズリーがそういう行動をとっている理由の説明の一つとして、ネイトと、彼の野生動物との不思議な交流を、ジョーは考えないようにしていた。ネイトの行動に合理的な説明がつかないことがあるのを、ジョーは長年見てきた。たとえば、ネイトは狩猟動物のほうから自分に近づかせて狩りをする。ネイトがジョーに話をしながら人差し指を突きだして手を伸ばすと、野生のマキバドリが止まったこともある。ネイトは気に留めもせずしゃべりつづけたが、ジョーは鳥の出現に驚いて話の道筋が見えなくなってしまった。

「それで、どこに泊まるつもりだ?」クーターが料理を運んできたあと、パーカーは尋ねた。

「まだ決めていない。選ぶ余地はたいしてないだろう? 天気がもっているあいだは、二晩ほど砂漠でキャンプするかな」

「水を持っていけ」パーカーは忠告した。「それから、キャンプする場所の正確な位置をおれに知らせてくれ。かまわなければ、立ち寄って手伝えるかもしれない」

ジョーは遠慮したかったが、そうは言えなかった。パーカーに任務のことを知られたり、調べているさいちゅうに来られたりするのは困る。この地元の猟区管理官を信頼できない理由はないものの、前に苦い経験がある。

「GB53を見つけたら、手を借りるかもしれない。残念ながらあの牡《おす》を殺さなければならないんだ。行動があまりにも予想がつかないし、すでにハンターを一人殺している」

「連絡してくれ」いくらかよそよそしくなった口ぶりで、パーカーは言った。そばをうろついてほしくないというジョーの本心を感じとったのだろう。なんといってもここはパーカーの管轄区なので、ジョーは申し訳なく思った。

話題を切り替え、パーカーの担当区域について質問した――デザート・エルクの群れや、増えている野生馬の群れや、キジオライチョウの数について。パーカーは自分の区域をよく知っており、さまざまな事情に通じているようだった。評判は芳《かんば》しくなく、昼食にビールを飲んでいても、パーカーは仕事と責任に対して真剣に向きあっていた。

最近タカ狩りの許可証を二人に出したとパーカーが言ったとき、ジョーははっと耳をそばだてた。

ワイオミング州で合法的な鷹匠になるためには、志願者はカリフォルニア・ホーキング・クラブのガイドラインに基づいた試験に合格しなければならない。ただし、認定された名人であれば別だ。その場合、ワイオミング州の住民ではない名人は地元の猟区管理官から十六ドルで狩猟許可証を取得することができる。

「一度に二人分？」ジョーは尋ねた。

「ああ、名人の鷹匠とその弟子だ。ウサギとキジオライチョウを狩ると言っていた。中東風の外見の男たちだった」

「名人のほうの名前を覚えているか？」

パーカーはちょっと考えた。「記録を確認しないと。名人のほうはアブラハム・ムハンマドだったと思う。もう一人のほうは思い出せないな。サイードとかそんな変な名前だったかもしれない。そいつはあまりしゃべらなかったが、アブラハムはとてもいいやつだったよ、愛想がよくてね。ヴァージニア州出身で、とても人好きがして聡明だった。自分たちのやっていることに熟練しているやつらだ、おれは心配していない」

「興味深いね」ジョーは言った。「この仕事を始めてから、タカ狩りの許可証を出したのはせいぜい五、六回じゃないかな」ネイトには一回もないとつけくわえたいくらいだった。ネイトは政府の発行する許可証を信じていなかった。

「中東風の男たちだったたって？」

「完璧な英語を話していたけどね」パーカーは一瞬黙ってから続けた。「想像がつくだろう、これほど州間高速に近いと、あらゆる種類の人間が来る。砂漠は、流れついてほかにどこへも行くところがない人間を惹きつけるようだ。ここへ夜来てみるといい」彼の言うことは〈マスタング・カフェ〉のことだった。「いまは三人以外いないが、夜来れば、会ったこともないような変人ばかりが大勢いるから。サバイバリスト・タイプ、食いつめたやつ、無政府主義者のハッカーにちがいないとおれがにらんでいるコンピューターおたく、罠猟師、ジャンのような資産家生まれ。ワイオミング州で、ここほど妙な連中が集まる店はないよ」

ジョーは考えたが、どう捉えたらいいのかわからなかった。

「アドービ・タウンがいいと思うな」パーカーは言った。

「なにが？」

「キャンプするなら、アドービ・タウンあたりを勧める。設備のあるキャンプ場はどこにもないが、あそこは一見の価値のあるすばらしい場所だ。水はない、だがおれがキャンプするとしたらあそこへ行く」

ジョーは忠告に礼を言った。

クーターが勘定書きを持ってきてパーカーに渡し、パーカーはジョーに渡した。「お客さんの猟区管理官のおごりだ」彼はにやにやした。

「喜んで」

ジョーが南のアドービ・タウンへ向かうなら、手遅れになる前に準備をしたほうがいいとパーカーは勧めた。「GPSを充電しろ。状態のいい道路はまったくないし、あんたが走る道はろくに印もついていないよ。お客さんがあそこで迷子になって厄介ごとに巻きこまれたなんて、聞きたくないからな」

最後のほうをどう解釈するべきかわからなかったが、ジョーはパーカーと握手して別れを告げ、同僚の猟区管理官が出ていきながらクーターにありがとうと声をかけ、ジャンの頰にキスするのを見送った。ジャンは反応しなかった。

支払いのためにカウンターへ向かう前に、ジョーは携帯をポケットから出してメッセージとメールをチェックした。なにも来ておらず、画面に〈圏外〉と出ていることに気づいた。設定を確認すると、〈マスタング・カフェ〉ではWi-Fiを利用できないことがわかった。

「Wi-Fiはないのか?」勘定書きとルーロン知事のオフィスが支出用に渡してくれたク

レジットカードを渡しながら、ジョーはクーターに聞いた。

「ない。携帯の電波も届かないよ。悪いね」クーターは答えた。それから、ジョーが見逃していた〈現金払いのみ〉という掲示を指さした。

ジョーは二十ドル札と十ドル札を出し、領収書をくれと言った。

釣りを待っているとき、バーにいるジャンをちらりと見ると、彼女も視線を返した。ジャンはホットの紅茶を飲んでおり、ひざの上に下ろして隠したなにかを両手で包むようにした。

「ここにいるとまるで一九六四年みたいだな」ジョーは彼女に声をかけた。

「わたしは一九六八年と言いたいわ」彼女はひっそりと微笑した。「そのほうがすてきじゃない？」

言葉の意味がよくわからないまま、彼は微笑を返した。

それから彼女はひざの上から両手を離し、カウンターの上に置いた。持っていたのはペーパーバックだった。

「スツールにすわって携帯をチェックしていない人を見るのはめずらしい」彼は言った。自分たちに背を向けて彼女がそうしていたにちがいない、とじつは思っていた。

「これは本というものよ」

「覚えている」

「エドワード・アビー」彼女は言った。「『砂の楽園』。『爆破――モンキーレンチギャング』

を読みおわったばかりなの」

「ここはたしかに、ジョージ・ワシントン・ヘイデューク（エドワード・アビーの連作に登場するキャラクター）が現れそうな場所だね」彼はその小説を大学のときに読んでいた。

認識を改めた驚きで、彼女は目を見張った。

「すべての猟区管理官が同じというわけじゃないのね」

クーターが釣りを持ってきたので、ジョーはその中からチップを渡した。「近くにＡＴＭはあるかな？　またここに来るならもっと現金が必要なんだ」

「ローリンズにあるよ」クーターは答えた。ローリンズは七十キロ以上離れている。

「また来るつもり？」ジャンは眉を吊りあげて尋ねた。

「もしかしたら」

「来たらうれしいかも」

それに応えて、彼は手のひらを自分に向けて左手を上げ、彼女に金の結婚指輪がはっきり見えるようにした。長いあいだつけているので、指に溝ができていた。

ジャンはにやりとした。「それがわたしの障害になったことはないの」そして背を向けて読書に戻った。

ジョーはふたたび思った。ここには、そぐわない女だ。

ピックアップに乗りこみ、ジョーはGPSの画面の地図にアドービ・タウンを出し、場所を確認した。こんなおもしろいものは見たことがないとでもいうように、デイジーが眺めていた。

確認しているあいだ、ジョーは考えた。ここにはそぐわない女だが、クーターの口出ししないパートナーの一人なら話は別だ。こんどフィル・パーカーに会ったら聞いてみよう、と思った。

レッド・デザートからの塵旋風《じんせんぷう》が、遠くの道路を吹き渡るのが見えた。高く渦巻いてうねり、分散し、消えていった。ジョーのホームタウンと違って、地平線に青い山々のぎざぎざの稜線はなく、この大地は無へと消えていくようだ。はるかかなたの砂漠には小さなほこりの雲がいくつも見え、彼は一瞬いぶかしんだが、東から西へ疾走するプロングホーンの小さな群れがたてているのだと気づいた。プロングホーンの生来の体色はほぼ完璧にベージュと白の表土に溶けこみ、その姿をかき消している。一匹のコヨーテが群れのあとを軽やかに駆けていく。空では、自分の縄張りを守っているタカが急降下して襲いかかり、はるかに大きいイヌワシを追いはらっている。

州間高速を猛スピードで走っているドライバーたちは、プロングホーンの群れに、コヨーテに、空のドッグファイトにはたして気づくだろうか、とジョーは思った。ワイオミング州の多くの眺望と同じく、最初はなにもない広大無辺の地に見える。だが、足を止めて観察すれば、数分でも腰を据えて観察すれば、多くのことが起こっている。標高が高く樹木のない砂漠は、生きている複雑な場所なのだ。

州間高速八〇号線を巨大なトレーラートラックの列が驀進《ばくしん》しており、ジョーはその流れに加わった。

そのとたん、携帯が振動してメッセージやメールを受信しはじめた。画面を見ると、電波状態は良好だった。

〈マスタング・カフェ〉が時代遅れの奇怪な場所で、いま現代社会に戻ってきたかのようだ。いい、いい、いい、そのほうがすてきじゃない？とジャンは言っていた。

14

ジョーのピックアップはそのあとの午後ずっと、勾配が一定ではない轍の道を走った。車の多い州間高速八〇号線のにぎやかさをあとにして、さらに一時間走ると携帯の電波が届かなくなった。その直後、無線も雑音と会話の断片しか入らなくなり、ジョーは無線を切った。

視界は開《ひら》けていたが、遠くから見ていたほど平坦でも単調でもなかった。干上がった湿地と涸れ谷を通り、赤い大岩をいくつも迂回し、鉄砲水のときだけ水が流れると思われる川床の真ん中をしばらく下った。開いた窓から、ほこりとヤマヨモギの匂いが漂ってきて、木々を通さない陽光はきつく荒々しく感じられた。

でこぼこの道を乗りこえながら、ジョーはネイトのジープや彼がいそうなキャンプや空で狩りをしているタカを探していた。夏の数ヵ月はわずかなハイカーがレッド・デザートを訪れると知っていたが、穏やかな天候にもかかわらず、秋には自分以外の人の姿は見当たらないようだ。エネルギー資源の探査に来るトラックや地震観測クルーも見かけなかった。出会った野生動物――プロングホーン、コヨーテ、ウサギ、道の真ん中を歩いていたので轢《ひ》かないようにブレーキをかけなければならなかったキジオライチョウの群れ――は、ジョーを見て驚いていたが、怖がる様子はあまりなかった。

砂漠へ入りこめば入りこむほど、彼はネイトに近づいている気がした。とはいえ、そんなふうに感じる理由はよくわからなかった。タイヤの跡もキャンプの跡もタカに殺された獲物の残骸も、見つけてはいない。ネイトはこれまでいつも、ビッグホーン山脈であれイエローストーン国立公園であれティートン山脈であれ、自分を見つける不思議な能力があった、とジョーは思った。もしかしたら、こんどは逆に自分が彼を見つけられるかもしれない。

ネイト・ロマノウスキとの関係は長年のあいだに変化しており、砂漠の静寂の中、車を走らせながらジョーはいつしか過去を思いおこしていた。ネイトと会ったのは十年ほど前で、無法者の鷹匠は殺人のぬれぎぬを着せられて逮捕されていた。ジョーは彼の自由を取り戻し、そのあとネイトはジョーの家族を守るためにかならず駆けつけると誓った。

それは矛盾をはらむ恩恵であり、歳月が流れるあいだにその誓いのせいで積みあがった死体のことを、ジョーは考えたくなかった。

メアリーベスは、ネイトのこととなると弱い。

素手でほかの人間たちの耳を引きちぎり、彼らをばらばらにできる男でありながら、なおも彼女の心の中で特別な場所を占めつづけているのはネイトだけだ、とジョーは知っていた。ピケット一家の歴史に、ネイトは途方もない、そして思いがけない足跡を残している。シェリダンはかつてタカ狩りでネイトの弟子だった。そして、ジョーが必要とするとき彼はつねにそこにいてくれた。

また、ネイトが二人の恋人を暴力的な状況で失ったあとで軌道を外れてしまったとき、そして〝殺されるべき人間を殺す〟ためにウルフガング・テンプルトンの組織にしばし属していたときには、ジョーのほうが友人に寄り添った。組織崩壊後、ネイトに自首を勧め、テンプルトンの有罪を立証する証人となるように説得したのだ。テンプルトンの組織にいたあいだにネイトはオリヴィア・ブラナンと出会い、彼女もネイトを愛するようになった。

もしかしたら、ネイトはまた自分の助けを必要としているのかもしれない。そうなら、駆けつけられるようにジョーは祈った。

「さあ、友よ」ジョーは声に出して呼びかけた。「姿を現せ」

デイジーが頭を上げて主人を見た。

「おまえじゃないよ」


アドービ・タウンという場所には行ったことがなかったが、円錐形の岩や岩石層や上に十トンの岩がのってバランスを保っている石柱が目に入ったとき、すぐにそれとわかった。遅い午後の日差しを浴びて、風景はドラマティックで燃えているかのように見えた。突き立ったいくつもの崖の長い影が、赤い砂とやぶに縞《しま》模様を作りだしていた。

轍の道から近づいていくと、別の未舗装の道がヤマヨモギを縫って南北に走っているのに気づいた。いま走っている道はその未舗装の道と交差している。十字路を過ぎるとき、窓から顔を出すと砂の上に新しいタイヤの跡がついているのが見えた。

ジョーはピックアップを止めて降りた。デイジーは弾むようにあとをついてきた。ジョーは十字路にひざまずき、入念にタイヤの跡をチェックした。まだ新しい、と思った。劣化させる湿気も風もなかったので、柔らかい砂についた走行跡がはっきりと見える。二台、あるいは三台の別々のタイヤ痕。

彼は道の端を歩いていき、固くからみあったヤマヨモギと棘《とげ》のあるウチワサボテンをまたいで進んだ。出発点から五十メートルほどで広い場所に出て、タイヤ痕が少し異なっているのがわかった。

ジョーはデイジーに言った。「一台が南から来て、その一台が引きかえしている。おまえにもわかるか？　それからもっと細くて摩耗したタイヤの車が北から来て、前の一台のタイヤ痕の上を通り過ぎている」

デイジーは彼を見上げて尻尾を振った。牝犬《めすいぬ》はなにか投げてもらって取ってきたいのだ。

「おれが思うに、一台目はこの道を来て戻っていった。それを二台目の車が尾行していった。ジープのタイヤは細いんだ、知っているな」

ジョーは両手を腰にあてて四方の地平線を眺めた。日没まであと一時間ほどだろう。タイヤの跡を残した車がどこまで行ったか、どこをめざしていたのか、知るすべはない。ここが南側のコロラド州との境、それに南側と西側のユタ州との境に近いことはわかっていた。そして、時間差を埋められる舗装道路からは自分が遠く隔たっていることも。

ジョーは携帯でタイヤ痕の写真を撮り、メモ帳に座標を書きこんだ。

「タイヤの跡を追ってもいいし、暗くなる前にキャンプを設営してもいい。どう思う？」

デイジーは、取ってこられるように彼がなにか投げるのがいいと思っていた。

だから牝犬はジョーを見つめて尻尾を振るのをやめ、彼はピックアップへ戻って座席の裏からプラスティックのトレーニング用ダミーを持ってきて砂漠へ放ってやった。

十分後、はあはあと息を切らせている犬に彼は言った。「オーケー、車に乗れ。しばらくタイヤの跡を追うぞ、だが、遅すぎる時間になる前にここへ戻ってくる」

前方の路面を見るためにヘッドライトのスイッチを入れるか、バンパーの下部にある近い地面を見るためのスニーク・ライトをつけなければならなくなる前に、ジョーは広大なくぼ地を見下ろせる長いなだらかな丘の上に着いた。

二キロ半ほど先のくぼ地には、ずっと前に放棄された牧場らしきものがあった。薄れる夕日の中に、それぞれ衰退の途上にある古い建物がかたまっている。古い牧場があったこと自体にジョーは驚いた。周囲は土地管理局が支配する連邦政府の土地なのに、牧場はあった。たぶん、所有者は一時的に政府と特別な取引をしたか、土地管理局が権利を主張したあと、新法令の適用除外となったのだろう。

牧場の建物の配置を観察していたとき、ジョーは道に張り渡されていた四段の鉄条網のフェンスに突っこみそうになり、急ブレーキを踏んだ。車を降りてゲートを開けようとしたが、チェーンと頑丈なダイヤル錠が目に入った。ジョーは錠をつかみ、ぐいとひねった。地主たちはときどき見せかけだけの錠をつけている場合があるのだ。だが、今回は違った。

彼は路面を観察し、二台——三台ではない——の車がここを通ったのを確かめた。一台は出て、入っている。だが、さっき見た細いタイヤ痕はどこにもない。フェンスの両側へ目をやると、二台目の車は東へ百メートルほど進み、そこで有刺鉄線の支柱のうち二本から股釘が抜かれていた。おそらく有刺鉄線を下げ、重いもので固定してその上を車で越えて追跡を続けたのだろう。二台目の車が出てきた跡は見つからなかった。

しかし、古い牧場の建物群を眺めても、車も人も生活している様子もない。まだ立っている建物群は暗く、砂漠からそこへ延びている電線は見当たらない。

ジョーは侵入して追跡したくはなかった。とにかく今晩はだめだ。そこで、スポッティングスコープを三脚にとりつけてピックアップのボンネットに据えた。接眼レンズにかがみこみ、建物から建物へと焦点を移していった。

牧場がもう稼働していないのは間違いない。母屋は、屋根もなく窓も壊れた、焼け落ちた骨組みしか残っていない。外壁の窓枠の上に、煤《すす》が見えた。

母屋の裏の年代ものの屋外便所は大きく左に傾き、近くの小屋は崩れ落ちている。

廃墟の両側には枯木が四本立っている。雨のない土地では木は生きていけないのだ。

三棟の長い納屋が、焼け落ちた母屋の前庭に並行して建っている。ジョーが見たことのあるほかの牧場の納屋よりはるかに大きくて長い。備品置場としてだけでなく、家畜も入れていたのかもしれない。かつてワイオミング州で何百万頭ものヒツジを育てていたころ、ここも大規模なヒツジ牧場だったが、その後凋落《ちょうらく》したのだろう。

では、この打ち捨てられた牧場に車で出入りしてゲートをロックしたのは何者なのか？

そして彼らをつけてきて、戻っていないのは何者だ？

薄れゆく光の中、車の前部が開口部から出ていないか、ドライバーが動きまわっていないかと、ジョーはスポッティングスコープの焦点をゆっくりと三棟の納屋へ順番に動かしていった。窓の割れた一九六〇年代以前のピックアップしか見えなかった。

そのとき、視界の隅で真ん中の納屋の壊れた窓から光が洩れたように思った。ジョーはフェンダーに寄りかかってしっかりと体を支え、スポッティングスコープの焦点を壊れた窓にズームした。再び見えた、オレンジ色がかった赤い光がちらりと。だれかがマッチを擦《す》ったかのように。タバコに火をつけるあいだ、男の顔――浅黒い目鼻立ち、鉤鼻《かぎばな》――が二、三秒ピンクに照らしだされた。ネイトではない。次の瞬間マッチの火は消え、タバコの先の小さな赤い点が残った。

赤い点は窓から窓へと、長い納屋の四分の一ほどを移動し、消えた。

ジョーはまだスポッティングスコープを離さず、十分ほど焦点を当てて遠くの窓を見張りつづけた。だが、赤い点は二度と見えなかった。

ピックアップの運転台に乗りこんだときにはすっかり暗くなっていた。見るかぎり、人工的な光は一つもなく、地平線にもその気配すらない。星はクリーム色でくっきりと果てしなく広がり、古い牧場の建物群は濃紺の風景の中の黒い影にすぎなくなっている。

彼はライトを消したまま丘の上をバックし、向こう側へ百メートルほど下りてから点灯した。自分が観察されていたと納屋にいた男に知らせる必要はない。


小さなグリースウッドのたき火が炎と煙を上げ、ジョーがあまり好まない鼻を突くつんとした臭いがしはじめた。だが、アドービ・タウンで見つかった燃料はこの古いねじ曲がった枝数本だけで、彼はヘッドランプを使ってキャンプをととのえた。

たき火は熱と光を求めておこしたのだが、あまり役に立たなかった。夕食にはガスバーナーでビーフシチューの缶詰を温め、星空の下で食べるとなんでもそうなのだが、じっさいよりずっとおいしく感じられた。デイジーはたき火の反対側で丸くなっている。ドッグフードを持ってくるのを忘れたので、牝犬も冷たいままのシチューを食べた。

ラブラドールに多いガス溜まりによる腹の張りから、ドッグフードを忘れたせいで消化不良を起こしてしまうのが、ジョーにはわかっていた。

一人用のテントを砂漠の上に開口部をたき火側にして立て、中に寝袋を広げてあった。日没から気温は二十度も下がっていたが、夜間に零度以下になる感じではない。それでも、彼は〈フィルソン〉のベストの上に上着を着て、冷たい砂地に直接すわらなくてすむように〈クレイジークリーク〉のキャンプチェアを出した。

〈イエティ〉のクーラーボックスからひとつかみの氷を錫《すず》のカップに入れて、バーボンの水割りを飲んだ。そしてヒツジの牧場について考えたが、結論には至らなかった。ショットガンはひざの上に置いてある。

真夜中のように感じたが、ジョーが衛星電話の電源を入れてメアリーベスにかけたときはまだ八時半だった。

用心している声が応答した。「もしもし？」

「おれだよ」

「ああ、よかった。知らない番号だったから」

「衛星電話だ。いまいるところは無線も携帯もだめなんだ」

「ときには、わたしもそういう場所にいられたらと思う」彼女はそう言ってから続けた。「いいえ、だめ。きっと頭がおかしくなる」

一日の出来事と、〈サドルストリング・ラウンドアップ〉に編集長のT・クリータス・グラットが書いた、税金による図書館の資金集めを批判し、住民に反対票を投じるように促《うなが》す記事について、彼女は話した。

「じっさいにこう言っているの、読むわね。〈インターネットがあるのに、そもそも図書館は必要だろうか？　ちゃんとした仕事につけない人々を雇用するためだけに、図書館はあるようなものだ〉。信じられる？」メアリーベスは怒っていた。

「残念ながら、信じられるよ」ジョーは答えた。

馬たちに餌をやり、チューブを散歩させた、天気がとてもいいので朝は乗馬をするつもりだ、と彼女は続けた。

「いまはなにをしているんだ？」ジョーは尋ねた。

「家で一人よ。ルーシーはハイスクールのフットボールの試合に行っているの……」

金曜日の夜なのを、彼はすっかり忘れていた。

「……それからエイプリルはデート、もっとも自分ではそう言っていなかったけど」

「デ、デート？」

負傷と入院のあと、デートはこれが初めてであることは言うまでもなかった。

「いいと思う。あの子、ようやくすべてを過去のことにしはじめたのよ」

「相手はだれだ？」

「名前はボー・シモンズ。いい子みたいよ。あの子を迎えに家まで来たの。ウェスタン・ウエアの店で一緒に働いている。ダラス・ケイツみたいなんじゃないわ」

「そんなやつであってたまるか」

ダラス・ケイツは、大型狩猟動物の乱獲、許可証なしの狩猟動物殺害、未登録のスノーモービルを使っての野生動物迫害など複数の軽罪により、ローリンズの刑務所で二年から四年の刑に服している。ジョーと郡検事長のダルシー・シャルクが、彼を懲役刑にするためにかき集めた罪状だ。ヒューイット判事の判決はいつになくきびしいもので、判事もまたダラスの服役を望んでいたのだろうとジョーは推測している。もっと起訴できる罪状があったら、とジョーは思った。ダラス・ケイツは時限爆弾のようなもので、出所したらすぐに爆発するはずだ。彼が刑務所で過ごす夜は、ジョーとその家族が枕を高くして眠れる夜だった。

T・クリータス・グラットは、半年近く前に〈ダラス・ケイツは復讐のために戻ってくるか?〉と題した社説を書き、さらに状況を煽った。

ダラスの母親で対麻痺《ついまひ》となったブレンダ・ケイツは、誘拐、共同謀議、凶器による暴行、殺人幇助など、ほかにも十の重罪容疑で起訴され、ラスクのワイオミング州女性刑務所で終身刑に服している。彼女があそこにいるのはいいことだ、とジョーは思った。出所したらダラスは脅威だが、ジョーにとってはブレンダのほうがさらに恐ろしかった。

「それから、あなたの娘のシェリダンからメールが来た」メアリーベスは続けた。妻があなたの娘と言うときには悪いニュースが待っている、とジョーにはわかっていた。「天気がとてもいいから、今週末は友だちとキャンプに行くって。場所や人数は書いていなかったけど、全員女性ってわけじゃないと思う」

ジョーはうめいて目を閉じた。

「シェリダンが二十二歳で好きなように行動できるってわかっているんだけど、まあ、やっぱりね……」メアリーベスは語尾を濁した。

「そうだな。だが、心配することはないだろう。あの子は母親に似て頭がいいし、タフだから」

「あの子の母親もかつて二十二歳だった」

「きみを救うことができて運がよかった」

「楽しい冗談ね。で、あなたのほうはどう?」

「おれは辺鄙な砂漠でいやな臭いがするたき火の横にいて、暗闇の中一人ですわっている。夕食は缶詰のシチューだったよ」

「ああ、ジョー。そういうことには、あなたは少し年をとりすぎたんじゃない?」

「ああ。毎年、寝るとき地面は硬くなっていくな」

「今晩からっぽの巣で、あなたのことを考えるわね」彼女は甘い言葉をささやいてみせた。

「嬉しがらせようとしているだろう」

彼女は笑った。ジョーは妻を笑わせるのが好きだった。

「ネイトはまだ見つからない、だが手がかりがありそうだ。明日知らせるよ」

「気をつけて」

「いつもそうしている」

「はん!」

午前二時、ジョーは突然目を覚まし、一瞬自分がどこにいるのかわからなかった。小さなテントの中でデイジーは彼にくっついており、やはりなにかで目を覚まして体を起こしていた。

ジョーは横向きになってテントの正面側のフラップのジッパーを開けた。冷気が忍びこんできた。たき火は燃えさしになっている。

外はしんとして、星々はくっきりとして白い。数があまりにも多いので、上からテントを押しつぶしそうだ。

遠くで続けざまに銃声を聞いたように思ったが、確信はない。辺鄙な場所での銃声は、ワイオミング州のどこでもめずらしいことでないのはわかっている。とはいえ、納屋でタバコを吸っていた男以外、一日中人っ子一人見なかったのだ。もしかしたら銃声ではなく、石柱の上でバランスを保っていた岩の一つがついに落ちたのかもしれない。

彼は起きあがって耳をそばだてた。

静寂。

そのあと、また音がした。遠くの甲高い金属的な響き。バイクかスノーモービルの音のようだが、そんなはずはない。

金属的な音は、古いヒツジ牧場のある南から聞こえた。

キャンプを出て、車で轍の道を戻った。窓を開けて耳を傾けるには寒すぎたが、二、三分おきに停車して窓を下げ、音が大きくなっているのを確かめた。

ジョーは夕方上った丘の頂上の手前に駐車し、デイジーは運転台に残しておいた。姿勢を低くして横歩きでくぼ地を見下ろせる頂上まで行った。

しゃがんで腹ばいになったが、十本以上のサボテンの棘で腹がチクチクした。低く悪態をついて横へ移動し、双眼鏡を目に当てた。

いまは四輪駆動のATVと判別できる小型車両数台が、砂漠を横切って東からヒツジ牧場へ向かっている。五台、いや、六台いる。エンジン音は静かな夜に大きく響き、ヘッドライトは地面のあちこちを照らしている。常軌を逸した走りかただ。

だれかが叫び声を上げるのが聞こえ、ジョーは思った。酔っているか、ハイになっている。だからばかみたいな走りかたなんだ。

ATVは牧場に着き、一台目が外側の納屋の中へ消えた。残りのATVも従い、しまいにすべてのエンジンが切られた。誰かの笑い声、続いて酔っぱらいの大声のおしゃべり——男の声も女の声もする。

五分後には、静かになった。

連中は北東から来た、とジョーは思った。ちゃんとした道を使わずにクロスカントリーレースのように走ってきた。

来た方角には、〈マスタング・カフェ〉がある。

ジョーはATVが入っていった納屋から出てくる人々のために照明がつかないかと、しばらく待っていた。なにも起こらない。まるで、乗ってきた男女はブラックホールに消えてしまったかのようだ。

そのとき、納屋のあいだの暗闇に人影がいくつか見えた。彼らは忙しそうになにかしている。小型のドームテントを立てているのだ。そして中にもぐりこむと静かになった。

キャンプするには奇妙な場所だ、とジョーは思った。

一声うめいて立ちあがると、ストラップで吊るした双眼鏡が胸で揺れた。体の砂を落とし、ピックアップに戻ろうとしたとき、視界の隅にちらりと光が見えた。

二つのヘッドライトが中央の納屋から出てくる。車はロックされたゲートの奥のアクセス道路を走ってくるようだ。

彼のほうへ。

闇の中で丘の上にいる自分がだれかに見えるとは信じられなかったが、ジョーは駆け足で丘を下り、ピックアップの運転台に飛び乗って急いで走り去った。

キャンプに戻ると、何者か、あるいはなにかが留守中にそこへ来たことが、ヘッドライトの光であきらかになった。テントは平らになって寝袋は地面に丸められ、調理器具とバーナーはぺちゃんこに壊されている。

彼はつぶやいた。「どうなっているんだ、デイジー?」

暴走する野生馬の群れのしわざだった。三十から四十頭はいたであろう馬たちが、固まってキャンプを通り抜け、なにもかも壊していったのだ。地面にひづめの跡が残っていた。何頭かはそうとう重かったので、ひづめが硬いシリカの表面を突き破って、その下の乾いた粘土に達していた。

ピックアップのヘッドライトに照らされたキャンプの残骸を見渡して、デイジーを一緒に連れていったので、群れが走り抜けたときだれもここにいなくてよかったと思った。内心で罵《ののし》り声を上げ、ブーツの先で裂けたテントを蹴《け》った。

そのとき、闇の中を近づいてくる車の音が聞こえた。中央の納屋を出てこちらへ向かってきた車ではないか、とジョーは思った。

急いで壊れた調理器具を集め、テントの布地で包むとピックアップへ運んだ。それを荷台に放りこんで運転席に飛び乗った。

エンジンはかけたままにしておいたので、すぐにギアをリバースに入れて発進できた。星の光が明るいから、スニーク・ライトだけでアドービ・タウンから脱出できるだろう。ハンドルを切って向きを変えていたとき、七十メートルほど離れた南側の地平線に黒っぽいピックアップの前部が現れた。その車もヘッドライトを消していた。これほど早く現れたということは、尾行してきたにちがいない。よし、どういうつもりなのか見てやろう。ジョーはパーキング・ブレーキを引き、そのまま待った。

「油断するな、デイジー」牝犬に声をかけた。これから闘いになるのだろうか、それともさっさと逃げだすべきなのだろうか。恐怖でのどがひきつるのを感じた。

ジョーは手を伸ばし、座席のあいだに銃口を下にして差しこんであるショットガンの尾筒《びとう》に触れた。近距離で破壊的な威力があるダブル0《オー》バックショットを、さっき装塡しなおしておいた。

地平線のピックアップはエンジンを吹かしてバックし、こんどは後部をジョーのほうへ向けてふたたび現れた。荷台にはキャンパーシェル（居住空間となるユニット）のようなものがとりつけてある。

彼らには自分が見えなかったのだろうか？　それとも引きかえすと決めたのか？

そのとき、車から二人降りて後部へ走るのが見えた。一人が中に入り、もう一人は運転台へ戻った。

妙だ。

荷台になにが積んであるのだろう？　ジョーの脳裏をさまざまな考えがよぎった――マシンガンや大砲のような重火器かもしれない――またギアシフトを握ってリバースに入れ、地平線のピックアップの後部から目を離さずにアクセルを踏んだ。

だが、銃火も炸裂しなければ、砲弾も飛んでこなかった。ただ、電気がショートしたときに似た大きなバチッという音がしただけだ。電話がかかってきたように、胸ポケットで携帯が振動するのを感じた。ここは圏外のはずなのに。

すると、彼のピックアップのエンジン音が消え、自然に少しバックし、ヤマヨモギの茂みにタイヤをとられて停止した。ハンドルも動かない。どういうわけか、エンジンを切ってしまったのだ。

ジョーはイグニションキーをまわし、動転して前方のピックアップの開いた後部を見た。なにも反応しない、スターターさえ動かない。室内灯も計器盤も消えていた。

最初に思ったのは、相手がなにかをエンジンブロックに命中させてだめにした、ということだった。だが、それは筋が通らない。ピックアップの前部になんの衝撃も感じなかった。

むなしくキーをまわしていると、相手のピックアップから一人降りて後部に近づいてから運転台に戻るのが見えた。そのあと、ピックアップは来た方向へ去っていった。

車から降りたジョーは、静寂と闇に圧倒された。ドアを開けても運転台の室内灯はつかなかった。そして、嵐が来る直前のオゾンのような、鼻を突くかすかに焦げた臭いが空中に漂っていた。しかし、空には雲一つない。

彼はかぶりを振った。機械のエキスパートではないが、この仕事について以来、ピックアップ、スノーモービル、ATVのエンジンのちょっとした修理は現場でやらなければならなかった。修理工が来るまで何日もかかる辺鄙な場所での故障が多かったのだ。とはいえ、たいていは自分でなんとかなる問題だった。タイヤのパンク、荒れた道でゆるんだバッテリーケーブル、石に乗りあげてしまった車軸。しかし、スペアのバッテリーもコンピューター診断もなく、エンジンをよみがえらせるとなると、途方に暮れるばかりだ。

そのとき、胸ポケットに感じた奇妙な振動を思い出した。あの瞬間は、撃たれたのかと思った。だが、いまポケットをたたくと、布の下の iPhone の四角い形が感じられるだけだ。圏外だと知っていても、彼は携帯を出した。携帯も死んでいた。何度も再起動しようとした。充電がたっぷりだったのは知っている。それなのに起動しない。

パニックが押し寄せてくるのを感じつつ、衛星電話、ポータブルおよびダッシュボード取りつけのGPS、デジタルカメラを試した。腕時計は午前三時十八分で止まっていた。なにもかも全滅だった。

そして、自分は幹線道路から六十キロも離れた場所にいる。

デイジーが足もとにすわって空を見上げた。きっと、ジョーはなにを探して天を仰いでいるのだろうと思っているにちがいない。

第四部　牧　場

陰謀は日常生活からかけ離れたものだ。

——ドン・デリーロ『リブラ　時の秤』

15

ネイト・ロマノウスキは三人目の男が運転する車のタイヤ痕を追跡し、古い牧場のロックされたゲートに着いた。丘を少し上り、フェンスの支柱から股釘を抜いて錆《さ》びた有刺鉄線を下げると、ジープでその上を越えた。三人目の男が向かったと思われる前方の牧場の敷地には近づかないことにした。フェンスと建物群のあいだには開《ひら》けた地面が広がっており、見られずに行くことは不可能だ。

ネイトはフェンスの内側を西へ向かった。四輪駆動のローにしてヘッドライトはつけずに進んだ。遠くのくぼ地にある建物群が見えているあいだ、彼は用心深く振りかえって、ライトあるいはなにかの動きがないか確かめた。ゲートから六キロ以上離れ、大きな丘を越えて建物や自分を見張っているかもしれない人間から遮断されて初めて、楽に呼吸できるようになった。

フェンスは何十年も前に立てられており、ロックされたゲートから離れるにつれて状態は劣化していった。錆びた金属のT形支柱は、グリースウッドでできた節《ふし》だらけの柱に変わり、有刺鉄線が地面に落ちている箇所も長くなっていった。メンテナンスは久しくおこなわれておらず、最初にだれが立てたにしろ、道路に面したゲートから離れた場所については熱意を失ったとみえる。最後には、フェンスは壊れたり傾いたりした木の柱だけになり、周囲には有刺鉄線が丸まっていた。

牧場から見えなくなったとたん牧童が怠慢になったか、砂漠をフェンスで囲うことのむなしさに牧場主自身が気づいたのだろう、とネイトは思った。

壁がけわしすぎて車では下ることもそこから出ることもできない、深い乾いた川床に突きあたって、進めなくなった。そこでネイトはエンジンを切り、偵察するために降りた。

古い乾いた川床はカーブしながら谷へ続いており、谷の底で東へ曲がっていた。あるのは水ではなく砂でも、涸《か》れた流れはまだ機能しているようだ。おそらく鉄砲水のときだけ川になるのだろう。眼前に広がる谷の形状から判断して、川床はやがては古い牧場の敷地を通るはずだ。所有者がだれにしろ、たぶんこの川が住人と家畜に水を供給してくれるのではないか、と期待したのだろう。

残念ながら違った。

だが、涸れた流れは潜伏するにはいい場所だ。谷底近くで平らになる場所まで、けわしい川床の縁《へり》に沿ってジープで進み、そのあと壁が狭《せば》まって川床に覆いかぶさる地点まで引きかえせばいい。そうすれば、ジープは南側の谷底からも、自分が来た北側の高所からも見られることはない。東側もしくは西側から荒れはてた木のない大地を見はるかす者には、ジープは目に入らない。ジープのぼろぼろのベージュのキャンバスカバーは、地面とほぼ同じ色なので、航空機やティレルとヴォルクのスパイ衛星の一つで上から探索されても気づかれまい。

ティレルとヴォルクを混乱させて、自分がその気になるまでこちらの居場所や行動を推測するしかないようにしておくのが、なぜこんなに楽しいのかネイトにはよくわからなかった——だが、とにかく楽しかった。

頭巾をかぶせたタカたちを川床の上に張りだした岩の下に移し、露出した鋼鉄ケーブルのように壁の表面にうねっている古い根に、足緒を結んで飛ばないようにした。それから壁に背をあずけて、川床の砂まじりの砂利の上にブーツをはいたまますわった。座席の下に置いている、かすかにガソリンとタカの糞《ふん》の臭いがする使い古した毛織のブランケットを、体にかけた。そして目を閉じ、少し眠ろうとした。

深夜、遠くでATVの甲高《かんだか》い音がした。東から聞こえる――タイヤ痕が向かっていた古い牧場がある方向だ。

ネイトは起きあがり、五〇口径を腿《もも》の上に置いて、ATVが現れるかどうか警戒して待った。

なにも現れないまま、十五分後に静寂が戻ってきた。

あの古い牧場でなにがが進行中だ、と彼は思った。そしてなんであれ、一人は剣を、一人は自動火器を持った悪党二人を何者かがよこして彼を排除しようと考えるほど、重要なことにちがいない。

い、い、い、い、い、うまく見つけたようだ。

夜明けの二時間前、目を覚ますと薄黄色のイヌ科の動物の目と対峙《たいじ》していた。

痩せたコヨーテが尻尾を振りながら乾いた川床を偵察に来て、いつものルートを車がふさいでいることと、空中に人間と三羽のタカの嗅ぎなれない匂いがすることに気づいたのだ。

ネイトが目を開けたとき、コヨーテはすぐそばの右側にいて、頭巾をかぶせたタカたちのほうへ川床を上ろうとしていた。

彼はリボルバーの台尻をつかみ、さっと振りおろした。銃身がコヨーテの眉間《みけん》に当たり、相手は飼い犬のようにキャンと泣くと、乾いた川床へ転がり落ちていった。そして酔っぱらいよろしくふらふらと起きあがり、跳ねるように駆けていった。

「おい、コヨーテ、おれのタカたちに手を出すな」ネイトは叱りつけた。

暗い谷間の低木地帯に姿を消すまでコヨーテから目を離さなかったが、撃鉄を起こしたり引き金を引いたりはしなかった。ドンパチはもうじゅうぶんだ、と思った。コヨーテはコヨーテとして行動したまでだ。殺すいわれはない。

しかし、これ以上捕食動物に狙われないように、タカたちをジープの中の間に合わせの止まり木に移さなければならなかった。

夜明け前にそれをすませ、脇の下のショルダーホルスターに五〇口径をおさめて川床を歩きはじめた。ランチ・ライフルはジープに置いてきた。小さなデイパックには水二クォート（一クォートは約一リットル）、双眼鏡、弾薬、衛星電話が入っている。

湿気の少ない朝で、かすかな北風のせいで気温より寒く感じる。高空《こうくう》の夜光雲（日の出前や日没後の高空で太陽光線を反射して輝く雲）がまだ隠れている太陽の光を反射し、東の地平線は波形に縁《ふち》どられたオレンジ色のレースがかかっているかのようだ。秋の早朝の空気は砂とヤマヨモギの匂いがした。

狩りにはいい日だ、とネイトは思った。

出発する前、衛星電話にバッテリーを入れたが電源は切ったままだ。ティレルとヴォルクは、電話したりうるさく質問したり指示を出したりできない。それが彼の望むやりかただった。だが、古い牧場へ向かうネイトを、彼らは追跡できる。

そして、彼の動きが突然止まったら二人にはわかるはずだ。

16

動きは二時間半後に止まった。

砂地の川床から離れずに、高い岩の壁が姿を隠してくれることに感謝しながら、ネイトは静かに進んでいた。二十分おきに東側の壁の縁まで這いのぼり、注意深く上をのぞいて進み具合を確認した。乾いた川床は谷間をヘビのようにうねっているので、数キロ歩いてもまったく近づいた感じがしなかった。牧場の建物群は彼の想像にすぎず、永遠に到着しないように思えた。

廃棄された錆びたピックアップ、手動洗濯機、使われなくなった有刺鉄線のかたまりという、古い牧場の墓場というべき場所を通ったとき、近くまで来ているとわかった。

さらに進めば、早い時間でも物音が聞こえるだろうと彼は思っていた。ＡＴＶ、走りまわる車の音、話し声。だが、二百メートル以内まで来ても、出発したときと同様に静まりかえっている。倒れかかったたくさんの建物群が、近づく者全員を呑みこんでしまったかのようだった。

じつは川床は建物群を二分していた。牧場の敷地の中心に入る前に、彼は足を止めて壁をよじのぼり、双眼鏡で棘《とげ》だらけの茂みのすきまから覗いた。気づかれずに、敷地をはっきりと見ることができた。

見るべきものはたいしてなかった。三棟の大きな納屋は灰色で風雨にさらされてくたびれ、屋根は落ちかかり、波形の屋根ふき用パネル全体がなくなっている。目に入るかぎりの窓は壊れ、枠の内側に変色したガラスのぎざぎざの破片が残っているだけだ。

二階建ての母屋はまだかろうじて立っているが、昔の火事で中が丸焼けになっているのはあきらかだった。

動きがあったことの唯一のしるしは、納屋の周囲のいくつものタイヤ痕と、各納屋の両端の閉ざされたガレージ風のドア近くにかたまったタイヤ痕のみ。最近だれかが車を乗りまわし、納屋に入り、おそらく通り抜けたのだろう。しかし、あたりには作業車は見当たらない。

高地の砂漠で一つだけ確かなことがある、とネイトは思った。機械であれ動物であれ、どんな動きも地面に長く跡を残す。風か雨だけが――風はしょっちゅう、雨は稀《まれ》――最終的に跡を消せるのだ。

さらに川床を進んでもう一度違う角度から観察すると、驚くべきものが目に入った。さまざまな色のドームテントが、二番目と三番目の納屋のあいだにばらばらに立っていたのだ。数えると六つあった。まだ朝早いので、キャンパーの姿は見えない。

わけがわからない。つねに予期しないものに備えよ、と特殊作戦で訓練されてきたにもかかわらず……キャンパーとは？

とにかく、彼らはなにを考えているのだろう。ワイオミング州には公園、森、絶景、大自然があふれている。そういうところがいくらでもあるのに、この連中はここをキャンプ地に選んだのか？

深夜の何台ものＡＴＶの音を思い出し、もしかしたら乗っていた集団がしかたなく古い牧場をねぐらにしたのかもしれない、と思った。

ネイトは考えを整理するために傾斜をすべり下りた。この新たな進展の謎を解かなければならない。

そのとき、川床の反対側の岩棚の上に迷彩色の小さな長方形のプラスティック製品があるのに気づいた。黄色のウマノチャヒキの茎に一部が隠れているが、側面の真っ黒な丸い目と短いアンテナは間違えようがない。

無線動作感知器だ。型とモデルはすぐわかった。〈スパイポイント〉だ。９Ｖ形電池で動き、警備体制突破の探知を三百メートル先まで送信できる――ネイトから牧場の敷地までの距離はじゅうぶん圏内だ。

彼は低く悪態をつき、装置を切ろうと手を伸ばした。そのとき、いちばん近い納屋の方角から錆びた蝶番《ちょうつがい》がきしむ音と、何人かの重い足音が聞こえた。

そのあと、急に静かになった。声もしないし、それ以上動く気配もない。

ネイトはリボルバーを抜いた。衛星電話をジリスの穴に隠して開口部を石でふさいでから、さっき敷地を観察した土手に登ろうと踏みだした。五〇口径は脇でゆったりと持った。敷地に出ている男たちの存在が感じられたが、まだ姿は見えないし声も聞こえない。銃を目撃されないようにすれば、相手に発砲する理由を与えずにすむ。

いや、発砲する理由は必要ない。結局、自分は古い牧場の敷地に侵入したのだから。

一歩ずつ土手を登っていくと、こちらの姿があらわになる瞬間が近づいた。視野の内に、納屋の屋根、次に二階の壊れた窓が入ってくる。そして、土手を越えたとき、三人の男が見えた。動作感知器が反応したので納屋から出てきたのだろう。両側の二人はドームテントのあいだに立っている。中東風の外見で、それぞれが改造したＡＫ47にバナナ形弾倉を装着している。

真ん中の男はガジ・サイードだった。

ネイトは思った。やつをまず倒す。

サイードが川沿いの崖にいるネイトを見るまで、一瞬の間があった。だが、すぐにサイードの目は彼を認めてきらりと光った。両側の男たちは、まだネイトがいるのに気づいていない。

ネイトはなにも言わず、サイードはただにらんだ。

勝負だ。

サイードを倒したあと、左側の男を殺し、すぐ右側の男を狙う。なぜなら、左側の男はライフルの銃口をわずかに高くして持っているから、よりすばやく反応できるはずだ。ネイトはすでに先の動きを想定していた。

自分はつかのま相手より優位に立てる。向こうは開《ひら》けた場所にいて、こちらはすぐさま川床へ飛び降りて姿を消せるからだ。

頭を動かさず、サイードはネイトが聞きとれないことを言った。それがテントのそばにいる二人の注意をサイードに向けさせた。そして、サイードは無言でネイトのほうへうなずいてみせ、二人の男もネイトを見た。右側の男が銃を持ちあげようとし、ネイトも自分の銃を構えかけたとき、サイードがまたなにか言った。こんどは、ネイトには理解できないアラビア語がいくつか含まれていた。

だが両側の二人は理解し、ネイトに銃を向けるかわりにそれぞれがドームテントの一つを選んで狙いをつけた。彼らは驚くほど無頓着にやってみせた。まるでこういうことを前にもやっていて、なんでもないかのように。二人がこの脅《おど》しを実行するのを、ネイトは疑わなかった。

つかのまネイトが迷っていると、サイードは彼にうなずき、それから左右に手を振ってみせた。

異例の戦法だが、ネイトはすぐにサイードの仕草を理解した。三人同時にネイトに狙いをつけるより、二人がテントに発砲するほうが早そうならネイトは撃ってこないほうに、サイードは賭けたのだ。罪のない人々の命を、敵が自分以上に重んじると知っている人間の戦法だ。

では、テントにいるのはだれなのだ？

ネイトの疑問に答えるかのように、黄色い〈ザ・ノース・フェイス〉のドームテントのジッパーがゆっくりと開き、ほっそりとしなやかな大学生ぐらいの女が疲れた顔を突きだした。鼻と下唇にピアスをして、スキンヘッドだった。肌はあまりにも白くて透きとおるようだ。タフに見せたがっていても居心地が悪いのを隠せないまったく場違いな女、という印象をネイトは受けた。彼女は目をこすり、顔をしかめて外の夜明けを眺めた。まわりでなにが起きているか、まったくわかっていないようだった。テントの一メートルほど後ろでＡＫ47を構えた男が、ナイロンテントなどないも同然に、七・六二×三九ミリ弾の雨で自分をずたずたにするべく狙っているというのに。そしてキャンパーは一人ではなかった。女は振りむいて、中にいるだれかに二言三言話しかけたからだ。

女は一度もネイトのほうを見ず、背後に立っているサイードにも目を向けなかった。寝袋から起きだすにはまだ早すぎると判断したらしく、彼女はテントの中に戻った。一瞬後、タトゥーでおおわれた細い腕が正面のテントのフラップをもたつきながら閉めた。

右側の男が声に出さずにマントラのようなものを唱えるのに、ネイトは気づいた。

アッラーフ・アクバル？

ネイトはサイードを見た。相手はうなずき、口の動きだけであんたかと伝えた。

ネイトはうなずきかえした。おれだ。

メッセージは明確だった。武器を捨てろ。サイードは冷酷な微笑で告げてきた。さもないとテントの中の人々が死ぬ。

17

ホルスターにおさめた五〇口径を川床の端の地面に落とし、ネイトは両手を上げてひざをついた。右側の男が銃を回収するために進み出た。胸の前で構えたＡＫ47の銃口を後方へ向けてななめに歩き、ネイトがおかしな動きをすればテントに発砲できる態勢を保った。

右側の男がホルスターを手にとると、サイードはネイトとしかと目を合わせ、あごで左側を示した。テント群を離れていちばん近い納屋の前までついてこいと伝えているのだ。ネイトはうなずき、彼らのあとに従った。

サイードのふるまいは暗黙のうちに、テントサイトから別の場所へ全員を移動させたがっているることを示している。どんな理由にしろ、テントで眠っている人々に、周囲で起きていることを知られたくないのだ。ネイトにとっても静寂を破ってテントの人々の命を危険にさらすことに、利点はない。

状況をもっと把握しないかぎり。

サイードが先にたち、ネイトはついていった。二人のガンマンは少し後ろからはさむように歩いてくる。背中に向けられた銃口を、彼は見るというより感じた。

一番目の納屋の角をまわりこむと、サイードは振りむいて手を出し、ネイトに止まるように合図した。それから指をまわし、自分に背を向けて立つように命じた。

ネイトは一拍置いてから低い声で言った。「その考えには感心しない」

サイードはネイトの背後の男たちに目で指図し、ネイトは一撃を予期して身構えた。ライフルで頭を殴りにくるか、あるいは脚を蹴《け》ってくるか?

だが、足音が聞こえ、首の横二ヵ所にひやりとした金属が押しあてられると、〈スタンマスター〉スタンガンによる高電圧の電流が体を貫き、目が飛びだしそうになった。脚から力が抜け、思わずひざをついた。耳の内側がガンガンした。

特殊部隊の訓練で、スタンガンでもテザー銃でも撃たれたことがあるが、そのときは予期していた。今回は突然すぎて完全にやられた。電気のヘビに棲みつかれたかのように筋肉が痙攣《けいれん》し、全身が引きつった。腕も脚も首も動かせず、しおれたヒマワリの茎同然に首が弱って、頭が前へ垂れた。

両手に長いプラスティックの結束バンドを持って、サイードがかがみこむのがちらりと見えた。ネイトはふらふらだったが、手首を重ねさせられないように、背中でこぶしを握りこんで親指の第一関節を密着させる気力は残っていた。そのあと結束バンドが固く閉まるジーッという音がした。

頭を上げられるまで回復するのにたっぷり一分かかった。すると、彼がショックで失禁したかどうかサイードが観察していた。していないと確認すると、サイードは言った。「次はどうかな」

頭をはっきりさせようと、ネイトは首を振った。電流で歯の詰め物が放電を起こしたせいで、口の中に焦げ臭い金属的な味が広がった。

出た声はしわがれていた。「覚えておくぞ」

両側の二人の男が彼の脇の下に手を入れ、立ちあがらせた。脚が震えたが、彼はなんとかまっすぐな姿勢を保った。

「悲鳴を上げないでくれてありがとう」サイードは言った。

彼らは一番目の納屋の閉まったドアを通りすぎた。そのとき、ネイトは壊れた窓から中を一瞥《いちべつ》し、すぐ内側に虫の死骸《しがい》におおわれたパイほどの大きさのヘッドライトと、真鍮《しんちゅう》のグリルをちらりと見た。

「視線は前に向けていろ」サイードが肩ごしに命じた。

だが、ネイトはすでに目にしていた。〈ピータービルト〉のセミトラクターの、歯をむきだしにして笑った顔のような前部を。トレーラーは後ろにつながれていただろうか。納屋はたしかに、フルサイズのトレーラートラックを格納する長さがある。あれだけの幅があれば二台は入る。

「三番目の納屋へ行く」サイードは声を高めて言った。テントからはじゅうぶん離れたので、大声でなければふつうに話せるのだ。

二番目の納屋を通りすぎるとき、ネイトはふたたび窓へ視線を走らせた。暗すぎて中はよく見えなかったが、でたらめに止められた何台もの車の形はわかった。ピックアップ、トラクター、ATV。洩《も》れたガソリンのかすかな臭いもした。

「イビーと話したい」三番目の納屋の横のドアに近づくと、ネイトは言った。

「いずれ話すことになる」

「ここでなにをしているのか知りたい。あんたたちは場違いな国の場違いな砂漠にいるんじゃないのか？」

サイードは返事をしなかった。

「テントで寝ている連中はだれなんだ？」

サイードは振りむいた。「なぜ気にする？　砂漠でタカを飛ばすこととなんの関係がある？」

「それとは関係ない。おれが寝ているあいだにキャンプに来ておれを殺そうとした三人に関係している。たぶんあんたもそれについて知っているだろう」

サイードの顔は無表情のままだった。「何者だった？」

「IDはなかったよ」

「彼らはいまどこに？」

「二人は帰ってこない。三人目はここへ来た」

サイードは眉《まゆ》を吊りあげてかぶりを振った。「ありえない。ここにはそんなことをする者はいない」

「だったら銃を返して、おれを自由にしろ」

なぜ二人の男が帰ってこないのか、砂漠でなにがあったか、そしてなぜ三人目の男が牧場に戻ったとネイトが考えているのかをサイードが聞かなかったことは、多くを示唆している。ネイトはそう思った。

「まず話をしよう」サイードは言った。

ＡＫ47を持った男二人に、彼はアラビア語でなにか言った。言葉はわからなかったが、サイードが二人にこのまま留まってネイトから目を離さないように命じたのはあきらかだった。ほかの二つの納屋と違って、サイードとネイトが入った納屋の中はパーティションで仕切られていた。外側のドアから、以前は事務所だったような天井が低く安っぽい壁板に囲まれた部屋に入った。ほこりっぽい金属製デスク、三脚の椅子、ピンで留められていた書類や名刺の輪郭がまだ残っている古いコルクの掲示板。頭上に照明はなく、唯一の明かりは色褪《いろあ》せて砂まみれの窓から差しこむ自然光だけだ。ネズミの糞が点々と床に散らばっている。

「すわれ」サイードはネイトに促《うなが》した。

ネイトはそうはせず、古いめくれあがったリノリウムの床を歩いていき、デスクに寄りかかった。

ＡＫを持った二人は部屋の中央から椅子を引いていき、ネイトの向かい側の隅二つに据えると腰を下ろしたが、銃は構えたままだった。訓練を受けていると、ネイトは察した。隅を選んだことで、二人はネイトが彼らを同時に倒す可能性を排除した。彼が一人を襲えば、もう一人に撃ち殺される。

「どちらか、英語を話すのか？」ネイトは尋ねた。

目を上げた様子から質問を理解したのはあきらかだったが、どちらも答えなかった。

左側の男は短い口ひげをはやし、長い鼻は何度か折れたことがある。唇《くちびる》は薄くほとんど色がない。指は長く細い。ゆったりしたオーバーサイズのシャツを着て、ごわごわした緑色のキャンバス地のカーゴパンツをはいている。ＡＫ47用のスペアの弾倉が、右腿のサイドポケットから突きだしている。

テントに狙いをつけたとき静かになにか唱えていた右側の男は、もう一人より背が低くずんぐりしており、頭頂部に黒いバンダナを巻いている。口ひげはまばらで薄いが、あごの下まで達している。色褪せた『バットマン』のＴシャツの上に砂漠用の軽い迷彩柄ジャケットを着ている。軍の放出品らしいジャケットの胸ポケットから、〈スタンマスター〉のスタンガンのストラップがのぞいている。のちのちのために、ネイトは心に留めておいた。

二人ともけわしい顔つきで心を読ませず、しゃべらないように指示されている。ネイトが中東で遭遇した聖戦士を思わせる。信心深くきまじめで、ユーモアを受けつけない冷徹な信者だった。二人はそういう種類の男だ、と彼は思った。だれかの顔をブーツで踏みつけて慈悲を乞われたときだけ、にやりと笑うのだろう。

サイードはじっとネイトを見つめてから聞いた。「タカ《ホーク》はどこだ？」

「タカ《ファルコン》だ」ネイトは訂正した。「すべてのファルコンはホークだが、すべてのホークがファルコンではない」

「そういったことはおれにはわからない」

「わかる必要はない」

「放したのか？」

キャンプを襲った何者かに殺されたのか？とはサイードは聞かなかった。

「六キロほど離れたおれのジープの中にいる」ネイトは西のほうにうなずいてみせた。「行かせてくれ、そうしたらここへ連れてくる。今日はまだ餌も与えていないし狩りもさせていない。イビーと過ごしているんだから、鷹匠《たかじょう》はまずタカのことが最優先だとわかるだろう」

サイードは言った。「彼を呼んでくる」

「イビーを？」

「もちろんイビーを」

「で、このアフメトどもと一緒におれを置き去りにするのか？　それともムハンマドどもか？」

二番目の名前を聞いて、ネイトにスタンガンを使ったずんぐりした男が怒って立ちあがり、こちらへ踏みだしかけたが、サイードがアラビア語で制止した。

そしてネイトに言った。「彼らを刺激するな。それから、あんたがここにいるのは侵入したのが理由だということを忘れるな。武装して、われわれのキャンプに招待もなく入りこんだんだ」

「じゃあ、郡の保安官を呼べよ」ネイトは言った。

サイードは微笑しかけた。

18

十分後、三番目の納屋へ近づいてくるサイードとイビーの言い争う声が大きくなるのが聞こえた。アラビア語なので、ネイトにはまったくわからなかった。

ドアが開き、イビーが大股で入ってきた。顔を真っ赤にして、目は興奮でぎらついていた。当惑しているようだった。サイードがあとから入ってきてドアを閉めた。部屋が急に狭くなった感じがした。

「こんなことになって申し訳ない」イビーはネイトに言った。「どこかけがをしましたか？」

「いや」

「よかった、よかった。あなたのキャンプが襲われたというのはほんとうですか？」

「ああ」

「犯人の心当たりは？」

ネイトはサイードのほうへうなずいてみせた。「彼に聞いてみろ」

イビーはサイードをにらみつけ、サイードは視線を返した。アラビア語で、イビーは怒りのこもった質問を繰りだした。サイードは首を横に振りつづけた。サイードの表情ははかり知れない、とネイトは思った。嘘をついているのかどうか、判別できなかった。

そして、サイードは冷静に説明を始めた。イビーは両手を腰にあて、頭を垂れて耳を傾けた。サイードはだんだん声高《こわだか》になり、最後の一言はどなるようだった。

イビーはいま聞いたことをじっくり考えているらしく、やがてネイトに言った。「あなたを襲ったのが何者かはっきりとはわからないが、思いあたるふしはある、とサイードは言っている。残念ながら、われわれのプロジェクトを手伝いにきている人々全員を、つねに掌握しておくことはできないんですよ。外見はどんな男たちでした?」

ネイトは〝ハートレス〟と〝ヒップスター〟の容貌を伝えた。イビーとサイードは視線を交わし、どうやら同じことを考えているようだった。

「彼らはここにいた」イビーは言った。「ときどき前科者が現れて、われわれは彼らを追いはらわなければならない。あなたが説明した容貌の二人は、二日前に追いだした。三人目がだれだったのかはわかりません。そいつをあなたがここまで追跡してきたのは確かですか?」

ネイトはうなずいた。

「だったら、われわれは大きな問題を抱えこんだ。昨夜大勢の新しいボランティアが到着して、あなたが追跡した三人目は、そこへまぎれこんだのかもしれない。だれだったのか見つけだすのはむずかしいでしょう」

イビーはサイードに向きなおった。「全員に聞かなければ。こちらが知っていることは言わずに、ほかのボランティアが着いたときに、だれか単独で来なかったかどうか調べるんだ。チームにも聞いてみてくれ。いったん姿を消してあとで現れた者がいなかったかどうか。その男――あるいは女――が前科者二人をリクルートしてキャンプへ同行させたのかもしれない」

サイードは一度だけうなずいたが、動かなかった。

「すぐに始めてもらいたい」イビーは促した。

「だめです。この状況に問題がないのかどうか確認してからでないと」サイードはネイトのほうを示した。

イビーはネイトに言った。「申し訳ない、サイードはわたしがそうしてほしくないときも、わたしのために見張っているんです。彼はわたしとこのキャンプを守り、ここの作業を守っている。わたし専属の特別護衛官《シークレットサービス》みたいなもので、九割がたはうるさいだけなんですが、わたしやプロジェクトが危機にさらされたときには千金に値する男だ。ここにいる部下たちも同様です」彼はＡＫ47を持った男たちを手ぶりで示した。「今日あなたが徒歩で現れたとき、彼らは驚いて、なにか別の意図を持ってここへ来たと思ってしまった。だから、どうか誤解だったと言ってください」

ネイトは言った。「誤解だった」

「だれかの指示でここへ来て動いているのではありませんね？　それは聞かなければならない」

「おれはだれの給料支払い名簿にも載っていない」ネイトは答え、それは真実だった。

イビーは三十秒ほどネイトを見つめてから言った。「信じます。あなたと会う前にあなたの評判は聞いていた、とわたしが言ったのを覚えているでしょう。わたしたちには二つの共通点がある――タカ狩りと、合衆国政府のペテンに対する侮蔑です」

ネイトの胸の奥で小さな警鐘が鳴った。ティレルとヴォルクは、ムハンマド・イブラーヒームを大っぴらに政府を侮蔑する男とは言っていなかった。二人は、もしくはほかの〈ウルヴァリンズ〉はこれを予期していたのだろうか。予期していても、証拠がなかったのかもしれない。イビーに関する報告によればどんな主張も露骨に唱えてはいない、とティレルとヴォルクが話していたのを思い出した。

イビーは続けた。「あなたはあの有名な大型拳銃を持っているが、通信機器はなにも持っていないとサイードは言った。あなたがここにいることを知っている者は？」

「この古い牧場に、という意味か？　いや、おれは自分がどこにいるのかさえよくわからない。レッド・デザートのこんな奥に古い建物がいくつもあるのを見つけて、驚いたよ」

イビーは低く笑った。「わたしもだ。狩りをしていて見つけたんです。ここは昔ヒツジの牧場だったが、もう何十年もだれも住んでいない」

「じゃあ、きみが所有者ではない？」

イビーはかぶりを振った。「しばらく借りているだけです」

「さっき言っていたプロジェクトとはなんだ？　サイードと彼の手下どもが守らなければならないプロジェクトとは？」

イビーは少し黙って目を落とした。顔を上げたとき、その顔は真剣そのものだった。「われわれはここでよいことをしているのです」

それからサイードに言った。「彼の手錠をはずしてくれ」

「結束バンドですよ」サイードは答えた。

「では切って、彼を自由にするんだ。きみがネイトのタカを連れてきたら、チームとボランティアに質問を始めよう。彼のジープをここへまわしてきてくれ。そのあいだ、ネイトとわたしは話すことがたくさんある」

サイードの表情に内心の思いが表れた。「彼にすべて話すつもりですか？」

「それだけじゃない。案内するつもりだ。ネイトはわれわれの仲間なんだ。ここでおこなわれていることを目にしたら、きっと参加してくれる。彼のような人なら間違いない」

サイードはあきらかに懐疑的だった。またアラビア語でイビーに話しだし、たんたんと説明しているその口調にはわずかに懇願《こんがん》の響きもあった。

イビーは穏やかな低い声で答え、英語で締めくくった。「ネイト・ロマノウスキは権力を振りかざすエリートたちに苦しめられてきた。彼はタカ狩りではわたしの先輩であり、信頼できるとわかっているんだ」

ネイトはどう捉えるべきかわからなかったが、サイードがイビーの考えを気に入らないのは明白だった。イビーを好きになりはじめている自分に、ネイトは当惑した。

しぶしぶと、サイードは幅広のナイフを抜いてネイトに歩み寄った。

「向こうを向け」

「必要ない」ネイトはこぶしをゆるめて両方のてのひらを押しつけ、結束バンドをはずした。プラスティックの輪を渡すと、サイードの目に怒りと驚きが閃いた。

「どうやったんだ？」

「〈ペレグリンズ〉の一員になるために訓練を受けた。おれたちはやすやすと拘束されたりしないんだ」

ネイトはスタンガンを持っている男を見た。「次は、そこのアフメトの両耳を引きちぎってやる」

男は目を丸くして、姿勢を正すとＡＫ47をネイトに向けた。

イビーは感心したようにうなずき、サイードに言った。「だから、わたしは彼に加わってほしいんだ」

サイードと二人の男がいなくなると、イビーは言った。「あなたのキャンプを襲った犯人を突きとめますよ。サイードはときにきわめて説得力がある」

「そうだろうな」

「さて、あなたには聞きたいことが山のようにあるでしょう」

「ああ」

「どうぞ」

「ここでよいことをしている、というのはどういう意味だ?」

二人は狭い部屋で椅子にすわり、イビーは互いのひざが触れあうほど自分の椅子を近づけた。そして両手を腿に置いて身を乗りだした。

「わたしはかつてジャーナリストだった。仕事で世界中を旅したが、中東で多くの時間を過ごしました。あそこでなにが起きているかをこの目で見て、アメリカの軍人や情報部の人間と密に話をしていたんです。この政府、とくに国家安全保障局になにができるか、知りました。最初わたしはこう思っていた、〝オーケー、どんな政府もほかの国の政権を監視しないとやっていけない〟。やがてさらに深く知るにつけ、わたしは驚愕しないわけにはいかなかった。自国民の安全を守るためにスパイ行為をすることは、あり、だ。わたしも予期していた

――だれでもそうでしょう。だが、すべての国民一人一人を監視できる装置を造るとなると、話は別だ」

ネイトはうなずいて先を促した。

「全アメリカ国民の電子通信をなにもかも蓄積できる政府の施設があるとしたら、どうです？　わたしが言っているのは電話、メール、メッセージ、ＳＮＳ――なにもかも――です。私有財産の不法な捜索・押収を禁ずる、合衆国憲法修正第四条にはなはだしく違反している」

イビーは目を閉じた。「〈国民が、不合理な捜索および押収または抑留から身体、家屋、書類および所持品の安全を保障される権利は、これを侵してはならない。いかなる令状も、宣誓または宣誓に代る確約にもとづいて、相当な理由が示され、かつ、捜索する場所および抑留する人または押収する物品が個別に明示されていない限り、これを発給してはならない〉。暗記しているので正確ですよ。あなたはどう思います？」

「そういう施設は問題だと思うだろうな」

「仮定の話ではないのです。政府がやるかもしれない、あるいはできるかもしれないことではない。いままさにやっていることなのです。幻滅した国家安全保障局員から聞かされたとき、わたしは最初信じられなかったし、技術的な専門家でもないから受けいれるまでに時間がかかりました。

仕組みはこうです。メタデータ――電話による通話、電話番号、メール、メッセージ、偵察衛星によるデータ、全部です――国家安全保障局によってもたらされるか傍受されたそれらのデータは、どこかに集められなければならない。複数の場所から来る膨大《ぼうだい》な量の情報の川ですよ。コロラド州バックリー空軍基地の航空宇宙データ施設を経由している複数の衛星。ジョージア州ゴードン陸軍基地にある国家安全保障局の施設。サンアントニオの国家安全保障局テキサス支局。オアフの国家安全保障局ハワイ支局。それに、いわゆる国内および海外の〝秘密情報収集所〟。そのデータすべてがいま一ヵ所に集められている」――イビーは指を一本突き立てて強調した――「すべてを蓄積し、分析できるサーバー・キャパシティを備えた一ヵ所に。国家安全保障局独占の、税金で造られたクラウドと考えてください。で、一ヵ所に集められたあと、データは超最新鋭のスーパーコンピューターで解析される。その計算能力は想像を超えています。一秒に何千万ものアルゴリズムをやってのける。結果は、テネシー州オークリッジにあるマルチプログラム研究施設、メリーランド州ミード陸軍基地の国家安全保障局本部、そして最終的にはＣＩＡ、ペンタゴン、ホワイトハウスへ送られる」

「壮大な計画だな」ネイトは言った。「だが、その目的は悪いやつらを特定することじゃないのか？」

イビーは笑った。「前提としてはそうでした。こういう情報を集積することで、だれが悪いやつらで彼らがだれと接触しているか、当局は把握できる。だが、事態はそれをはるかに超え、そのことはわたしたち二人とも知っている。あまりにも収拾がつかなくなり、すっかり変わってしまったのです。だから、あなたもわたしも電話やネットとは無縁の生活を選んだ、そうでしょう?」

ネイトはうなずいた。リヴがルイジアナ州で死を目前にしている母親に二度電話しただけで、ティレルとヴォルクは自分の居場所を突きとめた。

「わたしは全体主義の国の出身です。政府が監視して人権を否定しているから、人々は支配されている。始まる前に阻止することで、政府は国内の暴動を抑えこんでいる。国民を監視しているからできるんです。わたしはそのシステムの恩恵を受けて育ちましたが、長い時間をかけてどういうことなのか学びました。そんなことがこの国で起きてはならない、そうでしょう? 三億三千万人を監視するなんて、不可能に思える。ところが、いまその能力が存在しているのです」

「計画は去年中止されたと思っていた」

イビーは間を置き、まじまじとネイトを見た。「巨額の予算を施設に投じておいて、議会が決めたからといって使用をやめると、本気で思うんですか? 彼らは前にもそのことで嘘をついた。合衆国政府がデータ収集から手を引くと、本気で信じますか? なんであれ政府の計画が縮小されたと、最後に聞いたのはいつです?」

「言いたいことはわかる」ネイトは譲歩した。

「わかってもらえると思った」

「で、きみはそれをどうするつもりなんだ？」

「きみ、ではなくわれわれですね？」

ネイトは微笑を抑えた。

「われわれはここで正しいことを計画しています、これらの納屋の屋根の下で、衛星画像で丸見えの場所で。すべてのアメリカ人のために憲法修正第四条をよみがえらせる計画です」

イビーはにやりとした。彼の情熱はあふれんばかりだった。とりつかれている、と言ったほうがいい、とネイトは思った。

「施設内の全データを消失させるものを製造しているのです」

「ここでそれを？」ネイトは信じがたい気持ちだった。

「ええ」

「頼むから爆弾だとか言わないでくれ」

「もちろん違う」イビーは驚いて答えた。「われわれの標的は非合法なデータです。無数の0と1。だが、人間が標的ではない。ぜったいに」

「では、どうやってやるつもりなんだ？」

「われわれのチームと施設を見たら、わかりますよ」

「見たよ。ここはゴミ捨て場だ」

イビーはまた笑った。「われわれがそう見せかけている」

そのあと、彼は真剣な口調になった。「二年ほど前の初期段階で、われわれの計画について会話《チャター》が洩れたことがある。わたしがここを見つけ、基準と行動を定めるより前だった。インターネットアクセスも、携帯電話も、固定電話でさえ、ここでは全面禁止です。完全に自給自足でなければならないと、悟りました……むしろ原始的でなければ。他人とは手書きのメッセージと運び屋によってのみ、連絡する。そして運び屋は命を賭けて信頼できる人間を選ぶ――文字どおりの意味です」

イビーはふたたび身を乗りだした。「われわれは目と鼻の先にいる、だが彼らは知らない」

「どういう意味だ？」

イビーは一拍置いた。「わたしはさっき一ヵ所と言いましたよね？　その一ヵ所にすべてのデータが送られ、蓄積され、分析されると？」

「ああ」

「ここから州間高速八〇号線を約四百五十キロ行った、ユタ州ブラフデールという小さな町のそばです。人口は一万人ほど。ユタ・データ・センターと呼ばれているが、国家安全保障局が所有している」

「嘘だろう」

「嘘ならいいとわたしも思う。十万平方メートル以上あり、建てるのに十億ドル以上かかっている。二年前に完成しました。サーバーが何列にもぎっしりと並ぶ四万平方メートルの施設、それに八万四千平方メートルのテクニカル・サポートセンター。自家発電を備えていて、六十五メガワットの発電能力がある——電気だけで一年四千万ドルはかかる。それにセキュリティは衝撃的ですよ。いたるところに監視カメラ、時速八十キロで突っこんでくる七トン近い車も阻止できるフェンス」

「どうやって入るつもりだ？」

イビーはほほえんだ。「そこですよ。入る必要はないんです」

「計画が成功したとどうやって知るんだ？」ネイトは尋ねた。

イビーは首を振った。「なにごとも確実ではないし、どんな失敗もありうる」

そこで間を置き、笑みを浮かべた。「でも、けさとても心強いニュースを聞きましたよ。何者かがあそこの丘の上からわれわれをスパイしていた。サイードの部下がその男を発見して、われわれの装置の小型試作品をテストした、小さいのでピックアップの荷台に乗るんです。そのスパイが砂漠にいるのを視認して——プッ——彼の車を使えなくした。完璧でした。そしてだれだったにしろ、そのスパイは徒歩で立ち去った」

ネイトは眉をひそめた。「レッド・デザートを徒歩で……」

イビーは肩をすくめた。「それはわたしも考えました、しかしなんといっても、彼はわれわれをスパイしていた。安全な場所までたどり着けるといいですがね。そして彼が発見されて車が使えるようになるころには、われわれはもうこの場所にいない。目的は完遂されているでしょう」

「決行はそこまで迫っているのか?」

「ええ」

ネイトは腕組みをした。イビーの話で百万もの疑問が浮かんだが、百万でもまだ足りないだろう。

初めて、衛星電話を持っていなくてよかったとネイトは思った。ティレルとヴォルクがいま起きていることにうすうす気づいたら、とっくにここを壊滅させていたにちがいない——たぶん、自分もろとも。

計画に金を出しているのはだれなんだ?と彼が聞く前に、納屋のドアのそばを騒がしい声が通りすぎた。笑ったりしゃべったりしている若者たちの声で、だれかがヒップホップの曲の一節を口ずさんでいた。

「ボランティアたちが朝食に向かっているんです」イビーは微笑した。「ここに来たてのころはあまりにぎやかなので、こちらの気分まで影響されるくらいだ。でも、ある意味、われわれは彼らのためにこの国を救おうとしているのだと思い出させてくれる存在でもある。そう、とても高潔なことをおこなっているんだと感じさせてくれます。

トマス・ジェファソンの言葉をご存じでしょう？〈ときおりちょっとした反抗があるのはいいことだし、物質界に嵐が必要なのと同じく、政界に必要なことだと考えている〉」

五、六人の頭がよごれた窓の向こうを通りすぎた。たしかに、にぎやかだった。

ネイトはけんめいに表情を変えまいとした。

「どうかしました？」イビーは尋ねた。

「いや、知った顔がいたような気がしたが、違った」

そして思った。いったい、い、い、いぜんたい、ここでなにをしている、シ、シェ、シェリダン、？

第五部　名前のない馬

レッド・デザートでは、今日《こんにち》でさえ簡単にトラブルに見舞われる。車が壊れて立往生したら……あそこではいまも人々が行方不明になっている。

――アニー・プルーのインタビュー〈パリ・レビュー〉、二〇〇九年

19

翌朝、メアリーベス・ピケットは図書館の仕事に持っていくコーヒーをポットから小さな魔法瓶に詰めた。ルーシーは朝食を終え、携帯でツィッターとフェイスブックをチェックしていた。

「午前二時半に交際ステータスを〈交際中〉に変えたの、だれだと思う?」ルーシーが聞いた。

メアリーベスはほかのことを考えており、末娘が話しかけたのに気づいてはいたものの、よく聞いていなかった。

少し待ってから、ルーシーは言った。「ママ、けさはどうかしたの?」

「え?」

「午前二時半に交際ステータスを〈交際中〉に変えたの、だれだと思う? って聞いたんだけど」

「だれなの？」

ルーシーはため息をついて目を白黒させ、携帯を持った手を下ろした。「だれだと思う？　エイプリルよ。ママの娘。デート一回、そして……ジャーン」

ここでメアリーベスは完全に理解して顔をしかめた。

「エイプリルがこの前一目惚れ状態になったとき、どうなったか知ってるよね」ルーシーは言った。

「思い出させてくれなくてけっこう」ダラス・ケ、イ、ツ。

「彼女、こんどはもっと分別があることを祈るしかないね。あんなこと、だれも二度と経験したくない」

メアリーベスはルーシーの肩に手を置き、うなずいた。

「もっとすごい反応があると思った」ルーシーは言った。

「あの子は十九よ。自分でものごとを決められる年」

「でも、たいていは間違ってる」

「いまは前より成長したし、賢くなっているわ」

「ママがそう言うなら」ルーシーは納得していない様子でため息をついた。そして携帯をテーブルに起き、立ちあがって食器をシンクへ運んだ。

洗いながら、ルーシーは聞いた。「で、どうしたの？」

答えなければならないとメアリーベスにはわかっていた。ルーシーは直感力があり、外れることはめったにない。末っ子として育ち、家族全員を注意深く観察してきた。家族の気持ちや願望の貯蔵庫のようなものだ。シェリダンやエイプリルがどうしているか知りたければ、メアリーベスはルーシーに尋ねる。ルーシーもまた、母親に対しては特別な理解力を持っていた。

「昨夜パパと話したとき、とても……孤独でよるべない感じだったの。レッド・デザートにたった一人でいるのよ。わたしのために元気なふりをしていたけれど、たくさん不安を抱えているのがわかった」メアリーベスはほうっと息を吐いた。「野外に一人で行くのはしょっちゅうだし、心配することはないのよね」

「でも……」ルーシーは言葉をはさんだ。

「でも、寂しそうな声だったと思う。けさ、パパの携帯にかけたんだけど、圏外の場所にいるみたい。衛星電話にかけたら、エラーメッセージが出た。そのあとシャイアンの通信指令係に聞いたら、向こうも連絡がつかないって。だって、パパは電話の電源を入れておくって約束したのよ」

「こういうこと、前にもあったよね？」

「ほんの百回ね」

「だったら、なぜ今回は違うの？」ルーシーは真剣に尋ねた。

「はっきりとはわからない、でも違うのよ。とにかく悪い予感がして、これという理由は言えないの」

ルーシーには母親の気持ちが理解できたらしい。「きっと大丈夫よ」

メアリーベスは急いで言った。「ああ、もちろんわたしもそう思う。たいした理由もないのにあなたを心配させるつもりはなかったの。ただ、ジョー・ピケットの妻でいるのはときに……つらいわ」

「彼の娘でいるのはどんなか、想像してみて」ルーシーは答えた。

ルーシーが劇の稽古で学校へ行ったあと、サドルストリングへ車で向かいながら、メアリーベスは自分の携帯で連絡先を調べ、電話をかけた。

「ルーロン知事のオフィス、リーサです」

リーサ・キャスパーはルーロンの行政補佐官だが、それ以上の存在であることをメアリーベスは知っていた。キャスパーはルーロンの門番で、いわばボディガードだ。自分で用心するのを知事が拒んだとき、キャスパーが彼のために用心し、近づかれているのをルーロンが気づく前に関係を持ってトラブルに巻きこまれないように、問題のある人々を周囲から追いはらう。たぶん、ルーロン自身よりもルーロンのことをよく知っている。ミセス・ルーロンは、キャスパーが夫を行儀よくさせてスキャンダルから遠ざけてくれると信じている。たいていの場合、キャスパーは成功してきた。

「リーサ、メアリーベス・ピケットです、ジョー・ピケットの妻の」

「こんにちは、ミセス・ピケット」

二人は一度レセプションで会っていたが、リーサは自分を覚えているだろうか、とメアリーベスは思った。

「娘さんたちはお元気？」リーサ・キャスパーは尋ねた。

では、覚えているのだ。

「元気よ。ありがとう」

「ジョーは？」

「それでお電話したの。知事とお話しできればと思ったんだけど」

キャスパーは間を置いた。「知事はいま連邦政府の役人たちと会議中なの。伝言をいただければ、終わったあと知事に話すわ。どういうご用件？」

「ルーロン知事がジョーをある任務に派遣して、彼と連絡がつかない件よ」

「そうなの」キーボードを軽くたたく音が電話の向こうから聞こえた。キャスパーがたんに要請をタイプしているのではなく、ルーロンにメッセージを伝えていることを、メアリーベスは祈った。

ジョーの特別任務について知事がキャスパーに知らせていないのは、多くを物語っている。重大な意味がある。自分が命じたこと――あるいは強く示唆《しさ》したこと――がとんでもない事態になった場合、ルーロンはすぐれて実際的な政治家だ。リーサ・キャスパーは真っ正直な人間なので、知事への忠誠と誠実さのどちらかを選ばなければならないような、要注意の問題にかかわらせたくなかったのだろう。

メアリーベスがキャスパーにさらに話をする前に、ルーロンが電話に割りこんできた。「気をそらしてくれてありがたい」例の大声だった。そして彼はオフィスにいるだれかに言った。「この電話に出なくちゃならない。州の重要な案件で、おれはまだ知事だ。あんたたちには関係ない」――こんどは別のだれかに言った――「たとえ、あんたたちがすべて自分に関係あると思っていようとな。だから、出ていって街をぶらぶらして、罰金を科したり規制したりする相手を探したらどうだ？　金をゆすりとれる正直で勤勉な市民たちがいるだろう。もしかしたら、大きすぎるトイレタンクを持っていたり、間違った種類の食器洗い機用洗剤を使っていたりな。それがあんたたちのやっていることだ、違うか？」

不満の声、そして必要以上に乱暴にドアが閉められる音をメアリーベスは聞いた。

ルーロンは電話口に戻ってきた。「魅力的なミセス・ピケット。お元気かな。どうしてジョーのようなやつが身分不相応なすばらしい結婚相手を見つけられたのか、まったくわからないよ」

「それで、このうれしいお邪魔はどういった用件で?」

メアリーベスはしばしの沈黙をはさんでから言った。「いま、夫と彼の友人が心配なんです。二人はわたしの人生でとても大切な人たちです」

「そんな、知事」

20

州間高速道路のある北へ向かってジョーは歩いていた。長いトレッキングで最悪なのは、痛む足でも燃えるようなふくらはぎでも全身を流れる冷たい汗でも背中の重いデイパックでもなかった。それはまるで耳にこびりついて離れない音楽のように、脳裏に流れるいまいましい歌だった。

名前のない馬に乗って砂漠を渡ってきたよ……

息遣いはメロディに呼応し、動作のリズムがそこに加わった。そしてこれのもっとも惨《みじ》めな点は、彼はそもそもこの〈アメリカ〉の古い歌をぜんぜん好きではない、ということだ。あまりにも利口ぶっているし陰気だと思っていた。

それなのに、なぜこんなに?

雨に降られないのはよかったよ……

六十キロ。徒歩で一時間六・四キロ。つまり、九時間半歩けば高速道路に着くはずだ。ヒッチハイクでトラックをつかまえてローリンズまで行ければ、もしくは運転手の携帯を使わせてもらえれば、牽引トラックのオペレーターかフィル・パーカーを説得してレッド・デザートへ行かせ、自分の車を回収できるかもしれない。そしてメアリーベスとルーロン知事に連絡し、自分が生きていて元気なこと、なにが起きているかを伝えられる。

まるでなにが起きているか、あるいは起きたか、わかっているかのようじゃないか、と彼は思った。

歩きながら、これまでの出来事を何度も思いかえした。まだ空中のバチッという音が聞こえるし、車——そして携帯——が反応しなくなったのを感じられる。あのピックアップの荷台にあったものがなんにしろ、あれがその現象を引き起こしたのだ。

だが、ほんとうにそうなのか？　どんな武器ならそんなことができる？

そしてだめにした車はこれで何台目だろう。任務中、彼の責任で燃え、大破し、撃ち抜かれ、故障した州の車は何台だ？　破壊した車両の数では、自分がワイオミング州政府内の記録保持者であることを知っていた。もっとも、コディ近郊のブルドーザーのオペレーターが、偶然重い車両でバッファロービル貯水池のダムを渡ったあと、最大の金銭的損失をもたらしたのは自分だと主張してはいる。それでも、ジョーの記録は恥ずかしく芳《かんば》しからぬ名誉だった。シャイアンの狩猟漁業局本部の事務員の中に、彼に与えられたピックアップがどのくらいもつか、現金を賭けている者たちがいると聞いていた。こんどのピックアップは約半年だ。もし、修理がきかなければ。

ほとんどの場合は自分のせいではなかった、だれかが作ったリストを局長に見せられた折、彼はそう訴えたがむなしかった。知事からの任務でイエローストーン国立公園にいたあいだに、止めてあったピックアップの下でアスファルトが溶け、車台を突き抜けて新しい熱い間欠泉が噴きだしたときなど、どうして自分が責められなければならないのか？

だが、足止めをくった場所からこれほど遠くまで歩くはめになったのは、今回が初めてだった。

ショットガンではなく、穴照門のついた三〇八口径M14カービン銃を持っていくことに決めた。彼にとってはむずかしい選択だった。ショットガンにはないショルダースリングが、ライフルにはついている。それにさらにしっかりと身を守らなければならないとすれば、射程距離が長いほうがいい。なんといっても、三百六十度はるかかなたまで見えるのだから。次に危険が迫ったら、ショットガンを使えるほど近い距離に悪人がいるとは思えない。

背負っているデイパックには二ガロン（一ガロンは約四リットル）の水の容器、水源を見つけて使うチヤンスがあることを祈っている濾過器《ろかき》、〈シュタイナー〉の双眼鏡、プラスティック製の手錠、数年前の栄養補給食、救急箱、パラコード一束、〈フィルソン〉のベスト、マッチ、熊よけスプレー、四〇口径グロックが入っている。クーラーボックスは大きすぎるし重すぎるので、残念ながら置いてきた。無線、GPS、デジタルカメラ、携帯、デジタル録音機といった重要な品々は持ってきても意味がない。もはや一つも動かないのだから。

拳銃も置いてくればよかった、と早くも思っていた。重いし、彼の好みはショットガンかカービン銃なのだ。

最初、デイジーはハイキングを楽しんでいた。夜明け前、牝犬《めすいぬ》はジョーの前後をクリーム色の幽霊のように跳ねまわった。落ち着け、体力をむだにするな、と諭《さと》しても、犬は従わなかった。半キロほどは彼のまわりを円を描いて軽やかに駆け、見つけたネズミの硬くなった死骸《しがい》が、吸いかけの葉巻のように口から突きだしていた。

ピックアップをあとにして三時間ほどたつと、デイジーはどんどん遅れだし、だらりと舌を垂らすようになった。足どりがつらそうだったので、ジョーは立ち止まって犬が追いつくのを待った。

待っているあいだ、周囲に目をやり、四方の地平線を見渡した。これほど惨めで不安でなければ、この景色を楽しんだことだろう。陽光がオレンジ色と黄色の岩を浮き彫りにし、砂漠のみすぼらしい棘《とげ》だらけの茂みの鋭くとがった葉を輝かせて、やさしい印象に変えている。西のかなたでは、高空《こうくう》を舞うヒメコンドルが上昇気流に乗ってまばらな雲を横切っていく。砂漠には冷ややかで近づきがたい美しさがあり、それはジョーも知っていたが、これまでじゅうぶんに味わったことがなかった。このトレッキングで味わえるかどうかは疑わしい。ジョーはビッグホーン山脈へ続く丘陵地帯のほうがずっと好きだし、暗く密生した森でさえ砂漠の景色よりも好ましかった。砂漠についた痕跡が何年も残り、あまりにも湿気がないためうっかりなにか落とすと——ガムの包み紙やビール瓶の栓など——落ちたところにずっとあるのが、気になってしかたがなかった。砂漠は不潔なのだ。

もちろん、すぐれた点もある。どこまでも見渡せ、遠くの音も聞こえる。だれかがこっそり忍び寄ったり、木の背後から飛びだしてきたりすることもない。せっぱつまれば、殺して食べられる獲物もいるし、飲める水も——どこかに——ある。

ジョーは帽子をぬいで片ひざをついた。汗じみのついたよれよれの〈ステットソン〉の内側のサテンには、一九四〇年代のカウボーイが山の部分を下にした帽子で馬に水を与えている絵柄が描かれている。半ガロンの水を帽子にそそいでデイジーに差しだして、その絵柄を真似してみた。牝犬はピチャピチャと音をたててだらしなく飲んだ。まるで、腹がいっぱいになるまで水を食べているかのように。残ったのは泡立った粘っこいシチュー状のもので、彼はそれを地面に捨てた。

ジョーは立ちあがって容器から水を飲み、ほとんどからにしてしまった。収納ボックスの奥に水の容器がどのくらいの期間入れてあったか考え、一年以上前からだと結論を下した。それにもかかわらず、そしてプラスティックの味が少ししても、これほどおいしいと感じる飲みものは初めてだった。

濡れた帽子は、かぶると気持ちよく頭を冷やしてくれた。一ガロンの水がなくなったのでデイパックは軽くなったが、複雑な気分だった。

足を止めて休むと楽だが、筋肉が硬くなりはじめ、早朝の寒気で冷えてくるのを感じた。そこで、ふたたび歩きだした。水のおかげでデイジーはまた元気になり、尻尾をメトロノームのように左右に振りながら彼の横をぶらぶらと歩いた。

そのメトロノームのリズムは……

名前のない馬に乗って砂漠を渡ってきたよ……

一時間後、北の地平線へ向かって長い砂の傾斜を苦労して登っていたとき、ジョーは遠くの銃声を聞いた。とっさに四つん這いになり、肩からカービン銃を下ろした。デイジーは彼の反応に驚いてそばにうずくまった。

ポップコーンがはじけたような音だった。二、三十発が続けざまに発射されたあと、長い自動火器の銃声が、布を細かく引き裂くように朝の大気をつんざいた。あきらかに、何人もの射手がいて、何挺《ちょう》もの銃が火を噴いている。

そしてなにを撃っているにしろ、命中している。少なくともときどきは。いくつかの銃声がふさがれたように唐突に終わり、あたりに反響しないことからわかる。

パ、ー、ン、ー、ブ、ス、ッ。パ、ー、ン、ー、ブ、ス、ッ。

発砲が北側からなのは間違いない。砂丘の頂上のどこかからだ。距離を見定めるのは不可能だが、近くはないとジョーは思った。少なくとも一キロ半、おそらく二キロ以上離れている。

右手にカービン銃を持ち、ジョーは急いで丘を登っていった。上半身をかがめ、姿勢を低くしていた。足もとの地面はゆるく、ブーツが砂ですべる。サボテンの茂みは迂回した。頂上に近づくと、さらにかがんで四つん這いになった。めざしているのは、頑固に砂地にしがみついている三十センチほどの高さの、節《ふし》くれだった古いグリースウッドの茂みだ。そこを遮蔽物《しゃへいぶつ》にして下の平地をのぞいてみるつもりだった。発砲している者は敵ではない可能性もあるが、頭や帽子を見られたくなかった。いまのところは。

自動火器を使用する者——あるいは集団——には用心しなければ。

町や道路から離れた場所なら、いつであれ銃声を耳にするのはめずらしいことではない。標的射撃か、射手がライフルの照準を調整しているか、非合法の自動火器を持っている地元民が法執行官のいない場所で試し撃ちしているか、捕食動物のハンターがコヨーテを追っているか。

「デイジー、どけ」ジョーが四つん這いになっているので顔をなめてほしいのかと思ったらしい牝犬に、彼は命じた。デイジーはしりごみして離れた。

ジョーが向こう側を見ようとカービン銃の銃身で乾燥した厚い茂みをかき分けたとき、銃声はやんでいた。制服の赤いシャツは汗で背中に貼りつき、頭皮にも汗がだらだらと流れるのを感じた。気温ばかりではなく、朝はヒートアップしつつあった。

茂みの隙間から見えるものしだいで、立ちあがって手を振って救助を求めるか、つらくてもそのままじっとしているかが決まる。

二キロ半ほど離れた砂漠に、四台の白いピックアップが円陣を組むように止まっていた。運転台と荷台にいる者たちが大いに関心を持つなにかを、取り囲んでいる。ジョーの電子機器すべてをだめにした昨夜のピックアップのようにキャンパーシェルをつけてはいないので、下にいる男たちはあれには関わっていないのだろう。遠すぎて、彼らの声を聞いたりはっきり見たりすることはできないが、少なくとも十人か十一人いる。

自動火器を持った十、十一人？

彼はこの場から動かないことにした。

そのとき、至近距離からの止《とど》めの二発が聞こえ、自分の決断が正しかったことがさらに裏付けられた。

ジョーは一メートルほど後退し、下ろしていたデイパックから双眼鏡を出した。戻ると、双眼鏡を茂みに突っこんで焦点を合わせた。

顔やピックアップのナンバーを見分けるにはまだ遠すぎたが、集団は黒っぽい服装の男たちだとわかった。大部分は、止まっているピックアップが囲んでいるなにかにかがみこんでいる。祝いの踊りのようなものなのか、二人の男が跳ねまわっている。ピックアップのドアは開けっぱなしで、駐車したドライバーたちは急いで降りたようだ。

いったいなにを撃ったのだろう。迷子になった牛？　野生馬？　デザート・エルク？　人間でないことをジョーは祈った。

双眼鏡を下ろし、視界に入るかぎりの砂漠を眺めた。標的が馬かエルクだったとすると、逃げていった群れの形跡があるはずだ。だが、なにもない。

ふたたびレンズに目を当てたとき、男たちが運転台や荷台へ戻っていくのが見えた。ドアが閉まり、荷台の男たちはサイドウォールに背をもたせかけた。上に向けられたライフルの銃身に太陽が反射した。

彼らがなにをしたにしろ、終わったのだ。

一台ずつ、ピックアップは南西へ向かっていった。走りだすときにエンジンのうなりが聞こえた。一台目が巻きあげるほこりから距離を置いて、ほかの車がついていく。ナンバープレートか、せめてその色かデザインでもわからないかと、ジョーは去っていくピックアップに焦点を当てたままでいた。ワイオミング州以外のナンバープレートについてはくわしい。

最後の一台のリアバンパーがほこりの雲の中に消えたとき、色付きのハイライトも縁《ふち》もない白地に黒のレタリングがちらりと見えたように思った。では、象徴的な尻っぱねする馬のロゴのついたワイオミング州のナンバープレートではない。テキサス州か？ テキサス州のピックアップはエネルギー産業がさかんな地域ではよく見る。だが、荷台に武装した男たちを乗せた車が四台も？ たとえレッド・デザートでもありえない……

彼はピックアップが集まっていた場所に焦点を戻した。毛の生えた岩のような大きな焦げ茶色のものがある。形はエルクや馬にしては丸すぎるが、なんだかよくわからない。

ピックアップがいなくなってからしばらくたつまで待ち、立ちあがると〈ラングラー〉の腿《もも》からほこりを払い、カービン銃をかついだ。

目的とは違う方向への長い歩きになるが、彼らがなにを残していったのか確かめなければならない。

恐怖の冷たく黒いかたまりが胃の腑《ふ》にこみあげ、砂丘を下りながら彼はピックアップが戻ってこないかと五感をとぎすませた。必要なら隠れられる大きな岩や茂みが前方にないか目をこらしたが、なにも見えない。

いったん開《ひら》けた場所に身をさらしたら、引きかえせないのを覚悟しなければならない。

21

黒っぽいものに近づきながら、ジョーは信じられない思いでかぶりを振った。なにを見つけることになるのか、もう間違いなかった。デイジーの反応もそれを裏付けた。牝犬は彼の脚の後ろに隠れ、左右にぴょんぴょん動いて警戒し、哀れっぽく鼻を鳴らしていた。デイジーは近づくのをい、や、が、っ、て、い、る。血と、麝香《じゃこう》に似た臭いがあたりに低くたちこめている。

二羽の黒いカラスがすでに死骸を見つけていた。二羽は死骸に止まり、ジョーがシッと追いはらうまで動かなかった。

シリカの砂と空薬莢《からやっきょう》——七・六二×三九ミリ弾、しかも大量——を踏みながら、ジョーはずたずたにされて死んだグリズリーを確認した。グリズリーを殺すには多くの弾が必要で、狙いはずさんで無節操だったものの、致命傷を与えていた。生きものに大量の弾を浴びせれば何発かは命にかかわる内臓に命中し、骨を砕く。グリズリーの後ろ脚一本は被弾で体からほぼ切断され、厚い毛は血にまみれていた。

ジョーは死骸を一周した。頭は切り取られ、四つの足もなかった。残骸からは強烈に臭う黒い血がしたたり、下に溜まっていた。

ＧＢ53と読める首輪は血溜まりに投げ捨てられていた。

目の前に立ちはだかったＧＢ53を、いまも耳に残る咆哮《ほうこう》を、彼は思い出した。それが、いまはこうだ。

ジョーは深くため息をついて目を閉じた。グリズリーがこんな遠くまでこれほど早く歩いてきたことに、驚いていた。グリズリーの進路についてフィル・パーカーに聞かせた話がここまで的中していたことにも、驚いていた。

だが、ピックアップの男たちの行為に胸が悪くなり、怒りを感じた。彼らは生きものを虐殺し、首を切りとり、戦利品としてグリズリーの大きな頭と足を持ち去った。

野生動物を無慈悲に殺す行為を、ジョーは憎んでいた。開けた場所でこのグリズリーはピックアップの男たちにとって脅威でもなんでもなかったのに、最後のバイソンを虐殺する現代のハンターのように、彼らはグリズリーを追跡して殺した。肉も、皮さえも手つかずのままだ。そして自分でもよくわからない理由で、ジョーは責任を感じた。まるで、自分自身がグリズリーをここへ来させたかのように。

はっきりと撃針の跡がある空薬莢を十個以上集め、デイパックのサイドポケットに入れた。死骸の背から密生した毛の束を切りとった。毛のＤＮＡがあれば、足や頭が見つかった場合に照合できる。それから、メモ帳に日付と時間、死骸のおおよその場所を書きこんだ。しかし、また発見することはむりだとわかっていた。

ジョーは血まみれのGPS付き首輪もデイパックにしまった。見つけたものの証拠だ。任務に必要な道具があれば、と思った。デジタルカメラ、GPS、無線、殺害者を追跡できるピックアップ。

もう一度彼らとあいまみえることがあれば、たっぷりと報《むく》いを受けさせてやる。

「こんなことになって残念だ」彼はグリズリーの残骸に声をかけた。「ほんとうに残念だ」それからデイジーに言った。「おれたちは、どんな野蛮人を相手にしているんだろうな？」


ジョーが帽子のつばの下から目を上げて北方の砂漠のはるか前方にちらりと白いものを見たとき、太陽は真上から容赦なく照りつけていた。最初に思ったのは、あのピ、ッ、ク、ア、ッ、プ、が、戻、っ、て、き、た、ということだった。彼はふたたびしゃがみこんだ。

身を隠す場所はどこにもない。だが、ピックアップが遠く離れているなら、彼らが到着する前に、乾いた川床か涸《か》れ谷を見つけて腹ばいになれるかもしれない。

気温は二十度ちょっとなのに、日焼けで顔がひりひりしていた。〈ステットソン〉の広いつばが上からは守ってくれるが、高空《こうくう》の太陽は砂漠の表面に反射して彼の顔、手、首を焼いた。山の中の川をドリフトボートで下ってフライフィッシングをしているときと同じだ。太陽の照りかえしがこたえる。

デイジーは、口の端から舌をだらりと垂らし、息をあえがせてかたわらにいた。彼は首筋に牝犬の熱い息を感じた。

双眼鏡を持ちあげて焦点を合わせた。白いピックアップではなく、白いシャツだった。白いシャツを着た人間がやはり徒歩でゆっくりと——とてもゆっくりと——ジョーのほうへ近づいてくる。

「ここで歩くなんてどういう愚《おろ》か者だ？」彼はデイジーに尋ねた。「おれたちを別にしてだが？」

腰を下ろし、曲げたひざにひじを置いて双眼鏡を安定させた。拡大しても、歩いている人間を識別できるまでに五分かかった。それは〈マスタング・カフェ〉にいた女だった。あそこにはそぐわない魅力的な女。ジャンとかいう名前だった。彼女はゆっくり歩いているどころか、強い意志力と決意で進んでいるのがわかった。両腕を脇で前後に振り、頭を前に傾けている。

帽子もデイパックもウォーキングスティックもない。彼女は高速道路からは少なくとも二十五キロ弱、あのカフェからは三十キロ以上離れている。どんな種類の乗りものも周囲には見えない。

その様子からして、彼女はあきらかにできるだけ早くどこかへ行きたがっている。

ジョーは相手が近づくにまかせた。彼がここにすわっているのに気づいて、歩調をゆるめるまでどのくらいかかるだろうか。ジャンが顔を上げて一瞬体をこわばらせたときには、百メートル弱まで迫っていた。

双眼鏡で彼女の顔を観察していたが、この近距離ではややのぞき見しているような気分になった。最初に会ったときほど、若く賢そうには見えなかった。汗で化粧はほとんど落ち、髪は湿ってよれよれだった。

ジャンは足を止めて両手を腰に当てた。さまざまな感情にとまどっているのが、ジョーには見てとれた。怒っていると同時に不安そうで、かぶりを振ると、幻影でないのを確かめるようにもう一度彼を見た。ジョーがまだそこにいるのを認めて、ため息をつくと少し向きを変えてまっすぐこちらへ歩いてきた。

ジョーは立ちあがりながらうめいた。筋肉はすでにこわばっており、ブーツの中で足裏は燃えるようだった。なぜ彼女は、両足を浸せる氷入りの水のバケツを持ってこられなかった？

ところが、氷入りの水のバケツはおろか、ジャンは水さえ持っていなかった。そしてどこか遠くへ行くためにあるのは、シャツとほこりまみれのタイトなジーンズと強い意志だけだった。

近づいてきた彼女の唇《くちびる》は腫れあがっていた。

「ジャン、大丈夫か？」

「ええ」

「水を飲むか？」

「ああ、助かった、お願い。ありがとう。もうヘトヘトなの」

ジョーはデイパックを下ろして最後に残った半ガロンの水を出し、渡した。ジャンはキャップを開け、ごくごくと飲んだ。

「あまり急ぐな」ジョーはたしなめた。「落ち着いて飲まないと具合が悪くなる」

砂漠で比較的気温が低いにしても、ロッキー山脈のこの標高ではたちまち脱水症状になることを、ジョーは身をもって知っていた。ロッキー山脈を訪れる人々はよく初期の症状を経験して、それを〝高山病〟だと勘違いすることが多い。そうではなく、脱水なのだ。

ジャンが飲んでいるあいだ、彼は目をそらしていた——見つめるのはぶしつけのような気がした——そして飲みおえて容器を返されるのを待った。残りは二パイント（一パイントは四七三ミリリットル）ほどしかないが、彼は黙っていた。彼女はなかなか水を返そうとしなかった。

「こんなにのどが渇いたことない」手の甲《こう》で口をぬぐって言った。

「水を持ってこなかったのか？」

「そのチャンスがなかったのよ」

彼はまじまじとジャンを見た。なにか言われる前に、彼女は口を開いた。「昨日、フィル・パーカーと一緒のときに会った猟区管理官の人よね？　結婚指輪に気づいたとたん、名前は忘れたけど」

「ああ」ジョーは手を上げてもう一度見せた。

「で、どうして犬だけ連れて一人でここにいるの？」

「これはデイジーだ」

「こんにちは、デイジー」

自分の名前を聞いて、デイジーはジャンに歩み寄り、頭をなでる特権を与えた。デイジーは見境なしだな、とジョーは思った。

ジャンは尋ねた。「ピックアップはないの？」

「あったんだ」

「でも、いまは歩いている。壊れたかなにか？」

「そのなにかだ」

水分をとったおかげで、ジャンの顔色はよくなり、目つきがはっきりしてきた。これほど早く回復したことに、ジョーは驚いた。

「わたしたち二人がここにいるのは奇妙だと思わない？　こんなふうにばったり出会うなんて？　だって、二人ともレッド・デザートのど真ん中を歩いていたのよ――こんな偶然、ある？」

「めったにないね」

「わたしが無神論者でなければ、あなたがいたことを神に感謝するわ。命を救ってもらったもの」

ジャンはしぶしぶと容器を返し、彼はそれをデイパックにしまった。

「おれは神を信じるよ」

彼女はうなずき、さっきも見たとまどいの表情を浮かべた。「あなたは猟区管理官でしょう。ここに猟区管理官の仕事があるの？」

「いまの唯一の目的は、おれとデイジーがばったり倒れる前に道路までたどり着いてヒッチハイクすることだ」

なぜ携帯も無線も持っていないのか彼女が聞かなかったことに、ジョーは興味を引かれた。

「わたしも似たようなものよ」

「だが、きみは反対の方向へ歩いていた」

彼女はジョーから南方へ目をそらし、けわしい顔でうなずいた。

「そんなに急いで行こうとしていたなんて、あっちになにがあるんだ？」

ジャンは長い間を置いてから答えた。「イビーに警告しなくちゃならないの」

「イビーってだれだ？」

「知りあい。立派な男よ。彼はあぶないことになっているのに、気づいてもいないの」

「じゃあ、イビーは砂漠に住んでいるのか？」

彼女は用心深い目つきでジョーを見た。「ええ」

「それで、きみはあのカフェから歩きだして彼に警告しようとしたのか？」ジョーは信じがたい思いだった。

「いいえ、歩こうとしたわけじゃない」ジャンは一瞬怒りをほとばしらせた。「こうなってしまったのよ」

彼女はジーンズのポケットから古風な携帯用コンパスをとりだして開き、てのひらに置いた。コンパスには電気を使う部分はなかった。

針が北を指すと、ジャンは彼の背後を見た。ジョーが追ったその視線は南南西に向いていた。

「そっちの方向には古いヒツジ牧場がある」

「じゃあ、見たのね？」

「ああ。なんだかあやしい様子だった」

「あなたはあやしく思う。わたしは胸が躍る」

「だから、あそこへ歩いていくことにしたわけか」

当惑したように目を細くして、ジャンは彼を見上げた。「違うの。カフェであることがあって、わたしはできるだけ早く裏口から出たのよ。襲われる前にクーターのヴァンに乗れたから、イビーを見つけて警告するために出発した。でもクーターの燃料計が壊れていたの」

彼女は声を高めた。「メーターではガソリンは四分の三入っているはずだったのに、二ガロンもなかったみたい。だから五キロぐらいでガス欠になって、そこからは歩いてきた」ジャンは自分のハイキングシューズに目を落とした。「とんでもないことになっているのよ」

「それには、ちんぴらどもが乗った白いピックアップ四台がからんでいるのか？」

彼女は驚いた。「どうしてやつらのことを知っているの？」

「一時間ほど前、偶然見かけた。向こうはこっちを見ていない」

「見られていたら、あなたはここにいない」暑いにもかかわらず、彼女は身震いした。「やつらはクーターを……」

ジャンは最後まで言わず、先ほどのトラウマがよみがえったように自分の体を抱きしめた。あまりにも大きなトラウマが、食料も水もなにもないまま、ガス欠のヴァンを飛びだして旅を続ける原動力になったのだろう、とジョーは思った。

「クーターはどうなったんだ？」

「わからない？　いまあなたと話して時間をむだにするわけにはいかないの。水をくれてありがとう、でもわたしは行かなくちゃ。イビーに警告しないと」

彼女はジョーを押しのけるようにして、さっきと同じ決死の勢いで歩きはじめた。

彼は呼びとめた。「道路に着いたら、救助を呼べる。なんと言えばいい？」

答えるかわりに、ジャンは振りかえらずに手を振った。

五十メートルほど行ったところで足を止め、ゆっくりと振りむいた。

「ジョー・ピケット？」

「ああ」

「シェリダンという娘がいる？」

「シェリダンという娘がいるよ」

「金髪で緑の目で、二十一か二ぐらい？　ワイオミング大学の学生？」

「そうだ」

ジャンは漠然と南のほうを示した。「彼女、イビーと一緒よ」

ジョーはみぞおちを殴られたような気がした。今週末シェリダンがキャンプに行くと、メアリーベスは言っていた。だが……

「待て。おれも行く」

「道連れはいらないと言ったら？」

「言っても同じだ。それに、一緒に行けば話ができる。まずはシェリダンがイビーという男とここにいる理由から始めよう」

さっきジョーが辿《たど》ってきたルートの一部を戻りながら南南西へ四十五分間歩いたあと、二人は立ち止まって最後の水を飲んだ。グリズリーの死骸がある場所だ。ジャンが打ち明けたことで、ジョーはめまいがしそうだった。彼女は話したせいで落ち着いたらしく、彼はいい聞き手だった。それはジョーの長所の一つだ。

しかし、話を聞いた彼は、シェリダンを見つけてここから連れださなければ、と不安でいっぱいになった。

イビーがやっているとジャンが話した内容については疑問だったが、彼女が信じきっているのはあきらかだ。だがジャンに話を続けさせるために、彼は疑いを口に出さなかった――たとえば、イビーはどうやって自分の目的を隠しつづけることができたのか、水や電力やほかのインフラもなく、どうやって工学設備を維持してきたのか。

この高地の砂漠を舞台に、陰謀とテクノロジーと政治が渦巻《うずま》くような状況は、ジョーには現実離れして思えた。

だが、彼女の話の一部に筋が通っていることは、認めざるをえなかった。寄付金集め、現状改革主義、イデオロギー。一般社会から隔絶した手法でのみ、実行可能だろう。さもなければ政府が勘づく。

とはいえ、ジャンもすべてがどう結びついているのかは知らなかった。彼女はイビーを崇拝しており、彼の理想主義を信じていた。そして計画全体の中の自分の役割をよく心得ていた。わからないのは、理解できないのは、けさ起きたことだ、と彼女は言った。

砂漠でイビーが別の鷹匠《たかじょう》と会ったという話を耳にしてはいたが、彼女はその鷹匠の特徴を知らず、ネイト・ロマノウスキという名前も知らなかった。

聞けば聞くほど、ネイトがこの件になんらかの形でかかわっているにちがいないという気が彼はしてきた。ネイトは、境界線を越えた辺境でこそ本領を発揮するのだ。

自分はそこでは暮らせない、とジョーは思った。たとえ二、三時間でも、ライフラインも通信手段もない状態をすでに経験した。

彼は好きになれなかった。


今回ばかりは、メアリーベスに直接連絡できないのがありがたかった。自分が見聞きしたことを知れば、彼女は恐慌をきたし、死ぬほど心配するからだ。しかし同時に、自分よりつねに冷静に考えられる妻に相談できたらと思った。彼女の危機感と、ネットで法執行機関と政府にコンタクトをとるノウハウをもってすれば、きっとここへ騎兵隊を寄こしてくれるだろう。

近くで死骸を見てすぐに顔をそむけたジャンは、たじろいでいた。すでにハエが群がってたえまなくブーンという音がしていた。

「やつらがやったのよ。それがクーターにもしたこと」

「頭を切断したのか？」

彼女はうなずいた。「裏口から逃げなければ、次はわたしの番だった。その前に、レイプされていたでしょうね。やつらの目でわかった。あんなふうに見られたのは初めて」

ジョーは考えた。シェリダンに最後に会ったのは、一ヵ月前の週末に帰宅したときだ。娘は若々しく知的で魅力的で独立心が強く、母親にそっくりだった。

彼は言った。「さあ、先へ進もう」

第六部　新たなモンキーレンチギャング

孤独の深淵に、荒野と自由のかなたに、狂気という罠が待っている。

――エドワード・アビー『爆破――モンキーレンチギャング』

22

椅子から立ちあがりながら、イビーはネイトに聞いた。「電磁パルスになにができるか知っていますか？」

「漠然とは」

「電磁パルスは周辺のあらゆる電子機器を文字どおり殺すことができます。電話、コンピューター、車――電流で機能するものならなんでも。つまり、ありとあらゆるものですよ。強力な電磁パルスなら、この国の電力系統をダウンさせられる。そしてただダウンさせるだけじゃない。電磁パルスはすべてのプロセッサーと回路を破壊するので、二度と使えなくなります。発電所内部を溶解させて、二度と稼働できないようにする」

ネイトはすわりなおした。「そのためにここで爆弾を造っているんじゃないだろうな？」

「いいえ、まさか、爆弾じゃありません」爆弾という言葉をネイトが使ったことに、イビーは憤然としていた。「たしかに、核ミサイルを爆発させれば大規模な電磁パルスが発生する。一つの方法ではあります。そういう攻撃は電力系統を破壊し、国全体を麻痺させることができる。ただし、予備の電力供給網と発電機を持つ、孤立した抵抗拠点数ヵ所と複数の施設が残ってしまう。そして大量破壊と大量殺戮《さつりく》をもたらすでしょう。長期間電気が使えなくなれば、どれだけの人々が死ぬか想像もできませんよ。だが、われわれの計画ではだれも死傷することはない、とわたしは言いました」

「では、爆弾でないなら……」

「爆弾では、ありません」

ネイトは懐疑的だった。

「いいですか。たとえば半メートル離れたスマートフォンを永久に使用できなくする程度の、小さな電磁パルス発生装置を造るのに必要なのは、単純な回路基板、九ボルトの電池、高性能の蓄電機、電圧計、スイッチ、銅線コイルだけだ。どこの雑貨店や電気店でも買えるものばかりで、国家機密でもなんでもない。完成したものは、ペーパーバック小説程度の大きさです。わたしは技師じゃないが、いまは小さなものなら造れますよ。脳外科手術や原子核科学とは違う」

「では、今回の計画に使う装置はだれが造っている？」

「本物の技術者のチームです。彼らは政府のやっていることに、わたしやあなたと同じく怒っている。さっき説明した電磁パルス発生装置の大型バージョンを造る仕事を、彼らに与えた。はるかに大型ですよ」

「一番目の納屋でトレーラートラックを見たが」

「あそこには、じつは二台並べて格納しています。大型電磁パルス発生装置を両方のトレーラーに積みこんでいるところです。装置二基で照射できるようにね。もうすぐ決行です」

イビーは納屋のドアを開け、ついてくるようにネイトに合図した。「来週のいまごろには、アメリカ人を違法に監視するシステムはなくなっているでしょう。どうしてそうなったか、政府にはわからないままに」


ネイトはイビーについて二番目の納屋へ向かった。歩きながら、ちらりと振りかえった。〝ボランティアたち〟――シェリダンを含む――は三番目の納屋をまわって仮設食堂へ行ったらしい。静かな朝の空気に、遠くの会話の断片が漂ってきた。

「銃を返してもらいたい」ネイトは言った。

「申し訳ないが、ここでは厳重な〝火器持ち込み禁止令〟を敷いているんです。構内を離れたら、銃をお返ししますよ」

「銃を持っていないと悪いことが起きるのを経験していてね」

「ええ、聞いています」

「その禁止令はサイードと彼の手下には適用されていないようだな」

「彼らは警備担当です、ネイト。もちろん武装している」

ネイトはかぶりを振った。イビーはとりあわなかった。

「この牧場を見つけたとき、前の所有者が大がかりな地下防空壕を造って核戦争に備えていたらしいことがわかって、びっくりしましたよ。そう、ここが建てられたのは一九六〇年代初期だ。わたしはまだ生まれていないが、当時のパラノイアについては聞いています。どうやら、こんな辺鄙《へんぴ》な彼の牧場にもロシア人は核爆弾を落とすと考えていたようだ。わたしにはその理屈はわからないが、彼が造ってくれたシェルターは間違いなく役に立ちました。チームとボランティアがつねに見えない場所で作業していれば、スパイ衛星がわれわれの計画に気づく可能性はない」

イビーは立ち止まって見上げた。「夢なんです。近い将来、上にいるだれかがわたしを見かえし、なにをしているのか疑いながらデジタル上の記録をとることなく、わたしがここに立って空を、雲を、そしてたぶんタカたちを見上げられる日が来ること。あるいは、スパイに盗聴されることなく家族に電話できる日が。そんなに大きすぎる望みではないと思う、あなたはどうです？」

イビーはうつむいたが、その前にネイトは彼の目にうっすらと涙が浮かぶのを見てしまった。

「わたしがどこにいてなにをしているか、家族はまったく知りません」イビーは言った。「もし父が知ったら……神よ、助けたまえ」

二人は二番目の納屋に入った。車両や備品が詰めこまれていた。何十年も前のヒツジの糞《ふん》、ほこり、こぼれた燃料の臭いがした。床は固められた土で、内部は三番目の納屋のように部屋ごとに仕切られていないので、洞窟を思わせた。梁《はり》にはツバメが何百もの巣を作り、二人の頭上高く飛びまわっていた。

「タカたちの餌用にまだ捕まえていないハトがいます」イビーは言った。「よかったらあなたのタカにどうぞ」

「ありがとう」

納屋の床に立っていると、ブーツの底を通して機械が低い音を連続して出しているような振動が伝わってくるのを、ネイトは感じた。

「発電機です」イビーは説明した。「ご想像どおり、われわれは完全に自給自足でやっています。自家発電だし、水は井戸から汲んでいる。だれでもときには寂しくなる、だから週末は休みにしています。ただし、夜だけ」

彼は微笑した。「ここから行けるところがたくさんあるわけじゃない。ワムサター、ローリンズ……わかるでしょう。わたしがときどき行くカフェが州間高速の近くにあるんですよ。

たいした店じゃない、でも気分転換が必要なとき、だいたいがそこへ行く」

ネイトはその店を知っていた。以前はストリップ・クラブだった。

納屋の隅にある、竜巻避難用地下室の入口のようなところにイビーは歩いていった。軽量コンクリートブロックの基部には両開きのドアがななめについていた。ドアの取っ手をつかむ前に、イビーは入口の上の枠に置かれた〈シュリッツ〉ビールの錆《さ》びた缶に向かって言った。

「わたしだ」

両開きのドアの向こう側で鈍《にぶ》いカチリという音がするのを、ネイトは聞いた。どうやら、ビールの缶にはマイクが隠されているようだ。

イビーはネイトににやりとした。あきらかにこの場所が自慢なんだな、とネイトは思った。

「足もとに気をつけて」イビーは注意した。

核シェルターは厚いコンクリートでできており、納屋の長さ全体の広さがあった。裸電球が天井にとりつけられた電線に沿って並び、寒々しい白い光で空間を照らしだし、四隅に深い陰をつくりだしていた。入口から頑丈なはしごを二人で下りていくとき、そっけないデスクやワークステーションから好奇心をあらわにした四、五人の顔が見上げているのを、ネイトは肩ごしに一瞥《いちべつ》した。

イビーはネイトが下に着くまで待ってから、ほかの者たちに告げた。「こちらはネイト・ロマノウスキだ、諸君。彼はタカ狩りの世界でわたしの先輩であり、さらに重要なのはここでの任務に関したことでも彼は先輩なんだ」

黒っぽいジャンプスーツを着た五十がらみの男が言った。「われわれの世界へようこそ」

ネイトは男にうなずいた。いかにも技術者らしく見えた。半月形レンズの読書用メガネ、ぼさぼさの髪、だんご鼻、荒れた手、ジャンプスーツのすべてのポケットからのぞいている油じみた工具の柄《え》。

「こちらはビル・ヘン」イビーは紹介した。「彼が主任設計士です。ビルはユタ・データ・センターの建設に手を貸し、開所したときにはあそこにいた。だが、あの施設はテロリストを見つけて追いつめるためのものだと彼は思っていたんです。ほんとうの使用目的に反対を表明したとき、ビルは突然解雇された」

「わたしは主《しゅ》の御業《みわざ》をなしたい」ヘンは言った。「いまはそれをやっているのです。妻のドナも一緒に来て、料理を担当しています」

「ビルはどんな技術的な質問にも答えられます」イビーは言った。「始めから終わりまで、これは彼が手塩にかけた子どものようなものだ」

ヘンはすばやくうなずいてから、デスクの上の回路基板のはんだ付けに戻った。

猫のような目つきの縮《ちぢ》れた黒髪の若い女がきびしい表情で近づいてきた。背が高くほっそりとして、健康そうだった。長袖のTシャツの上にスエードのベストを着て、ぴっちりしたグレーのスラックスをはいている。

「スージー・グーデンカーフです。よろしく」

ネイトは彼女と握手した。

「スージーは外部との接触《アウトリーチ》をとりしきっている」イビーは言った。「ビルと同じくらい古い仲間ですよ」

「アウトリーチ？　運び屋を使っているんじゃないのか？」ネイトは尋ねた。

「そうです」グーデンカーフは答えた。「でもそれは、わたしの仕事の一部にすぎません。たぶんもっとも小さな任務ね」

彼女の深い茶色の目に、ネイトはいつのまにか惹きこまれていた。彼女は目をそらさなかった。

イビーは言った。「スージーはネットワーキングの分野に才能があるんです。われわれと意見を同じくする人々とじつにうまくつながりを構築する。われわれが仕事を進められるように、資金源と流通経路を確認してくれる。想像がつくでしょう、必要な部品や機材を買い、しかも追跡されないように秘密裡に入手するには、じつに金がかかるんです。スージーは、彼女とわれわれの計画を信じてくれる人脈を東海岸にも西海岸にも持っていて、彼らは運び屋を通じて追跡不可能の現金を送ってくれる」

グーデンカーフは説明した。「そこのビルが半トンの銅線を州間高速八〇号線のピックアップ地点に運んでもらう必要が生じたら、わたしが確実に手配します。彼が産業用バッテリーや〈キャタピラー〉の発電機二台が必要だと言えば、わたしは運んでくれる人材を見つける。イビーが午後にチャイ・ラテを飲みたいと言えば、かならず手配する」

イビーはうなずいた。

「だから、もしあなたに必要なものがあれば……」彼女は語尾を濁してかすかに微笑した。

ネイトはほのめかしに気づかないふりをした。

「ツアーをいかがです？」イビーはネイトを誘った。

「ああ、だがまず質問がある」

「技術的なことですか？」

「まあね」

「ではビルに聞いてください」

ヘンは待ちうけるように顔を上げた。

「電磁パルス攻撃に備えた海外の施設にいたことがある。パルスを吸収して地中へそらす銅のメッシュのケージが電子機器にかぶされているのを見た。データ・センターの機器の周囲に国家安全保障局が遮蔽《しゃへい》を作らないわけがない。それとも、きみたちの装置はきわめて強力でシールドを突破できるのか？」

ヘンはうなずいた。「彼らはスーパーコンピューターにシールドを張っているので、わたしの電磁パルス発生装置ではおそらく突破できないでしょう。もしかしたらパルスは内側に侵入していくらか破壊できるだけのパワーがあるかもしれないが、われわれが望む大規模な破壊を引き起こすのはむりだ」

ネイトはイビーを見た。

「その点は検討ずみです。じつは、初期の段階でビルはそこを考えていた。だから、回避策があるんです」

「死傷者は出ないときみは言っていたな。だが、特殊作戦の経験からして、予期しない出来事がつねに起きるものだ。もし胸にペースメーカーを入れている人間がそこにいたら？　電磁パルスで殺すことになるんじゃないのか？」

「可能性はあります」イビーは答えた。「そういうことが起きないように祈っています。ほんとうに、それを考えて眠れない夜がある。しかし、最終的には意図しない付帯的損害が出る可能性を受けいれざるをえない。冷酷に聞こえるでしょうが、そうなんです」

「きみが話していた、あのスパイの車を使えなくしたこととか？　脱水で死なずに道路までたどり着けるように、きみは祈っているわけだ」

ネイトとイビーは一瞬目を合わせ、すぐにイビーは視線をそらした。「不運な結果になるかもしれない。被害を最小限にするように、われわれは手を尽くしているんです。それは信じてください。データ・センターを破壊する方法はほかにいくらでもある——爆弾、正面攻撃——だが、われわれは最小限の人的被害ですむ方法を選択したと考えています。どうかそれは信じてほしい」

ネイトはうなった。イエスでもノーでもなかった。

イビーはヘンに言った。「彼にひととおり見てもらおう」

「わたしも同行していい？」スージー・グーデンカーフは尋ねながらネイトと腕をからませた。

「スーパーコンピューターについての専門用語であなたを退屈させることもできる」作業室から一番目の納屋の真下のスペースにつながるコンクリートの廊下を、ネイトとイビーを誘導してゆっくり進みながらヘンは言った。

「ペタフロップ、ノード、プロセッサーなどなど——だが技術者でない人には、スーパーコンピューターを巨大な頭脳、周囲のすべては脳を正常に保って機能させるための臓器と単純に考えてもらうほうが、簡単です。臓器が完全にやられたり血液が循環しなくなったりすれば、脳はほどなく死んでしまう」

ヘンは足を止め、両手を使って説明できるように、ネイトたちのほうを向いた。

「スーパーコンピューターが使う電力一ワットに対し、熱量一ワットが生じる、それはどうしようもありません。コンピューターはあっというまに熱くなり、機能させるためには冷却が必要です。古いデスクトップのパソコンにはファンがありましたよね。ああいうファンがついていたのには理由があるんです。だからスーパーコンピューターはつねに冷却しておかなければならない――十八度程度に――さもないと筐体《きょうたい》内の各ノードが熱暴走を起こす、つまり機能しなくなってしまうんです。スーパーコンピューター施設で注意しなければならないのは、それが占める三十センチごとのスペースに対し、冷却のために一メートル二十センチのスペースが必要だという点です。とにかくつねに冷却しておかなければならない。変動があってはならない。温度が変われば、各ノードが熱暴走を起こしてデータは消えてしまう。そういうわけで、ここ西部にはとてもたくさんのクラウドサーバーセンターがあるんです。標高が高く、空気が乾燥し、冬が長いということは、気温が低いということだ。それで、あそこにユタ・データ・センターを建てたんですよ。

では、どうやって冷却を保つか？　水と空気、でもほとんどは水です。冷水をスーパーコンピューターの上下、中でも循環させる。ただの冷水より効率がいいものはまだないんですよ、いろいろ試してもそれが真実です。だからどのスーパーコンピューター施設にも貯水タンク、冷却《チラー》水循環プラントがある。熱くなった水をまた冷却するためです。そして外に冷却塔も山ほどある。水は脳にとっての血液のようなものなんです。

その水をつねに循環させるために、電力システムには受変電設備が設置されています。でも、もちろんバックアップのためのバックアップがある。大事なのは、とにかく冷やすこと。なんらかの原因で停電しても、建物の一つに巨大なバッテリー・バックアップがあって、水の循環を続けられるように電力を維持します。しかし、バッテリーも永久にもつわけではない。何時間も停電が続く場合は、最先端のバックアップ発電機が施設内で稼働を始めます。電力と水の供給は、燃料が続くかぎりおこなわれる」

グーデンカーフはネイトの腕をぎゅっとつかんだ。「この部分が好きなの。これからビルはわたしたちがどうやって邪悪で病んだ政府の脳をやっつけるか、説明するわ」

「われわれは俊敏なボクサーのように行動する」ヘンが続けた。「頭を狙うのではなくボディブローを何発も繰りだすんです。脳を冷やしているインフラすべてをノックアウトする。体を殺すんだ……」

「……そうすれば脳も死ぬ」ネイトは締めくくった。

「そのとおり」

「データ・センターについてビルはなんでも知っているんです」イビーは言った。「冷却塔のどこがもっとも脆弱《ぜいじゃく》か、発電所のどこの防御が甘いか、貯水タンクとチラープラントのどこを攻撃するべきか、わかっている。これらすべてがだめになれば、脳は高温になってシリコンのかたまりに変わり、二度と使えなくなる」

ネイトはまだ疑いをぬぐえず、かぶりを振った。「施設内の人々がなにもせず、スーパーコンピューターとすべてのデータ・ストレージがだめになるのを見ているとは思えない。機能しなくなる前に、すべてをシャットダウンする手動の方法があるんじゃないのか?」

「ええ」ヘンは答えた。「簡単ではないし、すべてをシャットダウンできる前に間違いなくデータの一部は失われる。でもたしかに、できることはできる」

「そうすればすでに集めたデータを保存できるんだろう?」ネイトは言った。「だったら、きみたちがやっつけたものすべてを修復したあと、彼らの手にはまだ蓄積されたデータが残っている。時間はかかるだろうが、データ・センターをまた稼働させれば、初めからやりなおす必要はない」

「すみません」イビーはさえぎった。「いまの時点で手の内のすべてをあなたにさらしたくないんです。だが、とにかくわれわれはその点も解決ずみであることを理解してください」

ヘンがゆっくりと微笑した。このうえなく誇りに思っているので、彼が全計画を明かしたくてたまらないのが、ネイトにはわかった。

ネイトはさらに追及した。「脳は死ぬかもしれない。だが、体のほうを修理すれば脳もよみがえらせられる、そうだろう?」

「そうです」ヘンはうなずいた。「ただ、仮定になるが、巧みに化けて隠されているのでだれも決して見つけられないバグが、施設すべてのコンピューターのプログラミングに組みこまれていたら、話は別です。そう、やはり仮定になるが、そのバグは全システムが再起動したときにだけ発生するように設計されているとしましょう。そして最後にはこのバグがきわめて迅速にシステムを汚染するため、探せるようになる前に、残っているデータ全部を消失させるのです」

「つまり」ヘンの熱意が乗り移ったイビーが続けた。「彼らが施設を再稼働したときには、カオス状態になっているわけです。利用できる電話の通話記録もない、メタデータもない。もし本気でこの違法なデータ収集を続けたいなら、彼らは最初からなにもかも造りなおさなければならないでしょう。それには何年もの月日と莫大な金がかかる。そのころには、国民が立ちあがって『やめろ、くそったれ。二度とやるな』と叫んでくれるはずです」

「あなたの過去を知っているから、聞きたいことがあるんです」イビーはネイトに言った。

ネイトは眉《まゆ》を吊りあげて質問を待った。

イビーは入口に歩いていき、照明をつけてさっきまで暗かった部屋の隅を明るくした。そこにあるホワイトボードに〈ユタ・データ・センター〉と記された大きな概略図がテープで留められていた。地図の横には周囲の地形も写った施設の航空写真数枚もあった。

「これですよ」イビーは地図に近づいた。巨大な施設はピーナツのような形で、南北に延びていた。周囲は高いフェンスに囲まれている。敷地内で最大の建物群はど真ん中にあり、

〈データ・ホール1&2〉〈データ・ホール3&4〉と記されたラベルが貼られていた。そのあいだにあるのは、長方形の管理棟だった。

データ・ホールの北側と南側をはさむように建っているのは発電所、チラープラント、貯水タンク、燃料タンク、そして密接して建っている六つの冷却塔だ。

受変電設備と、北にあるブラフデールから延びている送電線はフェンスの外側にある。南東の角にはビジター・センターがある。

イビーは言った。「電磁パルス発生装置を積んだトレーラー二台でこの施設を襲うとしたら、あなたならどこに配置します？」

ネイトは地図に近づき、航空写真をしげしげと見た。ユタ・データ・センターは丘陵地帯の東側の広い平らなくぼ地に建っている。敷地の外に住居はない。ヤマヨモギが生えているだけだ。

ネイトは人差し指を写真にあてた。「ビジター・センターに近づく前に、道路沿いに検問所がいくつもあるようだ。だからそれらを突破するつもりでないなら、選択肢には入らない。ブラフデール寄りの北の端は妥当に見えるが、そこに近づく舗装道路がない」

彼が振りかえると、イビーはうなずいていた。

ネイトは施設を見渡せそうな西側の丘陵地帯を示した。

「ここだ」ネイトは丘陵地帯を示した。「フェンスのすぐ外側で建物より上に位置できる。

装置の一つを北東に、もう一つを南東に向けて設置すれば、挟撃《きょうげき》できる」

ネイトは身を乗りだして、さらに近くから写真を見た。「そこにも舗装道路はないが、古いジープ用の道路と轍《わだち》の道があるようだ。車にとってもそれほどけわしくは見えない。それに襲撃が終わったら、州間高速一五号北線で八〇号線へ出て、さっさとずらかれる」

ネイトが顔を上げると、イビーとヘンが同意してうなずいていた。

「現実に実戦を経験している人からセカンドオピニオンをもらうのは、いいことだ」イビーは言った。「そしてそれはまさに、ヘンとわたしが考えていた案でした」

「どうやって気づかれずに、大型の電磁パルス兵器二基をそこに設置するかは別問題だがな」

「ええ、そうですね」イビーはにやりとした。

23

ヘンが先導して別のはしごを上ると、ネイトはいつのまにか一番目の納屋にいた。二台の巨大なトレーラートラックが並んで止まっていた。電子機器とワイヤの厚い束が、二台のあいだのスペースに置いてあった。納屋の内側の壁には技術的な概略図が何枚も貼られていた。

「ボランティアがここへ来る前に、電磁パルス発生装置を見よう」イビーはヘンに言った。

「じきに戻ってくる」

それからネイトに向きなおった。「幸いなことに、ビルは彼らをがむしゃらに働かせているんですよ。二ヵ月間、毎週末に手伝いのクルーが来た。スージーがネットワークを駆使して募集をかけたら、彼らは魔法のように現れるようになった。何人かは技術的な仕事をしていて、一人はほんとうに優秀な溶接工です。だがたいていは、雑用や清掃、工具や備品の運《うん》搬《ぱん》といった日常的な仕事をしている。彼らはまったくのただ働きをしてくれて、われわれは食事を出し、仕事のあとカフェでパーティを楽しんでもらっているだけです。ボランティアが必要なのも今週末が最後なので、仕事中に彼らの気をそらしたくないんです」

ネイトはうなずいた。彼もボランティア、とくにシェリダン・ピケットにここへ入ってきてほしくなかった。

シェリダンの存在には驚いていた。彼女は頭がよく勇敢だとわかっていたが、過激な傾向があると思ったことは一度もない。

もちろん、大学に三年も通ったのだから、変わったかもしれない。

トレーラートラックの横を歩いていたとき、ネイトは一台に産業用バッテリー会社のロゴ、もう一台に有名な長距離運送会社の社名が記されているのを見た。

バッテリー会社のトラックは積荷を満載して到着し、ユニットの半分はもう一台のトレーラーに移したことをヘンが説明しているあいだ、ネイトはほとんど聞いていなかった。

彼らは二台のトラックの大きく開かれた後ろ側に近づいた。土の床からトレーラー底部の端まで、鋼鉄で補強されたスロープがとりつけられていた。

電磁パルス発生装置は長さ十五メートル以上のトレーラーにぎりぎり入る大きさだった。ネイトはハイテク風の見た目を予想していたが、目にしたものはむしろ中世風だった。後部にはバッテリーの列に接続された大きな黄色の〈キャタピラー〉社の発電機、溶接され、変色した大きな鋼鉄板数枚、ピックアップほどの大きさの、銅線を巻きつけた円筒、装置から突きだしている、後ろの開口部に向けて輪止めされた砲口。電磁パルスがどのように発生するか、ネイトは見てとった。発電機がバッテリーを充電し、蓄電機と銅線が電力を増幅させ、電磁パルスが砲口から照射される。

理論上では、バッテリーを再充電するために発電機の稼働が必要となる前に、それぞれの装置は二回フルパワーの照射ができる、とヘンは説明した。再充電には五、六時間かかるという。

「何回照射する計画なんだ?」ネイトは尋ねた。

ヘンとイビーは顔を見あわせた。

「バッテリーを再充電しないでもすむようにしたい、その程度の回数と言っておきましょう」ヘンは答えた。

「さて、あなたはどう思います？」イビーはネイトから入口のドアへ視線を移した。ボランティアたちの声が大きくなってきた。

「どう考えるべきかわからない」ネイトは言ったが、感心していた。ひじょうに感心していた。外部からの電力なしに砂漠の真ん中でハイテク兵器システムをなんとか造りあげるとは、たいした技術だ。それに、イビーの志《こころざし》は正しいと思える。今回の作戦で、自分は間違った側についているのではないか、と考えて彼はもやもやした。

「それについてはあとで話しましょう」イビーは言った。「入ってくる前に、ボランティアたちにはっぱをかけなければ。今日完成させるというモチベーションを持たせるのが重要なんです。

もっと質のいいボランティアを集められるといいんだが、このメンバーでなんとかしなければ。一度の週末、それ以上長くは留めておけないとわかりました。残念ながら彼らはすぐ退屈するし、かならずしも勤勉な労働者とはいえない。だから、モチベーションを持たせるのが大切だ」

「それじゃ、あとでね」グーデンカーフがネイトの腕をとって言った。ヘンはイビーと残った。

ネイトは喜んで彼女と出ていった。はしごを下りて暗い廊下に出たとき、ボランティアたちが納屋に入ってくるのが聞こえた。

シェリダンには見られずにすんだ。

核シェルターを利用した作業室に着く前に、スージー・グーデンカーフはネイトを脇に引っ張っていき、彼の手を握った。

「ねえ、イビーはボランティアにはっぱをかけているし、サイードはあなたのジープとタカと一緒にすぐに戻ってくるわ。あまり時間がない。だから聞いて。

わたしはあなたを知らない、でもイビーはあきらかにあなたを信頼している。いま頼みたいのは、お願いしたいのは、彼のために用心してあげてってこと。彼を守って。イビーは没頭しすぎていて、信じようとしないの」

「どういう意味だ?」

グーデンカーフはさらにネイトの手を握りしめた。彼女の力は強かった。

「イビーはカリスマ的なリーダーよ。立派な男だし、今回の計画に本物の信念を持っている。こんな環境で何ヵ月もみんなをまとめて働かせることができたし、わたしたちは計画に信念を持ち、彼を信頼しているからやっている。イビーを手助けするために、シリコンヴァレーからわたしを誘いだして辺鄙など田舎へ来させるなんて、彼は特別よ。イビーはアメリカの愛国者で、わたしは彼を信じている。ここにいるみんなも同じ。この国で生まれたわけでもないイスラム教徒が、愚《おろ》かなアメリカ人がやろうとしないことに挑むだけの度胸と勇気を持っているなんて、だれが考えた？　でも、いま彼にはとてつもない危機が迫っていると思う、たぶんわたしたち全員にも」

「国家安全保障局？」

「そうね、彼らがわたしたちのやっていることを知っているなら。でも違う、イビーに迫っているのは内部からの危機」

　グーデンカーフはさらに身を寄せてきて、ネイトは背中が壁に当たるのを感じた。彼女は通路の両側を見て、だれも来ないのを確かめた。

「サイードが現れたとき、わたしにはわかったの。ビル・ヘンとその仲間は技術オタクよ、だから警備は必要だった。わたしが来たのは、この計画の資金調達に協力してくれるＩＴ業界の富豪にコネがあるから。わたしたちは兵士じゃない——活動家なの。サイードはイビーを崇拝しているようだったから、歓迎したわ。

　そうは見えないだろうけれど、サイードは計画を乗っとりはじめている。イビーでさえ気づいていないようなの。サイードは性急で、つねに強引。資金流入額がスローダウンすると、サイードはもっと資金を出してくれる相手を何人かわたしに教えてくれて、資金は集まった。でも、すべてが変なのよ。お金はダミー会社から送られてきたのをわたしは知っている、おそらく別の目的のためのマネーロンダリング用に設立された会社。わかっているのは、資金が中東とヨーロッパから来たってこと。

わたしは目をつぶるつもりだったんだけど、サイードはつねに手を出してきた。わたしが必要なバッテリーを購入する交渉にかかっていたとき、サイードは自分のつてを使って八〇号線のトラックをハイジャックし、ここへ持ってこさせたの。運転手がどうなったかは神のみぞ知る、よ」グーデンカーフは身震いした。

「イビーはサイードを信用しているみたいだけど、わたしは違う。あの二人の部下を連れこんで以来、信用なんかできないわ。二人がどうやってここへ来たか知っている？」

ネイトが答える前に、彼女は続けた。「メキシコとの国境を越えてきたの。一人はイエメン人、もう一人はシリア人」

「どっちがどっちだ？」

「背の高い痩せて口ひげのあるほうがイエメン人。ずんぐりしたやつがシリア人よ」

「そいつにスタンガンで撃たれた」ネイトは首筋のやけどの跡に指先で触れた。

「驚かないわ。イビーが前科者のボランティアを追いはらったあと、シリア人が車で二時間ほどここを脱けだしたの。わたしの勘では、彼は二人を拾ってどこかへ連れていったのよ」

「そこがどこか、知っている」ネイトは言った。「イビーはそのことに気づいているのか？」

「いいえ。彼はヘンと最後の細かい点をいくつか詰めていたから。二時間後に戻ってきたとき、シリア人は一人だった」

「きみはイビーに話した？」

「サイードやその仲間について不満を言っても、彼は聞かない」彼女はすばやく答えた。「わたしが自分の縄張りを守ろうとしていると思っているの。それに、電磁パルス発生装置の使用が迫れば迫るほど、彼は計画に集中する。気を散らすものは無視するの――わたしとか」

そう言ったときの様子から、イビーとスージー・グーデンカーフのあいだにはかつてチームメイト以上の関係があったことを、ネイトは察した。二人は恋人同士だったが、なにかの理由で別れたのだ。

彼女は深く息を吸った。「サイードたちはイスラム国かアルカーイダとつながっていて、電磁パルス発生装置をテロ攻撃に利用するつもりだと思う」

「なんだと？」

「ユタ・データ・センターの破壊のほか、テロリストになにができるか考えてみて。サイードはとにかくあの装置がほしいのよ。テロリストがあれでなにができるか想像して――政府の建物、病院、スタジアム、高齢者センター、受変電設備、いくらでも狙える」

ネイトはすばやく考えをめぐらせた。国家安全保障局の施設の正当な目的は、メタデータを検索してテロリスト同士の通話を探知できるように、電子的データを集めることだ。それに、もし施設全体がオフラインに陥《おちい》れば、世界中の悪党どもの手綱が解かれることになる。それに、トレーラートラックに隠されて全米のハイウェイを移動する電磁パルス発生装置の使用目的を、ネイトは容易に想像できた。空港に離着陸する航空機を墜落させられる、列車を脱線させられる、電力システムを破壊できる、さし迫ったミサイル攻撃を警告するレーダー設備をダウンさせられる。

グーデンカーフは間を置いた。「わたしたち、すごい兵器を造ってしまった」

「ああ、そうだな」

「どんどん手に負えない状況になっている。もしサイードがあの装置をイビーから奪ったら……」彼女はまた身震いした。「あなたが彼のそばにいて、害を加えられないようにしてあげて。お願いだからイビーを傷つけさせないで——わたしたちのだれも。あなたなら彼らと話ができるかもしれない。どんな理由にしろ、輪の中に入れたからにはあなたを尊敬しているにちがいないわ。あなたなら彼らを呼びだして冷静で理性的なやりかたで、イビーを放っておくように、そしてわたしたちに自分の仕事をさせるように説得できるかもしれない」

ネイトはにやりとした。

「なにがおかしいの?」

「ヘビに道理を説けというようなものだ。ヘビはヘビ。トラはトラ。みずからのありかたに道理を説くことはできない。唯一できるのは、殺すことだけだ」

彼女はたじろいだ。

「彼らはたった三人だ。おれの銃を取り戻さなければ。どこにあるか知っているか？」

彼女は肩をすくめた。「三番目の納屋に武器庫があるの。そこだと思うけど、ロックされている」目を大きくしてつけくわえた。「それからもう一つ。サイードの部下はこれからもっと来るんじゃないかと思う」

「どうして？」

「ボランティアたちは以前、一番目の納屋の地下に造った粗末な寮みたいな部屋に泊まっていたの。わたしたちが考えていたより、パーティ部屋みたいになってしまったけれど――想像がつくわよね――空からスパイ衛星が見ているときに外をうろついてほしくなかったの。でも、見てのとおり今週末ボランティアたちは外のテントで寝られるようにキャンプ道具持参を求められた。セキュリティ違反なんだけど、最初わたしは深く考えなかったのよ。でも、もしサイードがあの地下の部屋を必要としているのだとすると……」グーデンカーフは最後まで言わなかった。

「サイードはわたしの運び屋ネットワークを通じてメッセージを送っている。わたしは見ないし、宛先がだれかも知らない。でもこの一ヵ月、彼は大量のメッセージを送っている」

ネイトは以前バックホルツの牧場で見た夢をまた思い出した。あの夢には、自分の弾数よりも大勢の敵がいた。

あの夢を思いかえす時間はこれまでたっぷりあった。そのたびに、自分にとっていい結末になる感じはしなかった。だが、夢からとうてい推測できなかったのは、あの場にほかの人間たちの命もかかっているということだった。

ネイトは思った。衛星電話をとりもどしてシェリダンをここから脱出させなければ。

ネイトはスージー・グーデンカーフに感謝し、作業室を通り抜けた。横を過ぎるときイビーのチームから向けられる好奇の視線を無視したが、はしごのそばに立っていた髪がくしゃくしゃの男にはうなずいてみせた。ネイトの足どりがあまりにも確固としていたので、男は脇に寄って彼を通し、どこへ行くのか聞きもしなかった。

入口まで上って納屋を横切り、外に出るとドアを閉めてあたりを見まわした。だれもいないようだ。

彼はすばやく決断した。イビーの志はおそらく高潔なものだ。別の状況なら、自分も彼の計画に加わっていたかもしれない。だが、スージーから聞いた話が信用を損なった。

姿を見られないように、一番目の納屋の窓の下を姿勢を低くして歩いた。そのとき、イビーがボランティアたちに語っていることの断片が聞こえた。

「……建国者たちは勇敢で名誉を尊ぶ愛国者だった。彼らは自分をかえりみず、解放と自由のために立ちあがった……」

一番目の納屋の角で足を止めたとき、西方に広がる砂漠のくぼ地が見えた。構内へ入るために使った川床とネイトのあいだに、からのテントがいくつもある。

「……ジェイムズ・マディソンに宛てた手紙の中でトマス・ジェファソンはこう言った。〈ときおりちょっとした反抗があるのはいいことだし、物質界に嵐が必要なのと同じく、政界に必要なことだと考えている〉」

はるかかなたに二つの小さな点が見えた。車が近づいてくる。サイードの車と、ネイトのジープだ。彼らが着く前に衛星電話を回収するのに一、二分の余裕はあるだろう。急げば、三番目の納屋へ行って武器庫を見つけられるかもしれない……

「諸君、いつかきみたちは今回の活動を振りかえり、自分たちの努力がわれわれの建国の理念を復活させるのに役立ったことを知るだろう。アメリカをとりもどす役割を自分たちは果たしたのだと知るだろう……」

最初、ネイトはジリスの穴の場所を間違えたのかと思った。中に手を入れても電話はなかったからだ。

低く罵《のの》って土手を見渡し、どこで間違えたのだろうと考えた。いや、ここで合っているはずだ。

そのとき、何者かが自分より早くここに来て電話を持ち去ったのだと悟った。

サイード、シリア人、イエメン人はさらに近づき、遠くのエンジン音が聞こえる。

しかしこれはまだあの夢の再現ではない、とネイトは思った。夢では彼は武装し、凶運に直面していた。

いま、彼はまさに凶運が迫っているのを感じた。

24

イビーという男が演説しているあいだ、シェリダンは納屋にいるほかの八人のボランティアを眺め、こう思っていた。この人たちだれも好きになれない、家に帰りたい。その感情と闘い、抑えつけようとした。居心地が悪いからというだけで、荷造りして出ていくわけにはいかない。それに、昨夜ここに着いたときの状況からして、出ていくのはむずかしいしばつが悪いだろう。

朝食の席でほかの仲間がしゃべっているあいだ、シェリダンは黙りこみ、話しかけられたときは軽くうなずいて受け流していた。不平等、人種差別、抑圧、事前警告（トラウマを思い出しかねない映像などが流れる前に予告すること）などが話題だったが、いちばん多かったのは、政府が許可なく国民を監視しているのを、阻止しなければならないということだった。それについてシェリダンはまあまあ共感したが、自分に疑問を感じないわけにはいかなかった。どうしてここに来ることに同意してしまったのだろう、そしてここでなにをするのだろう？　ほかのボランティアたちの話の内容から、違法なことにちがいないと思った。

大学の内外で、夜を徹して議論されるのを聞いたり、話に加わったりしたようなたぐいの事柄だ。そういう問題すべてに対する答えは、政府のばかどもがなにもかも解決できる学生の声に耳を傾けさえすればという、単純で簡単なものだった。

当時、そういう議論でシェリダンは高揚した。自分より世界のことをよく知り、機会があればかならず注意を喚起してくれる、聡明でちゃんとものが言える人々と一緒にいるのは、すばらしいと思った。しかし、えんえんと続く〝集まり《サロン》〟はだんだんとどこか魅力が失せていった。こちらが彼らから離れたのか、彼らがスモールタウン出身の無知で浅薄な自分を置き去りにしたのかは、わからなかった。

あらゆることにつねに主張を持つキーラでさえ、うつむいたまま水っぽいスクランブルエッグをスプーンで口に運んでいた。ベーコンもハムもなく、コーヒーは薄かった。

うっすらとひげを生やし、防寒ではなくお洒落《しゃれ》のためにストッキングキャップを耳までかぶった男が、フォークでシェリダンを指して尋ねた。「初めてか？」

「初めてってなにが？」

「ここへ来たのは初めてかってこと。前に見た記憶はないし……見たら覚えているよ」彼は微笑し、おせじのつもりなのだとシェリダンは悟った。

「初めてよ」

「ここでわれわれがやっていることを、どうやって知った？」

シェリダンはキーラのほうを示したが、彼女は心ここにあらずの態《てい》だった。八〇号線をピックアップで走っていたとき、ほかの大学の活動家たちを通じてディープウェブについて知ったのだとキーラはシェリダンに話した。ディープウェブというのは、隠された情報資源で、ふつうのサーチエンジンでは見つけられない。キーラはそこで政府の監視システムを阻止するための秘密のサイトを探しあて、ボランティアを募集しているのを知ったのだった。キーラは質問事項に答え、ボランティアに申込み、三週間後に採用の返事が来た。

「彼女も見たことがないな」男は言ったが、キーラの耳には入らないようだった。

「おれはセスだ」

「シェリダンよ」そっけなく答えた。会話を続けたくなかった。

「おれはボランティアとしてほぼ毎週末来ているんだが、いまの待遇はひどいものだよ。前は屋内のベッドに寝ていたんだ。テントはあまり好きじゃない」

キーラもね、とシェリダンは思った。

なにも書かれていない白紙のように色白のキーラは、ろくに食べずに背を丸めてすわっているいま、透けてしまいそうだった。寝袋に入ってテントで寝たせいで、あきらかに参っていた。

セスが尋ねた。「二人は、その、一緒なのか？」

「そういうのじゃない」シェリダンは答えた。

彼は気をよくしたらしい。「それじゃきみは……」

「いいえ」

「やけに早いな」セスは不快そうな口ぶりになった。「なあ、おれたちはみんな同じ目的でここにいる。大義のためだ。ときには、人は団結するんだよ」

彼はくすりと笑ったが、目は笑っていなかった。自分があまりにも即座に答えたので、相手はむっとしているのだとシェリダンは気づいた。彼はベッドで同志愛を楽しんでいるのだろう。それに自分のような女性から得られるものならなんでも。

「このことすべてに賛同しているのかどうか、きみ自身がわかっていないみたいだな」セスは身を乗りだした。

「つねにオープンな考えでいるけど」

「よかった、なによりだ。〝リンジー化〟されたくないだろう」

「〝リンジー化〟？」

「あとで教えるよ」盗み聞きされていないか確かめるために周囲を見まわし、声を低めてセスは言った。

ほかのボランティアたちについてあまり批判的にならないようにつとめたが、シェリダンには彼らは落伍者に見えた。コロラド、ユタ、モンタナ、ワイオミング各州の大学を留年中か退学しており、〝研究〟という言葉がつく分野を専攻していた。学位を取得するというより、積極行動主義、陰謀論、社会的正義へのとらえどころのない要求に満ちたパラレルワールドに住んでいた。

彼らの仲間にはなりたくないこと、キャンプ道具を持っていないからといってここへ連れてきたキーラに憤《いきどお》っていることが、シェリダンにはわかっていた。そして承諾した自分にも怒っていた。

唯一の有意義な点は、このイビーという男の話を聞くことだ。彼は印象的だった。思いやりがあり、情熱的でカリスマ的。生まれついてのリーダーで、みずからの大義のためにシェリダンも含めて他人を鼓舞することができた。イビーの愛国的な熱情に、惹きこまれるのを感じた。

しかも、彼は鷹匠《たかじょう》だ。ネイトと同じ。

だがそれでも、彼女はできるだけ早くここを出るつもりだった。

昨夜はたしかに冒険だったが、その感覚はたちまち失せていった。

キーラが受けていた指示どおり、二人は夜七時に八〇号線沿いの〈マスタング・カフェ〉

に着いた。次々とほかのボランティアたちも到着し、彼らの様子から知りあい同士だとシェリダンにはわかった。クーターというバーテンダーが〈クアーズライト〉の生《なま》を注ぎ、揚げたチーズと野菜をプレートにのせて出した。マリファナの臭いが店内に濃くたちこめていた。持ちこんだ連中は、コロラドの州境で合法的に買ったと言っていた。

普段着で来たことをシェリダンはすぐに後悔した。ジーンズ、カウボーイブーツ、ワイオミング大学のフード付きパーカ。キーラのように黒ずくめの服装の者が多い中では目立った。ボランティアたちはバックパックやダッフルバッグを持ちこみ、入口の近くに積みあげた。狭いダンスフロアにたむろして、タバコを吸ったり酒を飲んだりこの前会ってからなにをしていたか語りあったりしていた。

シェリダンはキーラに身を寄せて尋ねた。「どうなってるの？」

キーラはかすかに肩をすくめ、シェリダンを見ずに答えた。「そのうちわかるでしょ」

「来てよかったのかな」

「ちょっと。いまになってビビらないで」

「これからどこへ行くの？　集団で自分の車を運転していくわけ？」

「わからない」

「なぜ荷物をここに運びこんでるの？」

「なぜ答えられない質問ばかりするのよ？」キーラはいらいらしていた。不安そうとか自信なさそうとかまわりに気づかれたくないんだ――ワイオミング大学のパーカを着てる友だちみたいに、とシェリダンは思った。

「こんばんは」背後から女性の声がした。

シェリダンが振りむくと、目の前に二十代終わりから三十代初めぐらいの魅力的な女が立っていた。賢そうな目、茶目っ気のある笑み。ジーンズ、フリースのベスト、ハイキングブーツという服装にもかかわらず、場違いに見えた。

「ジャンよ」女はクリップボードに留めた紙を指でたどった。「どっちがキーラ？」

「わたしがキーラです」

ジャンはうなずき、シェリダンに言った。「ごめんなさい、あなたには帰ってもらいます」

「どうしてですか？」シェリダンは尋ねた。「帰るってどこへ？」

「来たところへ。あなたは身元調査がすんでいない。それについてはきびしい基準があるの」

参加を考えなおそうとしていたものの、シェリダンは当惑した。キーラは意気消沈した様子だった。

「ねえ、わたし、彼女も来ていいかどうかメールで聞いたんです。相手がだれだったかわからないけど、ノーとは言わなかった、だからすてきな対応だって思ったのに」

「すてきな対応じゃなかったわね」ジャンは答えた。

「この子、友だちなんです」キーラは懇願《こんがん》した。「彼女の車で来たんです。身元は保証しますから」

キーラはアウトドア用品を示した。「これも全部彼女のなの。わたし、自分では一つも持ってません。アウトドア・タイプじゃないんです。運転すらできないし。ねえ、お願いします」

キーラは惨《みじ》めでいまにも泣きだしそうだった。それに、説得力があった。

ジャンはしばらく二人を見ていた。「のどから手が出るほど人手がほしくなければ、そして彼女があなたの身元を保証しなければ、例外はなしなんだけど」とうとうシェリダンに向かって言った。「長年のボランティア数名が、コロラド州ボールダーでのデモで捕まったの。だから人手が足りないのよ。申込みフォームに記入して。そこに秘密保持の項目があって、わたしたちの仕事の性質やあなたの役割について口外できないとある。なによりも重要なことよ」

シェリダンは迷った。はじき出されて拒まれるのはいやだが、この体験への熱意は急速に醒《さ》めていた。ただ、キーラを放りだしていくわけにもいかなかった。

「わかりました」シェリダンは答え、キーラはほっとしていた。

フォームに記入しおわり、すべての個人情報をしぶしぶ提出して秘密保持と法的責任免除の項目に同意してから、シェリダンはジャンに返した。

ジャンはざっとチェックして満足したようだった。フォームを読みあげて言った。「シェリダン・ピケットとキーラ・ハーデン。二人とも初めてね、ようこそ。想像はつくと思うけれど、わたしたちは注意してものごとを進めないといけないの。でもまず、来てくれたこと、二人にあらためて感謝したいわ。協力をどれほどありがたく思っているか、あなたたちにはわからない」

シェリダンはうなずいた。

ジャンは腕時計を一瞥した。「さあ、暗くなるからすぐに始めないと」

「なにをですか?」シェリダンはためらいがちに聞いた。キーラがにらむのを感じたが、目を向けなかった。

「まず、あなたがたがここにいてこの週末なにをしているか、知っている人はいる? 友だち、家族、知りあいで?」

シェリダンもキーラも首を横に振った。

「よかった。次に、二人とも携帯電話をここに置いて。心配しないで、大丈夫だから。ほかになにか持ってきた? ノートパソコン、iPad、そういうものを? データを送受信できるものだけど?」

「いいえ」シェリダンは答えた。キーラはかぶりを振った。

「武器やそういうものを持っていないわね?」ジャンは尋ねた。

シェリダンは辛子スプレーを渡した。

「それから薬物もだめ。絶対禁止にしているの――あなたたちの安全のためよ。重機などに近づくことになるから、だれにもけがをしてほしくない。わかってもらえるわね」

「マリファナはどうなんですか?」シェリダンは吸っている者たちを肩ごしに示した。

「彼らは規則を知っている。ここへ置いていくわ」

「きびしいんですね」キーラが言った。毎朝、彼女が食事の前に一服するのをシェリダンは知っていた。

「きびしいけれど、安全よ」ジャンはぶっきらぼうに答えた。「むりなら、帰っていい」

キーラはブーツに視線を落とした。「いいえ、そういうつもりじゃ。大丈夫です」

ジャンは続けた。「もうすぐ、チームのメンバーが何人か砂漠から到着する。あなたたちは自分の車をここに置いていって、彼らがわたしたちの活動場所へ連れていってくれるから。どちらか、四輪バギーの運転はできる?」

キーラは無表情でシェリダンを見た。

「わたしができます」シェリダンは言った。「父にATVの運転を習いました」

「できそうに見える」ジャンは気に入ったように微笑した。「だったら、二人で行けばいい。砂漠でチームリーダーを見失わないようにね。迷子になったら、たぶんずっと迷子のままよ。わかった?」

「はい」シェリダンは答えた。

「オーケー」ジャンは二人の肩をたたくと、横を通ってほかのボランティアたちのところへ向かった。彼らは久しぶりに友人と会ったようにジャンを迎えた。

「いったいぜんたい、あたしをなにに巻きこんだの？」シェリダンはキーラに言った。

キーラは肩をすくめた。「来てくれてありがとう。思ってたより、あんたはずっとかっこいい」

シェリダンはもう少しでこう言いそうになった。違う、思ってたより、あたしはずっとばかだ。


シェリダンは暗闇の砂漠を走るのを楽しんだ。風が髪をなぶり、空気は乾いて異国のような匂いがした。キーラはシェリダンの腰に腕をまわして後ろの座席に乗っていた。

カフェと遠くの高速道路から離れると、そこは暗く寂しい世界だった。照明も道路も電線も、ほかの人間が入った形跡もない。ときにシェリダンは体を後傾させ、ＡＴＶのタイヤが舞いあげるほこりから視界を確保すると同時に、呼吸を楽にした。だが、先導する四輪バギーのテールライトは決して見失わなかった。キーラは彼女の背に顔を埋《うず》めていた。ときどきぎゅっとしがみつかれて、シェリダンは息ができなくなるほどだった。

出発して一時間後、シェリダンは自分が集団の二番目にいて、ほかのボランティアたちが後ろにいるのに気づいて驚いた。四輪バギーを運んできた〝チームメンバー〟のうち二、三名がカフェに残ったのを、シェリダンは見ていた。たぶん荷物を積んで、トラックで〝活動地点〟に戻るためだろう。その前に、クーターとビールを二、三杯ひっかけるのだろう。

暗闇の中でテントを設営するときはあちこちで不平の声が上がった。シェリダンはヘッドランプを持参しており、それを使って自分のテントを立てた。キーラはそういう作業では役に立たなかった。ただそこに突っ立ち、設営が終わるまで寝袋を抱えて足をもぞもぞさせていた。キーラが中に入ると、シェリダンは自分のヘッドランプをまだテントに手こずっているほかのボランティアに貸してやった。

彼女が中に入ってフラップのジッパーを閉めたとき、キーラは寝袋にもぐりこんでいた。そしてこもった声で言った。「あたし、ほこりだらけ。目には砂が入ってるし。歯ブラシも忘れてきた」

「生きていけるわよ」

「眠れないのはわかってる、おしっこしなくちゃならないときに狼に食われるだろうってことしか考えられない」

「このあたりに狼はいない」

「じゃあ、熊に」

「熊はいるかもね」

「なんてすてきなの。あたし、キャンプが死ぬほど嫌いって言ったっけ？」
「察してしかるべきだった」
シェリダンはにやにやしながら眠りについた。

だがいま、ボランティアが必要なのは今週末が最後で、来週のいまごろにはきみたちがしたことは世界中に知れわたっている、とイビーという男が話したとき、シェリダンはしばし目を閉じた。

有名になどなりたくないし、トラブルに巻きこまれたくない。ボランティアたちがやるのがどんな仕事か見当がつき、それを考えると口の中に苦い味が広がった。

イビーの誠実さは一瞬も疑わなかったが、彼女の心の目には父親の賛成しないしかめつらが見え、母親のなにを考えているのという声が聞こえていた。

なにも知らない人々から政府がメタデータを集めているというのは気に入らない。間違っていると思う。だが、自分は危険と解釈されるようなメッセージもメールも送ったことはないし、携帯でしゃべったこともない。退屈な内容だろうが、だれにとっても危険ではない。

イビーの話のあいだ、セスが隣にすわっていることに驚きはなかった。シェリダンが身を寄せると、セスは嬉しそうにこちらを向いた。

「〝リンジー化〟ってどういう意味？」シェリダンはささやいた。

彼は周囲をうかがって口を彼女の耳に近づけた。

「リンジーは厄介者だったんだ。ここに来てから待遇について片っ端から要求を並べて、ここを出るのを許されないなら計画を全部ばらすって宣言したんだよ。なんにでも不平を言い、ぼやき、まるでろくでもないプリマドンナみたいだった。ぜったいに来るべきじゃなかったんだ。彼女はすぐみんなの神経にさわりはじめた」

シェリダンはうなずいて先を促《うなが》した。

「サイードっていう警備担当者がいる。彼がリンジーを彼女の車まで送っていくから、おれたちは仕事に戻るようにって言ったんだ。サイードが車で彼女を連れ去ったときにはおれたちは全員立ちあがって喝采したよ。そのあと二度と彼女を見ることはなかった。あれはここで起こりうる最悪のことだ、つまり〝リンジー化〟されるってこと」

「それで彼女はなにも口外してないの？」

セスは肩をすくめた。

「彼女、どうなったの？」

「知らないし、どうだっていい。おれが知ってるのは、二日後に〈マスタング・カフェ〉へ行ったとき、彼女の車はまだそこにあったってことだけだ」

シェリダンの背筋を冷たいものが走った。

「だから、〝リンジー化〟されるなよ」セスは言った。

第七部　ユタ・データ・センター

ここが約束の地だ！
――ブリガム・ヤング、一八四七年

25

「あれ、泉？」ジャン・ストークアップは目をこらして聞いた。そして、南東の岩石層の下にある、遠い青緑色のしみのようなものを指さした。

ジョーは双眼鏡を目に当てて焦点を絞った。水や流れは見えなかったが、地面はでこぼこで黒っぽい。泥だ。

「そうだ。目がいいな」

けさ通ったときはあの泉を見過ごしていたにちがいないが、彼はもっと西側にいたし、角度的に後方の視界に入らない位置だったはずだ。

よかった、と思った。一時間前に水を飲み干していたからだ。こぼしすぎたデイジーをどなりつけたとき、どれほど自分たちが追いつめられているかあらためて悟った。どなったことを、まだ後悔していた。

「ほんとうにほんとうに水が必要なときには、見つかるものよ」ジャンは活気づいていた。彼女は手を伸ばしてジョーの腕をつかんだ。「信心深い人ともっと時間を過ごすべきなのかも」

古いキャンプ用ポンプ・フィルターで水を濾過《ろか》したあと、ジョーは二つのプラスティック容器を満たした。泉は染みでた水たまりという程度だ。なまぬるい水が幅三十センチ弱のくぼみにたまり、もっと小さいいくつかの穴にクリーム入りのコーヒーのように渦《うず》を巻いていた。フィルター装置をいつ替えたのか思い出せず、どのみちその水を飲むと決めているにしろ、まだ性能が落ちていないことを祈った。選択肢はないのだ。

水は濁ってぬるく、塩っぽい味がしたが、文句は言えない。ジャンは腹いっぱい飲み、ジョーとデイジーも続いた。そのあとジョーは、容器をふたたび満たすために泥だらけのひざをまたついた。

濾過しているあいだ、泉の周囲を見まわした。そこから読みとれるものがあった。

立ちあがって、満タンにした二つ目の容器のふたを閉めた。「よし、彼もここに来ている」

ジャンはぽかんとしてジョーを見た。

「友人のネイトだ。それから別の鷹匠《たかじょう》と三人目の知らない男」

「どうしてわかるの？」

「あたりを見れば」

「どのあたりを？」彼女はとまどっていた。

野生馬、デザート・エルク、ほかの野生動物たちによって荒らされた地面を、ジョーは示した。ボブキャット、狐、さまざまな鳥の足跡を彼は見分けられた。

「ここを見ろ」泥の地面の内と外についたブーツの跡と、その向こうのタイヤ痕を指さした。

「男が三人。二人は徒歩で南から、一人は車で来た」

それから、深いひづめの跡の横の白ペンキのように見える大きな斑点《はんてん》を指さした。

「タカの糞《ふん》だ」

彼はくぼみから離れ、二組のブーツの跡のあいだにあるもっと小さな斑点を示した。「ここにもある。つまり、大きな鳥と小さな鳥がいた」

「その人たちはどこへ行ったの？」ジャンは尋ねた。

「たぶん、おれたちが行こうとしているところだ」


「で、あなたは結婚しているのよね」ジャンは言った。

二人は並んで南へ歩いていた。ジョーは聞かれたのがありがたいほどだった。なぜなら、また頭から離れなくなった〈名前のない馬〉の歌から気をそらしてくれたからだ。

「ああ。もうずいぶんになる」

「でも、幸せな結婚生活？」

「ああ、そうだ」

「幸せな結婚をしている男に、わたしはよく惹かれるのよ。多くはいないわ。きわめて稀《まれ》だというのが、ほんとうのところじゃないかな。たぶん結婚生活っていうのは難物で……」

彼女はジョーを誘惑していたが、彼は気づいていないふりを通した。しまいに、ジャンはくすくす笑いだした。

「この話は好きじゃない？」

「ああ」

「じゃあ、話題を変えましょう。娘さんが三人いるのね、いちばん上がシェリダン」

彼はうなずいた。

「ねえ、たぶんあなたは気づいてさえいないだろうけど、父親と母親が好きあっていて結婚生活を続け、まあまあちゃんとした子どもたちを育てた家庭を持つ知りあいなんて、片手で数えられるくらいよ。めったにいない。あなたは大昔への先祖返りだわ。自然史博物館に飾られるべき」

「それはどうも」

「わたしは父にはほとんど会わないの。もちろん、かわいがってはくれた、でも、いばりちらしていた。いろいろ買ってくれたわ、だけどわたしの家族よりも、オレンジ郡に住む新しい奥さんと第二の家族のほうにはるかに愛情を注いでいた。じつはね、新しい奥さんと初めて会ったとき、わたしより五つしか年上じゃなかったの。自分をアシーナと呼ぶように言い張ったわ、まるでわたしとは姉妹みたいに。悪くない人だと思うけど」

ジョーはどう答えたらいいかわからなかった。

「積極行動主義にはまったのは母の影響」ジャンは続けた。「母とデモに行きながら育ったの。反戦集会から警官に引きずりだされるわたしたちの写真が、〈ロサンジェルス・タイムズ〉の一面に載ったほどよ。そのときわたしは七歳で、髪にピンクのリボンをつけていた。泣いていたけれど、すごくかわいく見えた！」

ジャンの言いかたに、ジョーは微笑した。

「父が唯一わたしのためにしてくれたのは、信託資金を用意してくれたこと。大学進学に遣ってほしがっていたから、そうしたわ。残りについて父は、自分のように事業を始めるときの元手にしてほしかったの。でも、わたしはほんとうにお金を役立てられるイビーのような人たちに資金を提供するために使った。自分のお金をわたしがどうしたか知ったら、父は心臓発作を起こすでしょう。知らせないようにしているわ、わかるでしょ」

「なるほど」

「シェリダンが社会的良心のもとで育《はぐく》まれたと知って、うれしい」

ジョーは彼女を見た。

「娘さんのしていることに賛成しないでしょうね」

「あの子は二十二だ。ちゃんと育った、母親のおかげでね。自分でものごとを決断していい年齢だ」

「驚くほど賢明な意見だわ」ジャンはかすかな皮肉をこめて言った。

「愚《おろ》かな決断であってもね。だって、あの子のいまの状況を考えてみろ」

「おたがい意見が違うのは認める。わたしはシェリダンを賞賛しているの。ボランティア全員を賞賛している。彼らのほとんどは、ただ自由と社会的正義を求めているの。祖国をとりもどしたいのよ」

ジョーは肩をすくめた。「いま、おれはただ娘をとりもどしたい」

「そしてわたしはイビーに警告したい」

それぞれの考えにふけりながら半キロほど進んだあと、ジョーは尋ねた。「けさあのピックアップには何人ぐらい男たちがいた?」

彼女の顔が曇った。「十一人数えたと思う。次々とカフェに入ってきたの、信じられなかった」

「どこから来たんだ?」

「言わなかったわ、でももともとこの国にいたんじゃない。それは誓ってもいい。全員、出身は中東よ」

「怖かった?」

ジャンはためらった。「民族的な背景のせいで怖かったとは言いたくない——宗教的な信念のせいで怖かったとはもっと言いたくないわ。自分らしくないもの。外見や肌の色やどの神を信じるかで他人を判断するのは、大嫌い。そういう不寛容はとにかく許せないの」

長い間のあと、彼女は続けた。「でも、それをすべて抜きにしても、彼らは恐ろしく見えたし、銃を持っていた。だからそうね、いまいましいけど怖かった」

「どうやってあそこへ来たんだ?」

「四台のピックアップに乗って」

「聞きたかったのは、どこから来たのかなんだが?」

「メキシコだと思う。一晩中運転してきた様子だった。わかったかぎりでは、国境を越えるのにはなんの問題もなくて、そのあとまっすぐこっちへ来たようよ。わたしが知っているのは、クーターがちょっとだけアラビア語をしゃべる——しゃべったから。イビーが彼に少し教えたの。注文のアル・カブサを作っているあいだ、クーターが男たちに聞いていた」

「だれかと連絡をとっていたか?」

「全員、携帯を持っていた。二人はiPhoneの最新機種を。でも、圏外だと知ってみんな怒ったわ。ほんとうに険悪なムードになったの」

「きみは話しかけられた?」

「ただにらまれただけ。いやでたまらなかった」

「殺されてしまうなんて、クーターはなにをしたんだ?」

「なにも。いつものクーターだった」彼女は身震いした。「いまもまざまざと目に浮かぶ。ふるまいからリーダーらしい二人が、キッチンで彼が料理するのを見ていたの。クーターはアラビア語で話をしようとしていたわ、ほら、いつものクーターの世間話よ。彼らを問いつめたりなんかしていなかった。でも、その二人はクーターの腕前に興味があるみたいにどんどん彼に近づいた。

そして、クーターが最後の注文を皿に盛って出したら、キッチンにいた二人のうち一人がなにげなく彼の後ろに立ったの。大きなナイフを持っていた、わたし見たの。男は片腕をクーターの頭にまわして、もう片方の手で彼ののどをかき切った。ほんとうにすばやかった、一瞬のことよ。なんの躊躇《ちゅうちょ》もなかったわ。血がいたるところに飛び散った、ホースで撒《ま》いたみたいに。それから男は刃を左右に動かして、クーターの首を切断しはじめたのよ。あの恐ろしい音。ぜったいに忘れられない。

ほかの男たちは恍惚として見ていたから、わたしに注意していなかった。料理を食べながら、テレビでも見るようにキッチンの中へ目を向けていた。一人が立ちあがって、携帯で動画を撮りはじめたの。二、三人がアラビア語でなにか言っていた、聖歌みたいな感じ」

ジョーは足を止めた。そしてまじまじとジャンを見つめた。

「きみはどうやって逃げたんだ?」

「トイレで吐こうとしてるふりをして店の奥のほうへ行ったの。一人がわたしを笑うのが聞こえた。そのあと裏口からダッシュして出て、クーターのヴァンに飛び乗った。彼がいつもキーを灰皿に入れているのを知っていたから。捕まる前にあそこから逃げだした」

「なぜ、彼らはクーターを殺したと思う?」

「目撃者を抹殺するためだと思う。自分たちが現れたことをクーターにしゃべられたくなかったのよ。そして、わたしも殺すつもりだったんでしょう」

「きみを追ってこなかったのか?」

「追ってきた、でも態勢をととのえるのに少し時間がかかったの。わたしは八〇号線を東へ向かった。きっと高速に乗ったのを見られたわ。彼らがあのとき知らなかったのは、丘を越えて彼らの視界に入らなくなった瞬間、わたしは中央分離帯を横切って、砂漠へ向かう車線に入ったの。彼らはしばらく高速の違う車線でわたしを探したあと、気がついたんだと思う」

「逃げられてよかった」ジョーは言った。

「ほんとうに」

「なぜ彼らがそのイビーという男を狙っていると思うんだ?」

ジャンは口をつぐみ、信じられないというように首を振った。「ほかに、ほかにどんな目的があるっていうの?」

一時間後、ジョーの緑色の狩猟漁業局のピックアップのある場所に着いた。置いてきたときのままに見える、とジョーは思った。そうでないわけがあるか？　何日も歩いてきたように感じるが、じっさいは数時間しかたっていない。

デイジーは狂喜して、助手席のドアのそばを跳ねまわり、入れてもらうのを待っている。

ジョーはデイパックを下ろして運転席に乗りこみ、デイジーは隣に飛び乗った。

キーをまわす前に、開いた窓ごしにジャンに言った。「ばかばかしいとわかってはいるんだ、でも……」

なにも起こらなかった。

「とりあえずやってみないと」彼は車から降りた。デイジーは中に残り、期待するように首をかしげた。

「話していた電磁パルスについて、きみはどの程度知っている？　効果はだんだん消えるのか？　この車はまた走れるようになるだろうか？」

彼女はかぶりを振った。「イビーから聞いたところでは、電気系統はほぼ永久にだめになるそうよ。でも、わたしはこの分野の専門家じゃないから。だって、大義のためにボランティア募集のまとめ役と資金調達係をしているだけなのよ」

ジョーはうなった。グリズリーの首輪からバッテリーをはずし、衛星電話の前のバッテリーと交換した。首輪のバッテリーは送信機の役割を果たせるほど残っていないが、電話なら必要なボルト数が少ないのではとジョーは期待した。だめだったとき、彼は肩を落とした。

「もうあきらめるしかないんじゃない」ジャンはピックアップの陰にすわりこんだ。

「そうかもな」ジョーは電話からバッテリーを抜き、首輪に戻した。

そのとき、首輪のGPS装置が一瞬光り、二度低くカチカチッと鳴るのが聞こえた。抜いたときと違う配置にバッテリーを戻していたことに気づいた。どういうわけか、配置が変わって電力が多少よみがえったらしい。彼の胸は高鳴った。

「聞こえた?」ジャンにささやいた。首輪がまたカチッと鳴った。「信号を送っている」

「どのくらい持続するの?」

「わからない」

「だれが気づくの?」

「気づくかどうかな」

少し間を置いて、彼女は言った。「もしだれかが信号に気づいても、グリズリーを見つけたと思うんじゃない? わたしたちじゃなくて?」

ジョーはため息をついた。「そうだな」

ジェシカ・ホワイト、マーシャ・ミード、タイラー・フリンクのうちだれかが発信先は遠いと考えるのがせいぜいだ、と彼は思った。接触を失ってから何日もたつのに、彼らがまだ

にするだろう。コンソールの前にいるわけがない。たとえ信号に気づいても、おそらく機械的な異常のせい

とくに送信が止まれば。そしていま止まってしまった。

「これで終わり。一瞬希望を持ったんだが」

「やれやれ」ジャンは立ちあがり、励ますようにむりやり笑みを浮かべた。「前と同じく、わたしたちは運命共同体ね」

彼はうなずいた。

いま少し助けになる道具か食料はないかと、ジョーは運転台と座席の裏側、収納ボックスを探した。備品が増えるのはありがたいが、かき集めたものをかついで運ばなくてはならないという事実に直面した。クラッカー弾を装塡《そうてん》した二二口径のリボルバー、信号拳銃、予備の信号弾二つをデイパックに入れた。役に立つとは思えなかったが、用意しておくに越したことはない。ピックアップに戻ってきたのだから、彼は二度目のチャンスを活用した。

クラッカー弾は、牧場の干し草を食べている狩猟動物――たいていはエルク――の上で小さな爆発を起こすときに使う。信号拳銃は救難機に合図するときや、自分の位置を知らせるときに使う。

収納ボックスの底にあったガソリンと血の臭いがする古い軍用デイパックを、ジョーはジ

ャンに渡した。昔森の中で見つけて、すっかり忘れていたものだ。渡す前に、パラコード一束、着火用具、一二番径のシェル一箱、ダクトテープの厚い一巻きを入れた。

「ダクトテープはどんなときも必要だ」

「あなたがそう言うなら」彼女は不満げだったが手を伸ばしてデイパックをとった。「これ、臭うわ」

ジョーは色褪《いろあ》せた〈キング・ロープ〉のキャップと釣り用の古い偏光グラスを見つけ、それもジャンに渡した。彼女はしぶしぶ身につけた。

「それからこれ」彼は自分のカービン銃を差しだした。「おれはショットガンを持っていく」

「わたし、一度も銃を撃ったことがないの」生きたヘビであるかのように、彼女はこわごわと受けとった。

「だったら、そろそろ始めてみたらいい」

「すてき」彼女はばかにしたように、わざと間延びした口調で言った。「さあ、アラブ人どもを何人か殺《や》りにいこうじゃないの」

「イラン人かもしれない」

「なんだっていいわ」

動かないピックアップから百メートルも離れないうちに、砂漠を走ってくる車の音が聞こえた。音は北東からの風に乗って運ばれてくる。

二人はさっとそちらを向き、ジョーは双眼鏡を構えた。

「白いピックアップが四台」彼は双眼鏡を下げて地平線を眺めた。未明に電磁パルス発生装置を積んだピックアップがいたのは、真南の方向だ。

彼はジャンのひじをつかんだ。「走れ。見られる前にあそこの岩まで行こう」

「彼らはおれのピックアップに警戒しながら近づいている」ジョーはジャンに言った。「荷台に乗っている男たちはライフルを上に構えている」

ジョーのピックアップから約二百メートル離れた稜線上の、古い黄色の巨礫《きょれき》の一つの割れ目から、双眼鏡で観察していた。ジャンはずっと彼の後ろに隠れていた。

「車の横についている狩猟漁業局のロゴを不安に思っているんだろう。あたりを見て、おれはどこにいるのかと思っている」

三分後、ジョーは言った。「おれはいないと判断したようだ。いまは運転台と収納ボックスをあさっている。なにもかも地面に放っているよ」

価値のあるものを残してきたかどうか、ジョーは考えた。武装した男たちが使えそうなものを。なにも思いつかなかった。

「くそ。一人がおれの赤い制服のシャツを座席の後ろで見つけた。掲げてほかの連中に見せている。あいつら、シャツを笑いものにしている」

「男は着てみせているの？」

「いや。地面に落として踏みつけている」

「陰険ね」

監視しながら、ジョーは一台目のピックアップから三台目に焦点を移し、さらに詳細に観察した。テキサス州のナンバープレートだ。いくつかの数字や文字が読みとれたが、一枚も全体を見ることはできなかった。だが、見えたものに彼はあえぎ声を洩《も》らした。

「どうしたの？」

「きみは知りたくないかもしれない」

「知りたいわよ」ジャンはいらだっていた。

彼は息を吸った。「彼らはグリズリーの頭部を一台目のボンネットの上にのせている。それから足を二台目と三台目のグリルにワイヤでくくりつけている。あきれたな、おれにはとうてい我慢できない」

切断された足はキャッチャーのミットほどの大きさだ。

「胸が悪くなる」ジャンは言った。「それに、気の毒なクーターを忘れないで」

「気の毒なクーター」ジョーはくりかえした。だが、考えていたのはＧＢ53のことだった。

一、二分黙って見ていたあと、ジョーは言った。「なんと」
「こんどはどうしたの？」

「聞けよ」

六秒後、ドンという音がした。

タイヤ、ガソリン、内装の布が燃える臭いがすぐに漂ってきた。

「あいつらはばかの集まりだ」

「どうして？」

「あいつらが車を燃やしているのは、おれが乗って走り去るのを阻止するためだ。ばかだというのは、おれがエンジンをかけることさえできないということを、あいつらが知らないからさ」

「間抜けな連中ね」

「ああ」ジョーは重いため息をついた。

四台の車と男たち全員がいなくなってから、ジョーは立ちあがったが、四台が立てるほこりがはっきりと見えていた。彼らは南へ向かっていた。

古いヒツジ牧場の方角へ。

26

ネイトは近づいてくる車——彼のジープはイエメン人が運転している——からは見られないようにして、武器庫があるという三番目の納屋の事務所にすべりこんだ。

部屋のほかの部分と同じ安っぽい羽目板でできたスライド式ドアの向こうに。巨大な鋼鉄製の銃器保管庫を見て、彼はつぶやいた。「くそ」

フルサイズの鋼鉄製の〈リバティ〉の保管庫は高光沢仕上げで、ダイヤル錠の下に五本スポークのハンドルがついていた。このサイズの保管庫は五千ドル以上するのをネイトは知っていた。つまり、イビーは本気で、サイードと彼の部下以外のだれも武器に近づけないようにしているのだ。

錠自体に圧力をかけ、障害物のタンブラーを動かし、0から試していって小さなダイヤル錠を開けた経験は何度かあったものの、このサイズと複雑な仕組みの保管庫を開ける方法はない。重さと頑丈さからして、電動工具、あるいは爆発物を使ってさえ、開けられるかどうか疑わしい。

スージー・グーデンカーフはダイヤル錠の暗証番号を知っているだろうか？　たぶん知ら

ないだろうが、探して聞いてみる価値はある。イビーは間違いなく知っているし、サイードも知っている。

ネイトは挫折感に襲われ、胸のうちに経験したことのないものを感じた。ふいに湧きあがるパニック。ティレルとヴォルクに連絡し、自分の居場所と状況を知らせる必要がある。イビーの慎重な計画と、電磁パルス攻撃は最小限の被害ですむという楽天的な確信にもかかわらず、ネイトにはもっと分別があった。こういう計画は決して思惑どおりにはいかないものなのだ。

それに、サイードとその部下の存在——スージーが懸念していたさらなる増員の可能性——を考えれば、ユタ・データ・センターで彼らが作戦を完結させることはなさそうだ。これだけの武器があるのだから、続行に駆りたてる誘因はひじょうに大きい。きわめて強力な可動式電磁パルス発生装置がひそかに全米の道路網を走りまわったら、深刻な災厄が起きかねず、イビーにはコントロールできない事態になるだろう——彼がほんとうにユタ・データ・センターだけで攻撃を止めるつもりだとしても。イビーが説明してみせたとおりに装置が作動したら、信じられないような大混乱を引き起こす。

また、注意を引かずにこっそりシェリダンを牧場から逃がさなければならない。

とにもかくにも、自分の武器を取り戻す必要がある。

ネイトは下がってドアを閉めた。二台の車が牧場の敷地内に到着し、事務所の壁のすぐ外側の二番目の納屋に入っていく音が聞こえた。二台のエンジンが切られ、ドアが乱暴に閉められた。声を抑えたアラビア語の会話が続いた。

彼らが来たとき、自分が事務所にいた理由をなんと説明しよう？


「で、おれのタカたちは元気か？」納屋のドアを開けて自分のジープへ近づきながら、ネイトはサイードに聞いた。

サイードは驚いて顔を上げた。イエメン人とシリア人は身構え、イエメン人は武器に手を伸ばした。どうするべきか指示を求めて、二人はサイードを見た。三人でなにか密談中だったので、自分の存在が邪魔なのだ、とネイトは察した。ガンマン二人は肩からライフルを下ろして彼を片づけたくてたまらないようだ。

ネイトは彼らを無視して、ジープから出した分厚い溶接工用手袋をはめると、シロハヤブサを持ちあげて点検した。

「こいつらに餌をやらないと」ネイトはサイードに言った。「そのためにあんたの帰りを待っていたんだ」

「あんたとイビーがタカたちに抱いている情熱が、おれには理解できない」サイードは言った。「子どもじみている」

「そうかもしれない」

サイードは冷たい顔でネイトを凝視《ぎょうし》した。目の隅で、サイードが腕時計を一瞥《いちべつ》するのをネイトは見た。兆しだな、とネイトは思った。まもなくなにかが起ころうとしており、サイードは時間を気にしている。

「銃を返してもらいたい」ネイトは要求した。

「いまはむりだ。タカたちと遊んでいてくれ。遊ぶのになぜ銃がいるんだ？」

イエメン人がしたりげに笑った。無表情のままのシリア人より、彼はあきらかに英語を解する。

ネイトは答えた。「なぜなら、あんたたちを殺さなければならなくなるかもしれない」

その言葉をしばし空中に漂わせたあと、ネイトはにやりとした。

サイードは笑みを返さなかった。

外へ続くドアがばたんと開いてヘンが戸口に立った。陽光に包まれて、彼の姿はシルエットになった。主任設計士は興奮しているようだ。「イビーはそこにいるか？」

ヘンの出現で、わずかに緊張が解けた。サイードは答えた。「いない」

「すぐに彼と話さないと」

ヘンは手になにかを持っていた。長方形の装置のようなものを。

「なぜだ？」サイードは尋ねた。

「ボランティアの一人がこそこそ溝へ入っていった。小便をしにいったと言っているが、そこにマリファナを隠していたんだと思う。連中のことはわかっているだろう」

それがおれとなんの関係がある？　と言うように、サイードは眉《まゆ》を吊りあげた。

「彼はこれを見つけたんだ」ヘンは近づいてきた。逆光になっている戸口を離れると、ヘンが持っているものがなにか、ネイトは悟った。ジリスの穴に隠しておいた衛星電話だ。

サイードはヘンから受けとってそれを眺めた。

「最新型だな」ヘンは言った。「だれかがこっそり持ちこんで隠しておいたにちがいない。ボランティアの一人だと思うが、なぜこんなまねを？　たぶんわたしが疑心暗鬼に陥《おちい》っているだけで、説明がつくことなんだろうが、実行を数時間後に控えているときに、何者かが警告するためにこの電話を使おうとしているようにも見える」

サイードは手の上で電話を裏返した。「どこにあった？」

「川床だ」ヘンは答えた。「一番目の納屋から百メートルも離れていない場所だ」

ネイトはサイードの顔を注意深く見守り、彼が考えているのを察した。すぐに、サイードはネイトと視線を合わせた。

「あんたのか？」

「ああ」

イエメン人とシリア人がＡＫ47を肩から下ろして構えた。二人へ視線を向けなくても、ネイトにはO形《オー》の銃口が大きな目のように自分をねめつけているのがわかった。

「どこともわからない場所で立往生したときに備えて、持っているんだ。知っているだろう、携帯は砂漠ではつながらない場所が多い。ここの状況がどんなかわからなかったし、その電話をとりあげられたくなかった」ネイトは間を置いた。「あんたたちがおれの銃をとりあげたようにね」

一瞬後、ヘンは傍目《はため》にもあきらかに緊張をほどき、長いため息をついた。「そうか、それならよかった。あれこれ心配してしまったよ」

「おれはまだ心配だ」サイードは低い声で答えた。

「電源は切ってある」ネイトは言った。「ずっと切ったままだ。使ったのは一度だけで、それはだれかに殺されかかったあの夜だ。女に電話して、大丈夫だと伝えた」

ネイトはそれ以上言い訳せず、突き放した。

「その点は調べられる」サイードは言った。「嘘をついていればわかる」

「かまわないよ」

サイードは親指で電源ボタンを押した。画面が明るくなった。サイードがメニューをスクロールするあいだ、ネイトは息を殺していた。

「受信履歴がないな。そして非通知の番号に一度三十秒間電話している」

「言ったとおりだろう」

サイードは決断を下すためにさらに電話を調べつづけた。そのかん、AK47の二つの銃口はネイトに狙いをつけたままだった。

「この話は終わりだな」ヘンは言った。「そうだろう？　わたしはトラックのところへ戻って最後の調整をしないと」

サイードは行っていいというように、戸口のほうへあごをしゃくった。それから、ヘンの背中に声をかけた。「イブラーヒームをここへ呼んできてくれ」

ヘンは眉をひそめた。「いま？　いまイビーを連れてこいっていうのか？」

「そうだ」

「言っただろう、最後のテストをしているんだ。そんなひまはない」

「彼をここへ連れてくるんだ。長くはかからない。事務所で会おうと伝えてくれ」

会話が続くあいだ、ネイトはサイードの手の中で電源が入ったままの衛星電話を強烈に意識していた。ティレルたちが電話してくるようなばかなまねをしないように、ネイトは祈った。電話が鳴り、サイードが応答して、なんだって電源を入れておかないんだ、くそったれと罵《ののし》られたら、ネイトは正体がばれるばかりか殺されるだろう。

「あとまで待てないなんて、なんなんだ？」ヘンは顔を真っ赤にしていた。「ユタまで二時間も運転台にすわっていることになるんだ。なんであれ、そのときに話せるじゃないか？」

「彼を連れてこいと言ったんだ」サイードは命じた。

ヘンは両手を上げ、憤慨《ふんがい》して立ち去った。

ネイトはサイードが衛星電話の電源を切るのを見つめていた。サイードはそれをシリア人に差しだし、アラビア語で手みじかに指示した。シリア人はうなずいてライフルを下げ、電話を受けとった。サイードはカーゴパンツの前ポケットからネイトのジープのキーを出して、それもシリア人に渡した。

手ぶりとボディランゲージから、サイードは衛星電話とキーを保管庫にある銃と一緒にしまっておくように命じたのだ、とネイトは思った。ということは、シリア人は暗証番号を知っている。

電源が入っていたのは一分半か二分ほどだった。ティレルとヴォルクは彼の位置を突きとめているだろうか。突きとめているとして、彼らがどうするのかはわからない。

「われわれは事務所へ行く」サイードはネイトに言った。そしてイエメン人に、ついてきてネイトを警戒するようにまなざしで伝えた。

「理由を教えてくれるか？」ネイトは聞いた。

サイードは一瞬ためらってから答えた。「いまからおれが指揮をとる。イブラーヒームには計画の変更を伝えるだけの借りがある」

いまからおれが指揮をとる、そして計画の変更という言葉の意味を思って、ネイトはふたたび不快な胸のうずきを感じた。

ヘンを従えて事務所のドアを開けたイビーは、あきらかにいらだっていた。ネイトはすわれと命じられた隅の背もたれのある椅子に腰を下ろしており、イエメン人が五メートルほど離れたところ——ネイトがライフルに飛びかかろうとすれば何発か浴びせられる距離——から狙いをつけていた。

シリア人は、保管庫を隠している羽目板のドアから少し離れた別の隅に立っていた。壁を背にして、AK47の銃口を下に向けているが手はグリップを握り、利き手の人差し指を引き金に伸ばしている。瞬時に構えて撃てる態勢だ。シリア人は入ってきたイビーとヘンを注視していた。

「どうしたんだ？」イビーはサイードに聞いた。「わかっているだろう、われわれはもう……」隅にいるネイトを見て、イエメン人とシリア人の位置に気づいた彼は、最後まで言わなかった。サイードは腕組みをして部屋の中央に立っていた。サイードが支配権を握ったのは、一目瞭然だった。

サイードは命じた。「ドアを閉めろ」

ヘンは閉め、顔じゅうに疑問の表情を浮かべて振りかえった。そしてイビーからサイードへ、サイードからイビーへと視線を動かした。

サイードはアラビア語で、断固としてはいるがすまなそうな口調でなにか言った。

イビーは聞いたことを拒むかのようにかぶりを振った。「英語で話せ。われわれは英語で話をする。計画の変更とはどういう意味だ?」

「われわれはデータ・センターを無力化する」サイードは答えた。「なんといっても、あそこにはこちら側が解析を望まない通信データが保存されている。だがそのあと、われわれは電磁パルス発生装置搭載車を別の標的へ移動させる」

イビーの目が光り、彼はこぶしを握りしめた。「だめだ。ぜったいにだめだ。われわれはこれを声明として、そこで計画は終わる。この武器を別の標的に使ったりはしない」

「もはやわれわれの手を離れているんだよ、イブラーヒーム。おれの手を離れている。この武器をアメリカの異教徒たちに対して使わないのは神への冒瀆《ぼうとく》だ、と指導者たちは言っている。使わないのは罪にあたる、おれは同感だ」

サイードはアラビア語に戻って数分間話しつづけた。声は抑制されていたが、彼の言葉がハンマーの打撃のようにイビーをたたきのめすのを、ネイトは目にした。いくつかの単語ならネイトにもわかった。聖戦《ジハード》、ムスリム支配下の非ムスリムの状態《ズィンミテュード》、唯一神《アッラー》——だが、あとの部分はまったく理解できなかった。

「この装置を開発する資金は中東から来たのではない」イビーは怒りで声を強めてさえぎった。「きみたちの資金じゃない。装置はきみたちのものじゃない」

サイードはそれがなにか?というように肩をすくめた。

「これがわれわれのやることなんだ、あなたもわかっている」サイードは英語に切り替えて言った。「自分たちの武器を使ったり自分たちの資金や時間を浪費する必要はない。技術の進歩は彼らにまかせて、それをただ奪えばいい場合はな。軍拡競争さ、しかし彼らがわれわれに武器を供給する」

「だが、彼らから奪うことはできない」イビーは訴えた。「わたしから奪うことはできない」

「おれには違いがわからない」

「肝心な点をきみは見失っている」イビーは言った。「われわれは戦争をやろうとはしていない。強いメッセージを出そうとしているんだ。これはわたしが人生でやりとげたもっとも重要なことで、価値のある唯一のことだ。それをわたしから、あるいはこの大義を信じるすべての人々から取りあげて、計画をなにか……野蛮なもの、時代遅れなものに変えてしまうことはできない」

「神に照らせば正しいことだ」サイードは断言した。「わが軍の残りはこちらへ向かっている。すぐにも着くはずだ」

「じゃあ、ずっと前から計画していたのか」イビーは言った。質問ではなかった。「教えてくれ、何年も前に会ったときから、こういうつもりだったのか？　わたしがやりたいことをきみに話し、きみがここへ来て警備を担当すると同意したときから？」

サイードが答える必要はなかった。彼は無言でシリア人のほうを向いてうなずき、前もって打ち合わせたことを進めろと指示したとネイトは感じた。シリア人はうなずきかえし、イビーとヘンの横を通ってドアへ向かった。シリア人のカーゴパンツのヒップポケットは、白いプラスティックの結束バンドでふくれていた。

「彼はどこへ行くんだ?」イビーは尋ねた。

「あなたのチームとあの愚かなボランティアたちを確実に掌握する必要がある」サイードは答えた。「彼はこのあと三番目の納屋の外へ彼らを連れていく」

「そのあとはどうする?」イビーの顔にはパニックが表れていた。

サイードは答えなかった。その必要はなかった。

「そんなことはだめだ」イビーは懇願《こんがん》した。「わたしが拠《よ》って立つもの、信じるものすべてに反している。こういうことはもう過去のものにしなくちゃならないんだ、わからないか?この話をしたとき、きみはわかってくれたと思ったが。わかったふりをしただけか」

サイードはうなずいた。「正しい大義のための嘘は嘘ではないと、おれ同様あなたも知っている。イスラムの教訓を覚えているだろう? なんといっても、あなたは最高レベルの教育を受けているんだから?」

イビーは言った。「不信心者を敗北させるために嘘をつくのはいい。だが、わたしは不信心者ではない」

「われわれの判断ではそうだ」

「頼む、こんなことはやめてくれ」

サイードは肩をすくめただけだった。そしてヘンに言った。「装置に不具合が生じた場合に備えて、おまえには一緒に来てもらわないと」

ヘンは青ざめた。

「奥さんはここにいてもらう。もう一度彼女に会いたければ、われわれに手を貸して指示されたことをやるんだ」

イビーに向きなおり、サイードは続けた。「ユタが終わるまで、あなたは一緒に来ていいし、忠誠を誓うなら留まってもいい。だが、こんな醜態を続けるならだめだ。あなたは西欧に長くいすぎたよ、わが友。心が邪悪な思想で汚れてしまった」

自分がどうなるか、サイードが言及しないことにネイトは気づいた。イエメン人もそれがわかったらしい。ライフルをさらに強く握りしめたからだ。

引き金を引けというサイードの合図を待っている、とネイトは思った。

だが、彼がほんとうに心配していたのは、シリア人がさしむけられた理由だった。丸腰の技術者チームとボランティアたち――シェリダンを含む――が、三番目の納屋の外で銃口の前に立たされるのが目に浮かんだ。彼らは並ばされるのか？　ひざまずけと命じられるのか？

イビーは姿勢を正した。「この作戦を乗っとるというのなら、わたしの死体を越えていけ」

サイードはあっさりうなずいた。了解したのだ。

イビーの唇《くちびる》が初めて不安げにぴくりとするのを、ネイトは見た。いま起きていること、自分の世界が変わって手に負えなくなってしまったことを、ようやく理解したようだ。

イビーは尋ねた。「ほかの標的とはどこだ？」

サイードの表情が和らいだ。「長い候補リストがある。病院、空港、インターネットを切断するためにサーバー基地、警察本部、軍事基地。そして同時に、受変電設備や発電所をピックアップしてある。この国の電気系統は難攻不落ではない。邪魔が入らなければ、破壊できる」

「なんてことだ」イビーはつぶやいた。

「たった九ヵ所の受変電設備をつぶせば、全米が十八ヵ月ブラックアウトするのを知っていたか？　十八ヵ月だぞ。十八ヵ月あればいろいろなことが起きうる」

「そうだ」イビーは言った。「何百万人も死ぬだろう」

「われわれと一緒に来るか？」

イビーはうなだれ、息が荒くなった。イビーが計画に加わるとは、ネイトには信じられなかった。

事務所の壁の向こうから、驚いた声がいくつも上がるのが聞こえた。シリア人は、地下と一番目の納屋から技術者チームとボランティアたちを外へ移動させたのだ。

「こんなことがあっていいはずがない」イビーは言った。「きみはわが民族を救ってなどいない、傷つけている。こういうことは過去のものにしなくちゃいけないんだ」

サイードは答えなかった。

「四十七ヵ月間、わたしはこれを計画し、資金を集めた」イビーの声はかすれていた。「われわれはノンストップで働いてきた――一日に十二時間から十八時間も。ふつうの日常を捨てた十五人の愛国者の常勤グループもできた、一つの目的だけのために」

彼は自制心をなくしている、無駄口をたたいている、とネイトは感じた。

サイードは聞いていたが、じょじょにいらだちを隠さなくなった。イビーは早口で話しており、英語なのでサイードがついていくには早すぎる。それに、言っても詮ないことばかりだ。

「四十七ヵ月間の作業。一、一日十二時間から十八時間も」イビーはくりかえした。「十五人の善良な男女がこの一つの目的だけのために全生活を捧げたんだ。この一つの目的――それは、電磁パルス発生装置を使い、電気、輸送、通信手段を奪って罪のない人々を殺すことじゃない」

「やめろ」サイードはきっぱりと告げた。「いまの話で、この異教徒どもがほんとうはどれほど弱いかがわかる。かつてわれわれが考えていたような堂々たる人間じゃない、もうしばらく前からわかっていたことだ。攻撃すれば、やつらは崩壊する。柔弱《にゅうじゃく》なんだ。電話したりメールしたり電気をつけたりできなくなったら、降参する。臆病者どもだ、結局のところ」

イビーは目に涙を浮かべて顔を上げた。

「おれと一緒に外へ来い」

ヘンは両手で顔をおおった。自分もだと悟ったのだ。

サイードはネイトを警戒しているイエメン人にうなずいた。なにをするかはわかっている、なというように。

ライフルの銃身でつつきながらサイードがイビーとヘンを外へ連れだすときの、興奮したやりとりをネイトは聞いていた。

ネイトはイエメン人に視線を上げた。男はネイトの胸に銃口を向けるのと、なにが起きているのか窓から見ることの両方に、気をとられているようだ。

イエメン人が窓を一瞥した瞬間、ネイトは椅子から飛びだして左へ突進し、ライフルの銃口をそらすと銃身をつかんだ。イエメン人が彼の手をもぎ離そうと前かがみになると、ネイトは男の鼻と右目に頭突きをくらわした。

イエメン人はひざをついたが、ライフルを離さなかった。ネイトは右の人差し指をトリガーガードに押しこんだので、イエメン人が引き金を引こうとしたときネイトの指はきつくはさまれてしまった――だが発砲はできなかった。ネイトは左手を下に伸ばし、イエメン人がベルトに差していた刃がぎざぎざのナイフの革を巻いた柄《え》をつかんだ。相手が反応できないうちに、ナイフを抜くとイエメン人の胸骨の下から心臓を柄元まで刺し貫いた。

イエメン人は硬直し、舌を突きだし、開いた口から末期《まつご》の息が洩れた。

ネイトはＡＫ47を奪い、右手を振った。人差し指はすでに痛んで腫れていた。

イエメン人のぴくついている体の横の地面に銃口を向け、二度撃った。閉めきった室内にライフルの銃声は驚くほど大きく響いたので、外に聞こえたのは間違いない。イエメン人が任務を完了したと、サイードは受けとめるはずだ。

火薬の鼻を突く臭いが漂い、ネイトは部屋を走って横切りながら曇った窓から外をうかがった。思っていたとおりの光景が見えた。イビーのチーム全員と寄せ集めのボランティアの一団が、納屋の広い色褪せた外壁に沿って立ち、シリア人がライフルで彼らを見張っていた。サイードがイビーとヘンを彼らの前へ歩いていかせた。イビーがもう一度激励演説をするかのように。

だが、イビーが両手を上げて彼らに警告の声を発したとき、サイードはその後ろへまわり、彼の首を耳から耳までかき切った。イビーはもはや指揮官ではないというメッセージだ。全員が恐怖のあえぎ声を洩らした。二人の女が悲鳴を上げた。

窓の下にしゃがんだとき、最後にネイトの目に入ったのは、サイードがイビーの首を切断にかかり、滝のような血がほとばしった光景だった。ネイトは多くのことを見てきたが、この残虐な行為と、それを目にした者たちの泣き叫ぶ声と苦悶の表情は、無類の恐怖として一生脳裏に刻まれるだろう。

だが、なさねばならないことがある。

彼は羽目板のドアを押し開いて保管庫の前にかがみこんだ。すぐにはわからなかったが、イビーは確実な死が待っている外へ連れだされる前に、ネイトに最後のメッセージを送っていたのだ。

ダイヤル錠に手をかけ、大きく息を吐いて気持ちを落ち着けた。イビーのメッセージを正確に思い出そうとした。

47、12、18、15、1……

彼が慎重にダイヤルをまわしていたとき、泣き叫ぶ声をじょじょに呑みこむかのような低い轟《とどろ》きが外から聞こえてきた。

数台の車が牧場に到着したのだ。

ネイトは背後の窓を振りかえり、一台ずつ通りすぎるのを見た。四台の白いピックアップ――夢で見たよりも一台多い――荷台には、夢と同様に武装した男たちが乗っていた。通りすぎるとき、二人ほどの戦士が窓のほうをにらんだが、暗い室内にいる自分は彼らには見えないとネイトは確信していた。

スージー・グーデンカーフの予想どおりだった。

先頭のピックアップのボンネットにのっているものがなにか、彼は悟った。切断されたグリズリーの頭部だ。足は二台目と三台目のグリルに縛りつけてある。

やつらはどこでグリズリーを見つけたんだ?

27

その三十分前、サボテンに囲まれた浅いくぼみに腹ばいになっていたジョーとジャン・ストークアップは、遠くで四台の白いピックアップの車列が南へ向かうのを見つめていた。くぼみは何千年もかけて砂岩に形成されたもので、嵐が来れば雨水であふれるのだろう。車列がいなくなるまで頭を下げているように、ジョーはジャンに注意した。

ふたたび遠い銃声を聞いたあと、二人はそのくぼみを見つけた。風に運ばれてきたので、銃声がどの方角からだったのかジョーは判断できかねた。聞いたかどうかさえ自分にははっきりしない、とジャンは言った。

しかしジョーは、かすかなパンパンパンという銃声を耳にしたと確信があった。これまで仕事でずっと銃声を聞き、方角を推定してきたのだ。

四台目の最後のピックアップが視界から消え、タイヤが巻きあげるほこりだけが残ったとき、ジョーは立ちあがった。

「行こう。彼らはまっすぐ牧場へ向かっていた」

「あそこへ行くつもりだったんだと思う」ジャンも立ちあがり、ジーンズの腿《もも》から細かい砂を払った。

「おれもそう思う。なにかで寄り道したか、迷ったんだろう。だが、まだ連中が牧場に着いていなくてよかった」

「わたしたち、見られた？」

「いや」

彼の推測では――推測にすぎないが――自分とジャンは古いヒツジ牧場から二十五キロ弱の地点にいる。たとえジョギングのペースで進んでも、牧場に着くまでに三時間以上かかるだろう。シェリダンがどんな目に遭っているか心配で、頭がおかしくなりかける三時間。ピックアップの男たちがグリズリーと同じくクーターの頭部も切断したなら、あいつらにはなんだってできる……

「あれ、なに？」また歩きはじめてすぐ、ジャンは突然声を上げた。

ジョーは振りむいて彼女の示すほうを見た。

白いピックアップの車列が通っていった轍《わだち》の道を、離れているので気づかれにくいがほこりの雲のしっぽからあまり遅れずに、緑色のピックアップがゆっくりがたがたと走っていく。

ジョーは双眼鏡を持ちあげた。「こいつは驚いた」

「どうしたの？」ジャンは本能的に身を低くした。

「味方だと思う」

「味方って？」

熱で視界が揺らめいていたが、フロントグリルにとりつけた排障器《カウキャッチャー》、運転台の上の小型のライト・バー、ドアのバッジ形のステッカーに見覚えがあった。

「フィル・パーカーにちがいない」ジョーはにやりとした。

「ほんと？」

「ほかにだれがここに来る？」

ジャンはかぶりを振った。「あの男に会うのが嬉しいと思う日が来るなんて」

「彼の注意を引かないと。おれたちが見えるとは思えない」

白いピックアップの男たちに聞こえるといけないので、ライフルを撃つわけにはいかないし、パーカーに無線で連絡する手段はない。

ジョーがどうしているかチェックする気になって、パーカーが来てくれたのならいいのだが。もしそうなら、パーカーの装備を借りて通信指令係にもルーロン知事のオフィスにも連絡できる。電磁パルス発生装置を積んだ車を持つヒツジ牧場の連中も、白いピックアップの男たちも、もう一台の狩猟漁業局のピックアップを標的にはしていなかった。

「これを持っていて」ジョーはジャンにライフルを渡した。そしてすばやく制服のシャツをぬいでTシャツ姿になると、制服を振りまわした。赤い色がフィル・パーカーの目に留まるのを祈って。

ジャンは言った。「わ、わ、わたしがシャツをぬいだら、彼は秒でここに来るわよ」

ジョーは笑った。希望がふくらんでいた。フィル・パーカーの出現は、この日初めて起きたいい出来事だ。

ジョーはぴょんぴょん跳ねながら、頭上でシャツを振った。

パーカーはゆっくりと前進を続けている。ピックアップらしくないのろさ加減だ。理由がなければ、パーカーがあんなにのろのろ運転するのはおかしい、とジョーは思った。タイヤ痕とほこりを頼りにできる程度には速く、だが追跡を悟られないようにゆっくりと、四台のピックアップを尾行しているのかもしれない。それならわかる。

「フィル、間抜け、こっちを見て！」進みつづける緑色のピックアップに、ジャンは叫んだ。遠く離れた道をもっと先まで行ってしまえば、パーカーが振りむいて自分たちを見ることはない。そこで、ジョーは赤いシャツを振りながら、四十五度の角度で硬い地面を横切るように走りだした。

もう年だ、そんなに走れない、と思った。だが彼は走った。Tシャツが汗で肌に貼りついた。

息が切れて走れなくなったジョーが呼吸をととのえるために立ち止まったとき、ようやくパーカーのピックアップが速度を落とした。

「よし！」ジョーは後方のジャンに叫んだ。

「方向転換している」彼女は歓声を上げた。「こっちへ来るわ」

十分後、ピックアップが近づいてきてようやく、ジョーはなにかがおかしいと気づいた。たしかにパーカーの車だが、ピックアップはどこか損傷を受けていて這うようにこちらへ進んでくる。

ジョーは双眼鏡を持ちあげ、ドアとフロントフェンダーに開いた穴によるへこみ、弾痕でクモの巣状にひび割れたフロントガラス、黒いフェイスカバーをつけた運転席の男を見た。

運転しているのはフィル・パーカーではない、だがフィルのピックアップだ。

ジョーは振りかえって背後に目をやった。ジャンは五十メートルほど離れており、自分のデイパック、ジョーが放りだしたデイパック、そして脇の下に抱えた銃の重みで、見るからに苦労している。ピックアップがそばに来る前に、彼女のところに行けるかどうかジョーはわからなかった。

「ジャン、フィルじゃない。だれかが彼の車を奪った」ジョーは叫んだ。

彼女は足を止め、とまどって顔をしかめた。「だれが？」

「わからない」

「なんなのよ……くそ」

ジョーはさっと向きなおってピックアップに相対した。そばまで来ていた。フロントグリルにも穴が開き、左のヘッドライトは撃たれて壊れていた。ガラスは壊れてひびと損傷で白くなっていたが、ドライバーが一人なのは確認できた。ほかにはだれも乗っていない。ドライバーについてかろうじてわかるのは、黒い布から出ている黒い二つの目だけだ。

「ちょっと。どうするの、ジョー？」

ピックアップは十メートル先まで近づいたところで止まったが、ドライバーはエンジンを切らなかった。運転席側のドアが開き、男が飛び降りた。グリズリーのそばで見た男たちと同じく黒の野戦服をまとい、弾倉の長いＡＫ47を持っている。

ライフルを構えながら、男はジョーには理解できないアラビア語で吐き捨てるようになにか言った。

ジョーには遮蔽物《しゃへいぶつ》がまったくなく、武器もない。デイパックに四〇口径グロックを入れっぱなしにしてきたのを悔やんだ。たとえピストル射撃のお粗末ぶりは有名だったとしても。

「よせ……」ジョーは訴えた。その瞬間、シェリダン、メアリーベス、ルーシー、エイプリルのことを思った。

殺される直前に自分はなにを思うだろう、とずっと考えてきた。

ショットガンの銃声が聞こえ、黒衣のドライバーはライフルの銃床を肩に当てる前に動きを止めた。ショットガンのそれた散弾が砂漠に土ぼこりを立てた。

男は撃たれたのか？

その問いに答えるかのごとく、ドライバーはダンスのステップを踏むようにすばやくピックアップから離れ、走りだした。そして横向きに地面に倒れた。そのときやっと、ジョーは男の黒いシャツの小さな裂け目と陽光にぎらつく血に気づいた。

肺を撃たれた狩猟動物がこういう反応をするのをジョーは見てきた。死ぬ前に最後の異様なエネルギーを爆発させるのだ。

男は長いうめき声を洩らし、それは「うっ」という音で終わった。鮮血が口のあたりの布から染みだしてきた。まだ持っていたライフルが砂の上に落ちた。

ジョーは男に駆け寄ってライフルを蹴《け》り飛ばした。そしてかがみこんで頭から黒い布をはがし、肩ごしに放った。オリーブ色の肌で黒い口ひげを生やした痩せた若者で、死んでいた。

ダブル0《オー》バックショットを胸に浴びていた。

ジョーは立ちあがり、ジャンを振りかえった。「おみごと」

二つのデイパックとジョーのカービン銃は足元に落ちていたが、彼女はまだショットガンを構えていた。必死で空薬莢《からやつきよう》を排出し、再装塡しようとしていたが、方法がわからないのだ。

「大丈夫だ。もう心配はいらない」ジョーは言った。「いい射撃だった。きみは命の恩人だよ」

「わたしたち二人の命を救ったのよ」当然のようにジャンは答えた。「そして思っていたより大変じゃなかったわ。つまり、人間を殺すことだけど」

なんと答えていいか、ジョーにはわからなかった。

彼女はまだショットガンを操作して再装塡を試みていた。動きが半狂乱になり、遅れてきたショックに襲われているのをジョーは見てとった。結局、ジャンは見かけほど怖いもの知らずではないのだ。

彼女に歩み寄り、やさしくその手からショットガンを離した。ジャンの目には涙が浮かんでいた。

「きみは正しいことをしたんだ」

「人を殺した。彼に奥さんとか母さんとか家族とかがいるのかは知らない。彼のこと、なにも知らない」

「彼がおれたちを殺そうとしていたのはわかっている。それだけでじゅうぶんだ」

ジャンは目をぬぐい、ジョーは彼女を抱き寄せた。両腕の中にすっぽりおさまった。

妻ではない女を抱擁《ほうよう》して、ジョーはうしろめたく変な感じがした。奇妙でなじみのない感覚。だが、この状況なら、メアリーベスはわかってくれるだろう。

「フィルはどうなったの？」ジャンは尋ねた。

フィル・パーカーの死体はピックアップの荷台にうつぶせになっていた。こぶし大の射出口が背中、首、腿にあった。息があるうちに荷台に乗せられたのなら、溝に残っているまだ湿った血の量からして、三十分以内に出血死したにちがいない、とジョーは思った。

彼は後ろに下がって深呼吸をし、吐き気をこらえた。目の前での戦士の死、フィル・パーカーの死体を見たことが、ワンツーパンチのようにこたえた。

視界の隅に、ジャンが近づいてくるのが映り、彼は手を伸ばして制止した。

「見ないほうがいい」

「フィルなの？」彼女は尋ね、また涙を浮かべた。

「ああ」

「彼は……」

「ああ」

少し間を置いて、彼女は言った。「あのちく、く、しょう、う、ども。さっき一人殺してよかった」

体がしゃんとしてから、ジョーはまだパーカーの血でべたついている運転台に乗りこんだ。無線機のワイヤは引き抜かれ、細長いテープのように床へだらんと垂れていた。弾が貫通したパーカーの携帯電話はばらばらになって床に落ちていた。どのみちここは圏外だろうが……

コンソールの上にはパーカーの血が飛び散った黄色の罫紙《けいし》綴《つづ》りが置かれていた。いちばん上のページに走り書きがあった。

ルーロン知事のオフィス
JPを見つけろ。金曜夜以来OOR。
777-7434へ電話。

OORとは〈通信途絶《アウトオブレンジ》〉の略だとジョーは知っていた。どれほど自分が連絡不可能な状況かわかってもらえたら、と思った。

だが、メッセージは重要で心強いものだった。つまりだれか、おそらくメアリーベスが、彼と連絡がつかないとルーロンのオフィスに警告を発したのだ。そして、ルーロンか補佐官の一人がパーカーに知らせたのだ。だから、ジョーがトラブルに巻きこまれていることを州側は知っている。

そのときジョーははっとした。フィル・パーカーが死んだのは、自分を探すように要請されたからだ。

「すまない、フィル」声に出して言った。「ほんとうにすまない。あんたは仕事をしていただけなのに」

ジョーがパーカーの収納ボックスの中を調べていたとき、ジャンが聞いた。「なにが見つかると期待しているの？」

「衛星電話だ。おれたち全員が一台携帯することになっている。そして、シャイアンのお役所がみんなの動きを把握するためにGPSも設置を義務付けられているんだが、フィルは搭載されてすぐ自分のを溝に捨ててしまった。そのままにしておいてくれたらよかったんだが」

ジョーの車と同様、後部には予備の服、キャンプ道具、検死キット、ブーツ数足が詰めこまれていた。それに多数のポルノ雑誌も。ジョーはこういうものを自分の車に積んではいないが、パーカーを責める気にはならなかった。砂漠をパトロールしているときどれほど孤独を感じるか、想像がつく。

「フィルはここでなにをしていたの？　こいつらはどうして彼を殺して車を奪ったわけ？」

「推測するしかないが、気の毒なフィルはあの四台のピックアップと遭遇して、相手は彼が法執行官だと気づき、無線で応援を求められる前に殺したんだろう。そのあと死体と車を牧場へ持っていって、証拠を消そうとしたんだ」

衛星電話収納用の傷だらけのケースを見つけて、ジョーは後ろへ下がった。

「ピックアップはあちこち撃たれたせいでかろうじて走っていた」ケースを開けながら言った。「あの死んだ男がエンジンを切らないでおいたのはよかった。切ったらたぶん二度とスタートできないと、わかっていたんだろう」

彼はケースをボンネットに置いて開けた。

「ありがたい」ジョーは梱包材から電話をとりだして、電源を入れた。しかし、バッテリーはほとんど残っていなかった。

「どこにかけるの？」ジャンは聞いた。

「おれのボス」

「やめてもらえないかな」

驚いてジョーが顔を上げると、ジャンはショットガンを彼に向けていた。

「電話させるわけにはいかないの、ジョー。イビーはこの計画に人生を捧げてきた。わたしもこれに人生を捧げてきた。何十万ドルもの資金を集め、ボランティア募集を仕切ってきたの。わたしたちがやっているのは重要なことよ。できることがまったくなくなる前に、あきらめるわけにはいかない」

「できることはまったくないんだ。こうしているあいだも、あのピックアップ四台は牧場へ向かっている。見ただろう。彼らがイビーの友だちだとはおれは思わない、きみはどうだ？」

彼女はひるみ、とまどいが顔をよぎった。

友だちだと思わないとジャンが言うなら、ピックアップの男たちはユタ・データ・センターを破壊する計画を狂わせるだけでなく、その過程でイビーとボランティアたちに害を加えるということだ。友だちだと思うなら、彼女はずっとイビーにあざむかれてきたということだ。

「わかった」とうとうジャンはショットガンを下ろした。「選択肢はないわね」

「ない」ジョーは電話を持ちあげた。

そのまま、衛星の信号を捉えるのを待った。

「わたし、とにかく……参ったわ」ジャンはジョーにというより自分に言った。

ダイヤルトーンを耳にしてこれほど嬉しかったのは、ジョーにとって初めてのことだった。

ついに声が聞こえた。「ルーロン知事のオフィスです。こちらはリーサ……」

28

外で男たちと女たちを分けたあと、戦士たちはそれぞれのグループを二番目の納屋へ歩かせ、入ると全員一メートル半の間隔を開けて床にすわるように命じた。英語ではなかったが、彼らのどなり声としぐさから、全員頭を下げたまま話してはいけないのだと、シェリダンにははっきりとわかった。ライフルを持った男が三人。一人はけさサイードと一緒にいたので見たことがある。だが、ほかの二人は四台のピックアップで来たやつらだ。

四台の出現は、三つの理由でシェリダンを怯えさせた。まず、敷地に入ってきたときサイードは歓迎の言葉を戦士たちに叫んでいた、だから知りあいなのだ。しかもサイードが歓迎の叫びを上げたのは、死んだイビーの服で手についた血をぬぐっていたときだった。つまり、彼らの到着はあらかじめ決まっていて、電磁パルス発生装置が完成して稼働できる日を狙っていたわけだ。三つ目の理由は、男たちは大勢いるので、彼女も技術者チームも学生ボランティアも、見つからずに逃げだすのはまず不可能ということだ。

シェリダンはふいに自分を愚かで臆病で弱々しく感じた——想像をはるかに超えた大規模で恐ろしいゲームの中の、一つの駒にすぎない。

新しく来た男たちの一人がライフルを構えて、すわっているボランティアとチーム・メンバーの後ろに立った。二人目の男は正面にまわった。サイードと一緒だった三人目の男は、挑発するかのように人質たちの真ん中を歩きまわった。

シェリダンが見ていると、通路の向こうでセスが頭を上げてサイードの部下になにか言おうとしたが、顔をひどく蹴りつけられた。セスは叫び声を上げ、折れた鼻を両手でおおって横向きに倒れた。指のあいだから血が流れだした。

キーラ・ハーデンがシェリダンの隣で怯えきった目をむいた。彼女もセスの身に起きたことを見たのだ。彼女とシェリダンは恐怖に満ちた視線を交わした。

仲間のボランティアの一人、コロラド大学の六回生が、自分はイスラム教徒だから助けてくれ、と叫んだとき、シェリダンは嫌悪を感じた。

サイードの部下がうなずいて、立ちあがりかけた学生に近づいた。学生は喜んで向こうにつき、あるならライフルを構える気でいるようだ。ところが、サイードの部下はライフルを持ちあげて彼の頭部を撃った——バン！——学生は砂袋のようにどさっと倒れた。彼の周囲の男子学生たちは恐怖にすくみ、痙攣《けいれん》する死体から顔をそむけた。血の臭いと火薬の鼻を突く臭いが混じりあって室内に漂った。

シェリダンの耳は、すぐそばで響いた銃声でがんがんしていた。

イビーときわめて親しい関係だとシェリダンが考えていたスージー・グーデンカーフは、すすり泣きを抑えられなかった。スージーはひざのあいだに頭を埋《うず》め、全身を震わせていた。サイードの部下が彼女の泣き声を聞いて近づき、アラビア語でなにか言うのを、シェリダンは見つめた。スージーは答えなかった。

シェリダンは目を閉じて二度目の銃声を待った。

隣の納屋で巨大なディーゼルエンジンの音がして、殺人者の注意がそれたので、彼女はほっとした。二台のトレーラートラックが順番にバックで発進し、アイドリングしたまま外で停車するあいだ、音は壁を揺るがして地面を振動させた。

壁ごしに、五、六人の声がシェリダンの耳に届いた。着いたばかりの男たちはがなり声の切迫した口調で話している。いつでも出発できる万全の態勢なのはあきらかだ。

なにをするために？とシェリダンは思った。

「あたしたちみんな殺されちゃう」顔を寄せて、キーラはささやいた。外のエンジンの轟音《ごうおん》のせいで、彼女の声は殺人者に聞こえなかった。じつは、シェリダンにもよく聞きとれないほどだ。

キーラは言った。「ねえ、ビデオを見たことがあるの。やつらがオレンジ色のジャンプスーツを着た男たちを浜辺へ歩かせて、まるで振付けされたみたいにいっせいにのどをかき切るやつ。見たことある？」

シェリダンはすばやくかぶりを振った。キーラに口を閉じてほしかった。

「じゃなきゃ、あいつらはあたしたちをひざまずかせて後ろへまわって、頭に弾を撃ちこむのかな。少なくともそのほうが早いよね。そのときが来るまで、あたしたちにはわからない。とにかく、あいつらがするほかのことをしないように祈る。たとえば生きたまま焼き殺すとか、十字架にかけて砂漠に置き去りにするとか」

少し黙ったあと、キーラは続けた。「もしかしたら、男にしかそういうことはしないかも。あたしたちはしばらく生かしておくかもよ。言ってること、わかるでしょ？　これは人生最悪のくそったれな週末よ」

「シーッ、お願い」

「殺されるのが怖い？」

「もちろん」シェリダンは答えた。「イビーとコロラド大学の大ばかがどうなったか、見たでしょ」

「でも、セスの頭を蹴ったのはそれほどひどくなかったよね？」

こんなときに冗談を言うなどありえるだろうかと、シェリダンはキーラを一瞥した。冗談だった、もっとも彼女の目は尋常でなくうつろだったが。ショック状態なのか、あるいはシェリダンが会った中でいちばん冷たくタフな人間なのか。たぶん両方だろう。

キーラってとんでもない子、とシェリダンは思った。

ほかのだれかの――自分のではない――悪夢の中にいる。シェリダンはそんな気がした。たぶん昨夜眠れなかったのと、けさからの慣れない新しい環境のせいだ。そして集団で外へ出されてイビーの頭が切り落とされるのを目撃したのは、いま感じている非現実的な感覚の一因に間違いない。

サイードと二人の手下と同様、新しく来た男たちは現実の人間ではなく別の人間のように見えた。彼らとどうコミュニケーションをとるべきか、同じ人間同士としてどう闘うべきか、まったくわからない。たとえ現代の武器や携帯電話を使っていても、別の世紀、別の文化から来たようだ。彼らはイビーや人質たちに軽蔑しか抱いていない。

まわりにすわっている学生たちは、彼らにとってもまた現実の人間ではないのだ、とシェリダンは悟った。彼らにとって自分たちは全員敵であり、蔑《さげす》んでいる世界のはみだし者の集団なのだ。あるいはそれ以下かもしれない。

自分もスージーのように泣くか、キーラのように現実感覚を完全に手放すべきなのに、とシェリダンは思った。夢中歩行しているような気分だ。あちらへこちらへといいように動かされ、命じられたとおり土の上にすわり、次に死ぬのはだれだろうと考えている。自分と同じくキーラを打ちのめしたのは、ショックなのかもしれない。脳が、周囲で起きていることを受けいれたり、それに反応したりするのを阻み、そこから距離をとらせているのかもしれない。

今日は土曜日だ、とシェリダンは思った。ルーシー、エイプリル、ママとパパのことを考えた。家族がどこかでみんな一緒にいると想像するのが好きだったが、それはまずありえない。自分が大人になるにつれて、家族全員が集まる機会は減っていった。

これほどみんなと一緒にいたいと願うことになるなんて、わかっていなかった。

だが、ある意味、自分がどこにいるのかだれも知らなくてよかった。

もし知ったら、恐ろしくて家族はとても耐えられないだろう。


外で、エンジンの一つがうなりを上げ、トレーラートラックの一台ががくがくとギアを入れる耳ざわりな音がした。そのトラックが発車するとき、シェリダンは納屋に流れこむディーゼル油の臭いを嗅いだ。その臭いで吐き気がした。

部屋の前方にいる戦士が振りむいて窓から外を眺めているのに、彼女は気づいた。きっと通りすぎるトラックを見たいのだろう。サイードの部下がどなりつけ、男は向きなおった。人質たちに注意を払うのを怠ったことに、当惑と怒りの両方を感じているようだ。

一台目の大きなトラックが轟音とともに走り過ぎて窓の光をふさいだとき、納屋の中は一瞬暗くなった。次に二台目が通った。四台の白いピックアップが続いた。荷台に乗っている男たちのシルエットをシェリダンは見た。彼らは「アッラーは偉大なり《アッラーフ・アクバル》」と叫び、ライフルを上下に勢いよく振っていた。

出来の悪いアニメみたいだが、これは現実なのだ。

「あいつら、どこへ行くと思う?」キーラは尋ねた。「やっぱりユタかな?」

「わからない」

「教えてあげようか？」キーラの声は大きすぎた。「いまわかったけど、あたしもわからないし、もうどうだっていい。だって、あたしはここで死ぬんだもの。くそったれキャンピング・ツアーで死ぬんだ」

「キーラ、ちょっと」

「ねえ」キーラは辛辣《しんらつ》な口調で続けた。「イルカと一緒に泳いでたり、世界平和に貢献したりしてるときにかっこよく死ねないのよ。ぜったいいや。それどころか、あたしは世界でなによりも憎むことをしながら死ななくちゃならない。皮肉だと思わない？」

シェリダンは周囲を見た。殺人者がこちらへ向きかけている。話し声のするほうへ。

「お祈りをする相手さえだれもいない」キーラは言った。「くそ、いまわかっちゃった」

「黙って、お願い」

「シェリダン」キーラの声が突然の涙でくぐもった。「ここへ連れてきてごめん」

「あたしもよ、でも黙って」

シェリダンは目をつぶり、さっき一緒にいる家族を想像したときの気持ちを思い出そうとした。あのときつかのま、彼女は慰《なぐさ》められた。

家族全員が朝食のテーブルについている――ルーシーは天使のようだし、エイプリルは不機嫌だし、ママは二人のあいだに入ろうとしているし、パパはパンケーキを焼いているガス台の前から困ったような顔で見ている。

こんどは、ドアの枠に寄りかかってみんなを見守っているネイトの存在に気づいた。さっきもいたのかどうか、思い出せない。

目を開いて彼が納屋の窓の外をさっと通りすぎるのを見たとき、まだ夢の中にいるのだとシェリダンは思った。

そして、納屋の横のドアが蹴り開けられてそこにネイトが現れたとき、夢ではないと悟った。

29

驚いたことに、保管庫の中で自分の五〇口径、暗号化機能付き衛星電話、弾薬三箱のほかに、フリーダム・アームズ社製のスコープ付きリボルバー四五四カスールをネイトは見つけた。ほかの武器もたくさんあった——セミオートマティック・ピストル、手榴弾《しゅりゅうだん》、ヘッケラー&コッホUMPサブマシンガン六挺《ちょう》——だが、そのままにしておいた。セミオートマティックやオートマティックの武器は、狙ったものに命中させられない者が持つのだ。

夢と同じく四五四がそこにあったことで、彼の心にまとわりつく悪い運命と必然の感覚は強まった。

電話の電源を入れ、ショルダーホルスターを身につけ、五〇〇ワイオミング・エクスプレスの装填を確認し、トレーラートラック二台とピックアップ四台が前進して丘を越えるまで待った。それから三番目の納屋を飛びだすと二番目の納屋へ走り、よごれた窓の隅から中をのぞいた。

土の床の上で、スージー・グーデンカーフの近くにシェリダン・ピケットがすわっていた。彼女は目を固く閉じていた。怯えている様子だった。

何十メートルもの上空から、ハヤブサが眼下の獲物を見分ける瞬間がある。猛禽《もうきん》は上昇気流の中で一瞬失速し、羽を閉じて、優雅に百八十度旋回する。

弾丸のようななめらかな流線形となったハヤブサは、急降下してどんどん加速し、時速三百二十キロに達する。地上で最速の生きものであり、変化する逆流と大気の層を引き裂いて、わずかに片翼を動かしたり頭の角度を変えたりすることで、獲物に対して完璧な狙いを保ちつづける。急降下しながら、獲物が――なにも怪しまず池から浮上するカモであれ、若草を探すウサギであれ――ほかのすべてを排したただ一つの本物になるまで、ハヤブサは狙いを狭める。

驚異のスピードで獲物に迫りながら、ファイナルアプローチに入った飛行機の着陸装置のようにハヤブサは鉤爪《かぎづめ》を出す。鉤爪はぎゅっと丸まっている。

それは鷹匠のあいだでは〝ヤラク〟の状態として知られている。最終的には、ハヤブサが襲いかかった瞬間に獲物の血と組織が爆発するように飛び散るのだ。

納屋のドアを蹴り開けてすっとしゃがんだ瞬間、ネイトにとってただ一つの本物は、AK47を構えて人々を威嚇《いかく》している、シリア人を含めた三人の男だった。

見たことのないガンマン二人は、ピックアップで着いた連中だろう。一人目はネイトに背を向けて人質たちの前に立っていた。二人目は、人質たちを監視できる奥の位置にいた。シリア人は男女のあいだを歩きまわっていた。ドアが乱暴に開けられた音に、シリア人はネイトと同じくすばやく身を低くし、標的として小さくなった。

もっとも直接的な脅威である奥にいた男を、ネイトは最初に撃った。体の中央を狙い、男は後方へ跳ねあがってどさっと着地し、ライフルはその脇に落ちた。

正面の男が銃声にさっと振りむき、急いで二度雑に発砲したが、弾はネイトの頭上——本来彼の頭があるべき場所——を越えて、開いたドアから外へ飛びだした。

大きな反動から五〇口径を水平に戻すあいだにネイトは撃鉄を起こし、正面の男の鼻の横を撃ち抜いた。五〇口径スラッグ弾の威力で、即死した男はすわらされている男たちの中へ投げだされた。

人質たちから悲鳴や叫び声が上がったが、ネイトは無視した。左側へ飛んで、自分の体が戸口でシルエットになって格好の標的となるのを避けた。

陽光が背後から射しこみ、暗い納屋の中でシリア人は一瞬目が見えなくなるはずだ。突入したいま、シリア人の目が慣れるひまがないのを彼は祈った。壁沿いに低くなって走り、建築用ブロックの上にのった古い錆《さ》びついたトラクターの裏にまわった。

シリア人はネイトを倒そうとはせず、なんとかしてまた発砲させまいとした。人質の中から若い女をひったくるようにして立たせ、自分に引き寄せて盾にしたのだ。シリア人は彼女ののどに腕を巻きつけ、持ちあげることで人質を直立状態にした。彼女は痩せていて目は黒く、小鳥のようだった。シェリダンの隣にすわっていた女だと、ネイトは気づいた。

知っている声――シェリダンの声――が「キーラ！」と叫んだとき、ネイトの〝ヤラク〟の状態は中断された。

シリア人は女の体と彼女の右腕のあいだからライフルを突きだしていた。銃口は揺れ、ネイトはトラクターの陰にしゃがみこんだ。相手はこちらの居場所をわかっていない。

納屋の中のパニックの声をネイトは意識から遮断した。男たちはあわててしゃがんだまま横歩きでシリア人から遠ざかろうとしていたが、まだ立ちあがって走りだす勇気はないようだ。女たちは悲鳴を上げて、むきだしの手のひらで弾をかわせるかのように両腕を伸ばしている。

シリア人が自分を見つけ、トラクター本体の隙間を縫って直接命中するか、同様のダメージを与えられる跳弾になるのを期待して発砲するまで、一、二秒しかないとネイトにはわかっていた。あるいは、シリア人は人間の盾を撃って銃をほかの人質に向けることもできる。

ネイトはすばやく二挺のリボルバーを持ち替え、右手にスコープ付きの四五四を握った。立って、腕をトラクターのボンネットの上に置いた。キーラの拡大された茶色の目がスコープいっぱいに映った。その目には涙がにじんでいた。

発砲すれば彼女に当たってしまう。

そのとき、シェリダンが友人に向かって飛びだして彼女の腰に抱きつき、シリア人の手から引き離そうとした。ネイトはわずかに銃を動かし、スコープ内にシリア人の右目を捉えた。そして撃った。

シリア人は頭部の左側だけが残った状態で後ろへよろめいた。シェリダンは床に倒れたキーラに覆いかぶさって守った。

必要なかったにもかかわらず、ネイトはシリア人の胸にも弾を撃ちこんだ。なにかの拍子にライフルの引き金を人質たちに向かって引くことのないよう、瞬時に倒すためだ。

トラクターの後ろから出ていくと、安堵の叫びと恐怖の金切り声に迎えられた。彼は叫んだ。「あいつらはほかにもいるか?」

ボランティアたちと技術者チームのメンバーは、程度が違えどそれぞれが悲しみ、恐れ、純粋な怒りの中にいた。女たちはたがいに抱きあって叫んでいた。男たちはただ立ちつくして、ネイトが何者なのか、次は自分たちを襲うのか、わからずにいた。

「いま聞いたのは……」

「いいえ、ネイト。やつらは三人だけであなたは全員やっつけた」シェリダンだった。キーラを抱えて倒れこんでいる地面から顔を上げていた。

「彼女はけがを？」

シェリダンは友人から身を離した。「ううん、けがしてない」

「いい作戦だった」ネイトはシェリダンに言った。

「あたし、死ぬところだった」キーラがすすり泣きで声を詰まらせた。

「彼女はこう言ってるの、命を助けてくれてありがとうって」シェリダンは言った。

「もっと悪い結果になっていたかもしれない」

シェリダンは目を大きく見開いた。「あなたがここにいるなんて信じられない。パパも一緒？」

「いや。なぜ彼がいるんだ？」

「さあ。ただ、ときどき二人で協力してるって知ってるから」

「それはあとで話そう」ネイトは進み出て人質たちに呼びかけた。

「よし、みんな。脱出するぞ。荷物をとってきたり、起きたことを話しあったりするんじゃない。とにかくさっさとここから逃げだして家へ帰るんだ」

彼は全員の注目を集めた。「ここまできみたちが運転してきたバギーのキーは全部、三番目の納屋の保管庫にある。そこには銃もあるが、持っていくな。キーだけを持って合うATVを見つけ、行くんだ」

スージーが気をとりなおして尋ねた。「ここでのわたしたちの仕事はどうなるの？」

「もう終わった。乗っとられたんだ」

「でも……」

「終わりだ。彼らと一緒に行け。全員だ」

ネイトは三人の男の死体を示した。「トラックが無事に出発するまで、あいつらはきみたちをここに留めておいたんだ。全員殺せという命令を待っていた」

数人の男はどうしたらいいのかわからずにためらった。スージーも同じで、この一年半を捧げてきた場所から離れるのをあきらかにいやがっていた。

ネイトは彼らに聞いた。「あいつらが戻ってきたとき、ここにいたいのか？」

「くそ、まさか」折れた歯のあいだからセスが言った。蹴られたせいで左目は腫れて閉じていた。

「だったら行け」ネイトはセスを促《うなが》し、シェリダンにはこう言った。「きみは別だ。おれと一緒に来い」

「キーラは？」

キーラは懇願するような目でネイトを見上げた。ほかのボランティア五、六人もすがるような視線を向けた。どうやら、銃を持った男と一緒にいたいらしい。

「彼女には手を焼いているんじゃないのか」ネイトは言った。

「ああ、たしかにそう」シェリダンはうなずいた。「でも、あたしたちルームメイトなの……」

「きみたち二人だけならおれのジープに乗せられる。タカたちにスペースが必要なんだ」

シェリダンがキーラをネイトのそばへ連れてきたとき、彼はスージーが動いていないのに気づいた。

「わかった、きみも来い」

しぶしぶと、スージーはシェリダンとキーラのあとからついてきた。

「ジープはそこにある。少しのあいだおれのそばを離れるな、そのあと脱出する。いまは、電話をかけないと」

ネイトはヒップポケットから衛星電話を出して、短縮ダイヤルに登録されたただ一つの番号にかけた。

一回目の呼び出しでティレルが応答した。

「おれの居場所はわかったな」ネイトは言った。

「わかった。三十分ほど前に受信したが、そのあとまた音信不通だ。いま、あんたを画面上で捉えた」

「よし」

「携帯の電源を入れたままにして、指示に従う決心をしたのか？」

ネイトは答えなかった。

「イビーを見つけたか？」

「ああ」

「悪事を企んでいるのか？」

「企んでいた。だが、いまははるかに大きな問題がある」

ティレルはちょっとためらってから言った。「われわれはそっちへ向かっている。どんな行動にも出るな——じっとして騎兵隊の到着を待て。そのあと状況を説明すればいい。聞こえたか？」

「ラジャー」ネイトは答えた。とはいえ、だれかに——それが何者であれ——理由を説明せずにこうしろと指示されたり、どんなことであれ高飛車に命令されたりしたときはいつもそうだが、怒りを感じた。イビー、納屋、電磁パルスについてティレルはどの程度知っていたのかと彼が聞く前に、通話は唐突に切れた。

かけなおそうかと思ったが、やめておいた。短い会話はまったく腑《ふ》に落ちなかった。ティレルはイビーがなにをしていたのか、まだどんな脅威があるのか、聞かなかった。

ネイトはシェリダンとキーラに言った。「行くぞ。走れ、歩くな」

「でも――」スージーが言いかけた。

「急げ」片方のリボルバーをホルスターに差すと、ネイトは彼女の腰を抱えるようにして走りだした。

だがすぐに、遠くから近づいてくるヘリコプターの腹に響く低いプロペラ音が聞こえた。

30

その十分前、フィル・パーカーのピックアップの弾痕だらけのフロントガラスの向こうに、ジョーは見たと思った。割れたガラスはたしかにゆがんで、近づいてくる数台の車を拡大し、二台のフルサイズのトレーラートラックを含む車列のように錯覚させているのかもしれないが。

運転席側の開いた窓から顔を突きだし、目をこらした。

幻ではなかった。地平線で、トレーラートラックのぎざぎざの歯のようなクロムめっきのグリルに太陽が反射し、すぐに後ろの一台にも反射した。前に見た白いピックアップのうち二台が巨大なトラックを先導し、三台目と四台目がその後ろについている。

「ああ、なんてこと」ジャンが言った。「あれが話していたトラックよ。電磁パルス発生装置を搭載しているの」

「きみの相棒のイビーは」

「ユタへ向かっているにちがいないわ」

「エスコートを連れてね。つまり、トラックはハイジャックされたか、相棒のイビーが約束の地へエスコートしてくれる彼らを待っていたか、どっちかだ」

「そんなふうに〝相棒のイビー〟って言うのはやめて。彼を貶《おとし》めているわ」

「やれやれ、彼はきみを売ったんだ、そうだろう?」

「あなたが彼に会うまで待って。もう見ることはなくなった種類の人間よ、彼は。本物の、神に忠実な指導者」

「おれたちがやつらを見たなら、向こうもこっちを見ている。さあ、どうするべきか考えないと」

「わたしが彼に話す」ジャンは自信を持って断言した。

「彼とは?」

「イビーよ、もちろん」

「じゃあ、彼があの中に加わっていると思うんだね?　まっすぐこっちへ近づいてくる車の

「どれかに乗っていると？」

運転しながらジョーはかぶりを振った。パーカーのピックアップはさんざん弾を浴びているので時速三十キロちょっとしか出ない。油圧計はデッドゾーンにまで落ち、温度目盛りは限りなく赤だ。向きを変えて後退しても、すぐに追いつかれてしまう。停止すれば、エンジンは二度とかからないにちがいない。

「もしイビーが一緒じゃなかったら?」ジョーは言った。「イビーは武器を奪われて、いまは彼らが勝手に行動しているとしたら?」

「だったら、わたしたちは殺されるかも。だって、フィルはたいした理由もなく殺されたんだもの。あいつら、わたしたちに通報されたくないでしょう」

「同感だ」

「じゃあ、どうする?」ジャンの声には冷たい恐怖がにじんでおり、ジョーはもっともだと思った。彼の胸にも氷のかたまりができつつあり、ハンドルを握る指から感覚が失せていく。

「さっききみが撃った男は無線機を持っていなかったし、フィルのは壊れている。彼らは男がどうなったか知らないんだ。向こうは、男がまだ荷台に猟区管理官の死体を乗せて、このピックアップで牧場へ戻っていると思っている」

彼女はうなずいて続きを待った。

「もしまだ男が運転していると思っているなら、おれたちを通してくれるかもしれない」

「あなたの顔をおおう黒い布がいるわ」

「持ってないよ」

「探してみる」ジャンは後ろを向き、後部ベンチシートの上のパーカーの備品を調べた。

近づいてくる車列に向かって、ジョーはそのまま運転を続けた。一キロ半ほど離れているが、思ったより早く接近してくるので不安になった。向こうはこちらを認めて、味方だと考えたにちがいない。先導車が攻撃的な行動に出る気配はないからだ。この車の速度を上げられるか隠れられる道を探そうと、ジョーは開いた窓から左右を見た。

そんな道は空想の中にしかない、とわかってはいた。

「赤いシャツが二枚あるけど、黒い布はないわ」

「そうだろうな」

十五人近い武装した男たちがまっすぐこっちへ来る。ジョーは人数でも武器の数でもはるかに劣勢だ。たとえ正体に気づかれる前に二人ぐらい倒せたとしても、あとの男たちにたちまちやられるだろう。

停車して慈悲を乞うのは論外に思えた。クーターとグリズリーの頭を切断した連中は歯牙にもかけまい。

「ねえ、これはどう」

ジャンが見つけたのは、車の床に丸まっていた黒い〈ジャックダニエルズ　テネシーウイスキー〉の古くさいTシャツだった。

「これが唯一の可能性かも。ほら、その赤いシャツをぬいで……」

ジョーは運転しながら彼女に手伝ってもらって赤いシャツをぬぎ、Tシャツ姿になった。

彼女は制服のシャツを丸めて座席の後ろへ放った。それから〈ジャックダニエル〉のTシャツを裏返し、彼の頭から肩までかぶせた。ジャンが下へ引っ張るあいだ、彼は前が見えなくなったが、やがて袖ぐりからのぞけるようになった。Tシャツは、汗とアルコールとパーカーの麝香《じゃこう》の香りのコロンの臭いがした。勤務明けに、ローリンズのバーでこれを着ているパーカーが目に浮かんだ。

袖ぐりが目出し帽の開口部状になるまで、彼女はTシャツを引っ張った。

「いけるんじゃない」彼を値踏みして、ジャンは言った。

「もしかしたらな」ジョーの声はくぐもっていた。「デイジーを押さえて床に伏せろ。彼らにきみを見られるわけにはいかない」

彼女はすばやくうなずいた。デイジーはおとなしく床の上で彼女の下になった。

「話しかけられたら、おれは聞こえないふりをする」ジョーは言った。「もし止められたら……」

「わかってる、わかってるわ」

ジョーは運転を続けた。ハンドルを握る手は汗でぬるぬるして、呼吸は浅くなった。前輪をしっかり砂の轍の上に保つのが、むずかしくなってきた。

白いピックアップが五十メートルまで迫ったとき、彼はパーカーの車を路肩から外れた砂漠に出し、車列に轍の道を譲った。先導車のドライバーと助手席の男は近づきながらこちらにうなずき、彼もうなずきかえした。

縛りつけられたグリズリーの大きな頭は、ボンネットの奇怪なオーナメントのようだった。分厚い毛には乾いた血とほこりがこびりつき、鋭く黄色い歯のあいだから舌が出ていた。ジョーは不快感と胸の悪くなる恐怖の両方と闘った。

ピックアップの荷台の戦士たちはパーカーの車より高い位置にいたが、こちらの運転台の中を見てジャンとデイジーに気づくことはなく、荷台の猟区管理官の死体のほうに興味を示した。一人が死体を指さして、撃つ真似をした。もう一人が笑った。

轟音とともに横を走り過ぎるトレーラートラックのドライバーたちを、ジョーは見つめないようにした。

二台のトレーラートラックはものすごいほこりを巻きあげたので、後続の白いピックアップ二台のだれにもこちらをはっきりとは見られずに、ジョーはやりすごすことができた。彼は左手を伸ばしてほこりの向こうへ手を振り、戦士二人が飽き飽きしたように振りかえした。

三台目のピックアップが通り過ぎたとき、ジョーはほこりの切れ目からグリズリーの足をちらりと見た。

「伏せていろ」彼はしわがれ声でジャンに言った。

「了解」

車列が行ってしまうと、ジョーはパーカーのピックアップを轍の道に戻した。心臓はまだ激しく打っており、ジャンに聞こえないのが不思議なほどだった。

遠ざかる車列を彼はバックミラーで見つめた。二分後に言った。「うまくいったようだ」

「もう起きていい？」ジャンは聞いた。

「ああ」

彼女は前部座席に這いもどり、デイジーも一緒に来て二人のあいだにすわった。

「あぶなかったよ」彼はふいに激しい疲労をおぼえた。車列が通り過ぎるあいだ沸騰《ふっとう》していたアドレナリンは消えていき、恐れがとってかわった。

「そのTシャツで間に合ったなんて、信じられない」しばらくして彼女は言った。「あなた、このあとずっとそれを着ていたいんじゃないの。幸運のTシャツよ」

「フィルには幸運はなかった」ジョーはそれをぬいでまた制服のシャツを着た。

「イビーを見た？」ジャンは尋ねた。

「さあ。大勢いたからな。どんな顔をしているのか知らないし」

「ああ、もう」

「外見を説明してくれ」

　ジャンは疑わしげに彼を見た。「背が高くて浅黒くてハンサム。知的で洗練されている」

「年は？」

「二十代の終わりか、三十代初め」彼女はジーンズのポケットに手を入れた。「ほら、サンフランシスコで一緒に撮った写真よ」

　ふつうならスマートフォンを出すだろうが、彼女は薄い財布をとりだした。

「写真て覚えている？」彼女はラミネート加工した数枚の写真の中から一枚を掲げた。その写真で、彼女は彫りの深いハンサムな男を抱きしめていた。背景にはゴールデン・ゲート・ブリッジが写っていた。

「断言はできない、彼らのほとんどが黒いマスクをつけていたから。だが、おれが見た中にはいなかったと思う」

「あいつら、彼を殺したんだ」

「それはわからないよ」

「一緒にいなかったのなら、殺されたのよ。彼は決して、あのトレーラートラックをだれにも渡したりしない」

「残念だ」

ジャンは両手に顔を埋めて悲鳴のような叫び声を上げた。その声に驚いたデイジーが、説明を求めるようにジャンを見上げた。

叫び声はすすり泣きに変わった。「あいつらはくそったれのけだものよ。なにもかもだめにした。ほんとうに彼を見なかったのね？」

「まず間違いない」ジョーは答えた。

「全員殺してやる」彼女は低い声で罵った。

「とりあえずは、優先事項からだ」

「聞いて」身を乗りだしてジョーの肩をつかんだジャンの目は、懸念で大きく見開かれていた。「あいつら、わたしたちを殺しに戻ってくる」彼女の態度は悲しみから怒りへ、いまはショックへと変わっていた。声は沈んでいた。

彼も聞いた。低い轟音を。

「彼らじゃないよ」

「だったらなに？」

ジョーが答える前に、四機の攻撃ヘリコプターの編隊が南の地平線に現れた。編隊は急速に接近し、古いヒツジ牧場がある谷へ向かっているようだ。

「あれは味方だ。ルーロンがやってのけて、ＦＢＩを動かしてコロラドの基地からヘリを出動させたにちがいない」

「よかった」

「ああ」彼とジャンは喜びの視線を交わした。

彼女はなにか言おうとしたが、ヘリの両脇からたてつづけにミサイルが発射された甲高《かんだか》いシューッという音に、言葉はかき消された。

ジョーは言った。「さっきの車列はこれでおしまいだな」

ところが、ヘルファイア・ミサイルの第一波が頭上の空を飛ぶのは見えず、谷の方向で起きた複数の爆発音で大地が揺れた。

牧場を攻撃している。

そして彼は思った。シェリダン。

古い牧場の建物群の破壊は、きわめて迅速かつ徹底的、壊滅的におこなわれた。

ジョーは谷間を望む丘でピックアップを止め、旋回するヘリコプターが建物群を地獄と化すのを見つめた。心は凍りついていたが、目をそらすことができなかった。

三つの大きな納屋が次々と吹き飛んだときの爆発で、地面が揺れた。古い母屋は直撃をくらい、煙の上がるクレーターにすぎなくなっていた。煙と土の黒い渦が、こぶしのように砂漠から噴きあがる。そして納屋の古い乾いた板は、いまやマッチ棒の重なりにすぎず、荒れ狂う炎に包まれていた。

来たときと同様にすばやく、ヘリは上昇して向きを変え、V字形の編隊となって南へ飛んでいった。仕事は終わったのだ。

任務完了。

ジョーは傷だらけのピックアップの側面に力なく寄りかかっていた。脚が自分を支えてくれるかどうか、心もとない。

耳は衝撃でがんがんして、ジャンが大声で「だれか脱出したの」と言ったときもほとんど聞こえなかった。

彼女は続けて言った。「どうして、ジョー？　どうして牧場を破壊したの？」

彼は心が麻痺《まひ》して言葉が出なかった。

すぐに鼻を突く煙の臭いが漂ってきた。目がうるみはじめたので、ジョーは顔をそむけた。少なくとも、煙のせいだと思いたかった。

向きなおる前に、眼下の谷を東から西へと眺めた。車両の姿はなく、木《こ》っ端微塵《ぱみじん》になる前に建物から逃げだした人影も見当たらない。

彼に答えがわかるかのように、ジャンは質問しつづけた。問いかけはもう耳に入らず、ジョーは彼女に背を向けつづけた。広大な砂漠の北方を見つめ、なにも目に入らずなにも聞こえず、のどの奥に硬く冷たい恐怖のかたまりを感じ、それは自分を呑みこむまで大きくなりそうだった。

ジャンの問いかけと耳鳴りのせいで、近づいてくる車の音も砂を踏む足音も聞こえなかった。

だが、ネイトが「シェリダンを一緒に連れてきたぞ」と言ったとき、ジョーはわれに返った。友人は続けた。「だが、彼女のママにだれが話すんだ？　おれはそのときそばにいたくはないな」

ジョーはさっと振りむいて、安堵のあまりピックアップのボンネットの上に両手をついた。支えがないと、くずおれてしまいそうだ。

奇妙なことに、その瞬間彼が目にしたシェリダンは、七歳で金髪で歯が抜けていて、手足はひょろ長く、大きな緑の目をしていた。

だが彼女はそこにいる、彼の二十二歳の大学生の娘。ほかの二人の腕の中からぬけだして、ネイトのジープから降りていた。ほかの二人は痩せた若い女と、疲れきった様子の三十代のやつれた女だった。三十代の女は顔を上げてジャンに手を振った。ジャンも振りかえした。女たちは知りあいなのだ。

「パパ、ほんとうにごめんなさい」シェリダンは全身を見せるのを恥じるように、ネイトの後ろにくっついていた。

「あやまって当然だ」

「ネイトがいなかったら……」シェリダンは口を閉じ、さっきまで牧場があった場所から上がる黒い煙を顧みた。

「この子をあそこから連れだしてくれてありがとう」ジョーはネイトに言った。「二人とも、探していたんだ」

「そして見つけたな」ネイトは言った。「というか、おれたちがあんたを見つけた」

「いったいここでなにがあった?」

ネイトの顔つきはストイックだった。冷静きわまりないときこそ、ネイトがもっとも危険な男であることを、ジョーは知っていた。

「ヘルファイア2空対地ミサイルを搭載した、四機のボーイングAH-64Eアパッチ・ガーディアンだ。全員を抹殺するために来た——悪人も、技術者も、だれもかれも。おれたちは付帯的損害と見なされていたんだ」

ジョーはとまどって首を振った。

「チームはどうした?」ジャンはジープから降りてきた女に聞いた。

「彼らはATVで逃げた」スージー・グーデンカーフは答えた。「ボランティア一人と……

イビー以外は」

ジャンとスージーは抱きあった。片方、もしかしたら両方が泣いていた。ジョーはネイトに向きなおった。

「どうしてヘリは車列を追わなかった?」

「わからない、だが推測はしている」ネイトは言った。

「車列のことを知らなかった可能性は? 本拠地でたたくつもりだったが、十五分遅かったということか?」

「どんな可能性もある」

そのとき、フィル・パーカーのピックアップのボンネットの下のエンジンが震えて止まった。

「そうだな」ジョーは苦々しく答えた。

ネイトはジョーに背を向けた。両手を腰にあてて、谷間をじっと見下ろしていた。考えながら。

「ママは知ってる?」抱きあってから一歩下がってお互いの様子を確かめたあと、シェリダンはジョーに尋ねた。シェリダンはよごれているが無事だ、とジョーは思った。子どもだったとき、ショックなものを目撃しても心は折れさせまいと決意した娘の目に認めた、遠くを見るような表情がいまその目にある。こういうところは母親似だ、と彼は思った。シェリダンは強い心を保ち、この瞬間から逃げていない。

「いや」ジョーは言った。

「パパは話す？」

「その答えはわかっているだろう」

シェリダンはつかのま目を閉じてから言った。「ママがあまりパニックにならないといいんだけど。自分がなにをしてるのかわかってなかったの。だれもわかってなかった」

「全部あたしの責任」シェリダンのルームメイトと自己紹介し、腕組みをしてジープに寄りかかっていたキーラが言った。「なにもかもあたしのせいなのは、これが初めてじゃないんだけど」

「ねえ」シェリダンは彼女に言った。「いまはやめて。なんでも自分のことにするのはよそう、いい？」

キーラはむっとして顔をそむけた。

「心配はあとでしたらどうだ？」ジョーは言った。「目下ここには六人の人間、三羽のタカ、犬一匹がいて、おれたちは一台のジープで脱出しなければならない。言うまでもないが、殺人者を満載したピックアップが何台も州間高速に向かっている」

ネイトは冷徹な笑いを洩らし、振りかえらずにこう言った。「悪条件を数えあげるのはそのくらいでいいんじゃないか?」

キーラは尋ねた。「どういうこと?」

ネイトはとりあわず、こちらを向いた。さっきよりもさらに冷静に見えた。なにかが始まろうとしているのをジョーは悟った。

ネイトは彼に言った。「次になにが起きるか、おれにはわかっていると思う。おれが指揮をとってもかまわないか?」

「ほかにだれもけがをせずに、ここから脱出させられるか?」

「保証はできない、それが聞きたいのなら」

ジョーはしばしためらった。「まかせるよ。あんたはおれよりもなにがどうなっているのかわかっている」

「よし。シェリダン、三人の女性を先導して北東にあるあの遠い岩石群へ向かえ」ネイトは砂漠の向こうに唯一見える目印を指さした。「あれはアドービ・タウンだ。あそこには隠れる場所がたくさんある。なにを見聞きしても姿を現すな」

シェリダンはジョーを一瞥して眉を吊りあげた。ジョーはうなずき、ネイトが話を続けるのを待ったが、それ以上の説明はなかった。

「さあ、行け」ネイトはシェリダンを促した。「あまり時間がない」

「なぜジープに乗っていっちゃだめなの?」キーラが尋ねた。

「この先どうなるか、おれにはわかっているからだ」ネイトは答えた。「夢を見た。夢の中で、おれにはジープがあった」

「夢？」キーラは信じられないという顔をした。「あなた、なんなの？　神秘的な力でもあるわけ？」

「彼は今日もう二回もあたしたちの命を救ってくれたのよ」シェリダンはキーラに言った。「黙ってあたしについてきて、彼がもう一度命を救ってくれるように」

ジャンとスージーはなにも言わなかった。まだ大きなショック状態にあって反論できないのだ、とジョーは思った。

シェリダンはジョーの頰にキスした。「愛してる、パパ。あたしのために来てくれてありがとう」

「当然だ。おれも愛しているよ。でももう二度とごめんだぞ、いいね？」

シェリダンは笑った。

「これを持っていけ」ジョーは彼女にショットガンを渡した。「必要な場合、使いかたはわかっているな。それからデイジーを連れていってくれ」

シェリダンはショットガンを肩に担いだ。「ついてきて、淑女の皆さん」

女たちと犬が集まると、シェリダンは振りかえった。「気をつけて、パパ」

「わかった」

「あなたも、ネイト」

ネイトは一声うなった。

四人がアドービ・タウンをめざして歩いていくのを、ジョーは見送った。デイジーはぴったりとシェリダンにくっついていた。気温が上がって、女たちの姿が熱波でゆらぎはじめた。

「自分がやっていることに確信はあるのか？」ジョーは尋ねた。

「いや」

「じゃあ、どういう計画なんだ？」

ネイトはシャツの内側に手を入れて衛星電話を出し、電源を入れた。

だれかが応答すると、ネイトは言った。「いまおれから連絡があって驚いただろう」

相手がなんと言ったのか、ジョーには聞こえなかった。

「ティレル、あんたがいかに邪悪なくそったれか、おれがわかっていなかったのは認めざるをえない。相棒のキース・ヴォルクも同様だ。ほんとうの名前がなんにしろな。だが、あんたたちはやりたい放題やったあげく、自分たちがどんな災いを招いたかまったくわかっていない。黙っておれの言うことを聞かないと、大勢が死ぬことになる。9・11以来の大惨事、もしかしたらそれ以上だ。

これが終わったらあんたたち二人とは決着をつけてやる、だがいまはおれの言うことをよく聞け」

それからの五分間、二台のトレーラートラック――一台にはバッテリー会社、もう一台にはよく見る運送会社のロゴがついている――とそれぞれが積んでいるものをネイトが説明しているあいだ、ジョーはブーツの先に目を落としていた。ネイトは二台のおよその座標を伝え、どうやったらヘリコプターで破壊できるか、電話の相手と議論していた。

「ミサイルを全弾撃ちつくしたのはわかっている」ネイトはいらだっていた。「だが、すぐに引きかえさせろ。アパッチは三〇ミリ砲を搭載している。あの電磁パルス発生装置を破壊するにはじゅうぶんすぎるほどだ。知るかぎり、悪党どもは小火器しか持っていない。

それからなにをするにしても、あの装置を使わせるな。さもないとアパッチは墜落する。パイロットに言うんだ、徹底的かつ迅速にたたいて、残っているものがないか探せ、と。トラックの後部ドアが開くのが見えたら、電磁パルス発生装置を準備しているということだと伝えろ。部下たちに全員殺せと命じるんだ――おい」相手になにを言われたにしろ、ネイトはさえぎった。「ほかの航空機やドローンを送っているひまはない。いますぐアパッチを引きかえさせなければ、悪党どもを高速道路で見失うか、違うトラックを攻撃してここでやろうとしたよりも大勢の民間人を殺すことになる。八〇号線にはトレーラートラックや乗用車がつながっている。高速に着く前にあいつらの車列を破壊しなければ、あんたたちは連邦刑務所にぶちこまれる、わかっているはずだ。あらゆる罪で名を馳せるだろうよ。この電話の電源は入れたままにする、そっちが状況を伝えられるようにな」

そのあと長い間を置いて、ネイトは言った。「ああ、おれたちのことは心配いらない。あいつらが戻ってきたらこっちで処理する」

そして通話を切り、ジョーににやりとした。

「こっちで処理する、だと？」ジョーは言った。

ネイトは肩をすくめた。

ジョーは長々とため息をつき、砂漠のはるか北方を眺めた。

「乗れ」ネイトはジープのほうへうなずいた。「おれのタカたちを怒らせないように気をつけてくれ」


丘を轍の道へ向かって下りているとき、ジョーは言った。「久しぶりだな、ネイト」

「そうだな、ジョー」

「なあ、メアリーベスが同じ夢を見たんだ。そのことをおれに話してくれた」

「ふむ」

「夢やあんたのほかのくだらない超自然現象話を、おれがどの程度信じているか知っているな？」

「ああ。それがあんたを好きな理由の一つだよ、ジョー」

「これがおれたちの最期になるのか？」

ネイトはその問いについて考えてから答えた。「もしかしたら。夢の結末がどうなるか知っていたら、どんなによかったかと思うよ」

第八部

砂漠の一人ゲーム《デザート・ソリテイア》＊

＊エドワード・アビーの小品集のタイトル

死への恐怖は、生への恐怖から始まる。全力で生きている人間は、
いつ死んでもいい覚悟があるものだ。
――エドワード・アビー『荒野で叫ぶ声』

31

「馬が来たぞ」ネイトが叫んだ。「予定どおりだ」

ネイトとジープの後方にある岩だらけの崖に陣どった位置から、ジョーは目を上げた。北の地平線にほこりの雲が見えた。

「おれが見た夢と同じだ」ネイトはつけくわえた。

ジョーはうなずいた。

シェリダンが三人の女たちを先導して約五キロ離れたアドービ・タウンへ向かってから、一時間半がたっていた。彼女たちの姿が熱波に溶けてしまうまで、ジョーはその歩みを追い、服の色だけがちらちらと目に映っていた。もうシェリダンたちは見えず、きっと着いて赤い岩の大聖堂の柱や巨岩の陰にしゃがんでいるはずだ。そうであってくれ、と彼は祈った。

ジョーは崖の上のフットボール大の岩二つのあいだにデイパックを突っこみ、M14カービン銃をその上に置いていた。スペアの三十発入り弾倉は、すぐ取れるように右側の岩の上にある。箱には弾薬が半分残っているが、銃撃戦に突入したら、はたして弾倉に再装塡《そうてん》するチャンスがあるだろうか。

これほどの孤立感を、打ち消すことはできなかった。パーカーの衛星電話はバッテリーが切れて、シェリダンとも、知事とも、通信指令係とも、メアリーベスとも連絡する手段はない。レッド・デザートは荒涼としていて魅惑的で、もっと知りたい場所ではある。だが、ここで死にたくはなかった。

ジョーの下方で、ネイトはタカたちの世話をしながらときどき顔を上げて地平線を見渡していた。ネイトは自分の二挺《ちょう》の拳銃の装塡を一度ならずチェックしていた。

「おい、ネイト」ジョーは呼びかけた。「こいつは一八七〇年代といったところだぞ」

「おれたちは二人の孤独なカウボーイだな」ネイトは同意した。

「第二の作戦はあるのか？」ジョーは希望をこめて尋ねた。

「いや。おれが見た夢は一つだけだ」

ジョーはその答えの意味を理解した。「わかった、知っておいてよかった」

ネイトは肩をすくめた。

十五分前に北からドンという爆発音が何度も響いてきたとき、二人は耳を傾けた。アパッチ攻撃ヘリの砲撃の音だとジョーは思った。爆発音のあいまに、反撃する小火器のぱらぱらという発射音と自動火器の長い連続した銃声が聞こえた。

そのあと、静寂が訪れた。


電子的な振動音がしてジョーが下を見ると、ネイトがポケットから衛星電話を出して耳にあてた。彼は一分近く聞いてから、電話を下げて大声で罵《のの》った。

ネイトはジョーに言った。「ティレルが言うには、アパッチの編隊は二台のトレーラートラックの一台を高速から一キロ弱の地点で仕留めたが、二台目は西への高速に乗って渋滞中のトラックの列の真ん中に入った、だから攻撃を続けられなかったそうだ。編隊はトレーラートラックを追尾しているが、じきに弾と燃料が尽きる。ピックアップの一台も大破したが、あとの三台は逃げた」

「おれたちのほうへ向かって？」ジョーは尋ねた。

「もちろん。この作戦を仕切った間抜けどもが牧場ではなく車列を破壊していれば、いまごろこのショーは終わっていたはずだ」

「じゃあ、トレーラートラックの一台は結局ユタへ向かっているのか？」

「ああ」

「どうやって止めるつもりなんだろう？」

「さあな、どうだっていい」ネイトは言った。
「おれはよくない」ジョーは異を唱えた。

ネイトとジープの横を走り過ぎるとき、野生馬の群れは流れる液体に変わったようだった。ひづめの音を轟《とどろ》かせて駆けていく群れに、ジョーは見とれた。野性味をむきだしにした荒々しい獣たち。皮は傷だらけでたてがみは房《ふさ》になってからまっていたが、群れの重量とエネルギーは大地を揺るがした。パニックになった白い目、黄色い歯、ひづめによって空中に蹴散《けち》らされる砂を、ジョーは瞬間的に視界に捉えた。

ようやくほこりが消えたとき、ネイトがジープから大きなシロハヤブサを出し、手袋をはめたこぶしに止まらせているのが見えた。赤い梱包用の縒《よ》りひもで、衛星電話がシロハヤブサの背にくくりつけられていた。

それから、彼は鳥を放した。

シロハヤブサは最初ぎこちなく羽搏《はばた》きながら高度を上げていった。あきらかに、背の不自然な重みに対してバランスをとろうとしている。鳥はジョーのほうへ近づき、ジョーが身を低くすると頭をかすめるようにビューッと飛び過ぎたので、長い翼によってカウボーイハットの上の空気が押されるのを感じた。振りかえると、シロハヤブサは青空に広がる遠くの巻雲へ向かって上昇していた。

「そもそも、あの鳥とほんとうの絆を感じたことは一度もなかったんだ」シロハヤブサが飛び去ったあと、ネイトは言った。「おれはいつもスパイのように思ってきた。あれとはどんな関係も持ちたくない」

なんと答えていいのか、ジョーにはわからなかった。

「これで、ティレルと仲間の悪党どもは衛星電話のGPSでおれたちを見つけられなくなる。やつらはシロハヤブサの飛行を追跡する。あの鳥はじきにコロラド州かユタ州の上空へ去るだろう」

少し間を置いて、ジョーは言った。「あんたがついているのは善の側なのか、それとも悪の側か？」

「いまは違いがわからなくなっている」

ネイトがほかのタカたちから頭巾と足緒をはずし、空へ放つあいだ、ジョーは彼の答えを考えていた。

「あの鳥たちはなんとかやっていくだろう」ネイトは言った。

その行為の重みをジョーは知っていた。ゆえに恐怖感はさらに深まった。

するとネイトは続けた。「聞け。来たぞ。位置につけ」

ジョーは岩陰に戻って伏せた。エンジンの低いうなりがかすかな風に乗って聞こえる。彼は双眼鏡を目にあてて北の地平線に焦点を合わせた。

彼らが来た。三台の白いピックアップが。

ネイトはジープの前に立ってウォーミングアップをした。両手を前で握りあわせ、こぶしを押しさげてから背中にまわして同じことをやり、肩をほぐした。何度も指を伸ばしてはぎゅっと握った。そうしながら、近づいてくる車からいっときも目を離さなかった。

二つの前ポケットには予備の弾薬が入っている。五〇口径は右に、四五四は左に。それぞれが口紅ほどの大きさだが、ずっと重い。

イビーを知っていたのはほんの短いあいだだったが、まだ彼を死んでしまった過去の存在とは考えられなかった。サイードと部下たちがやったことはあまりにもおぞましく野蛮だった。あれに対する答えは一つしかない。

ヘビを殺せ。

ピックアップが近づくにつれて、ジョーは呼吸が速くなるのを感じた。落ち着けと自分に言い聞かせ、目もくらむほどの強烈な恐怖を遠ざけようとした。だから、むりやりシェリダン、メアリーベス、ルーシー、エイプリルのことを考えた。脳裏にそれぞれの姿を思い浮かべた。シェリダンはアドービ・タウンで安全だ。メアリーベスは図書館で働いている。ルーシーは授業中で、エイプリルは……エイプリルがどこにいるか、思い浮かばなかった。あの子はいつもそうだ。

また家族に会うことはあるだろうか。頭のてっぺんから尾骨まで、ぞくっと戦慄《せんりつ》が走った。

敵は大勢だ。そしてすぐに押し寄せてくる。カービン銃の腕前はまずまずで、おもにけがをした獲物を安楽死させるときに使ってきたが、すばやく動く標的を狙うとなると、正確に撃てるだろうか？　ネイトが必要とする援護ができるかどうか、自信がなかった。できる人間がいるだろうか。

ピックアップが近づいてくると、運転席と荷台にいる男たちのことを考えざるをえなかった。ほんとうは何者なのか、なにを思っているのか。彼らもどこかに愛する家族がいるにちがいない。ジョーのように、待っている家族がいるにちがいない。夢や野望を持つ人間であり、神と自分たちの使命を愛しているのだ。

それからジョーはかぶりを振った。イスラム国だろうとアルカーイダだろうと別の分派だろうと、夫、父親、息子だろうと、いまは関係ない。彼らは敵だ。そして機会があれば、彼らはためらわず自分とネイトとアドービ・タウンの女性たちを殺す。グリズリーやイビーやクーターと同じ目に自分を遭わせるだろう。

ジョーの口は渇き、心臓は激しく打った。彼は武器を見て、安全装置がかかったままなのに気づいた。みずからを叱咤《しった》しながら安全装置をはずし、薬室に弾を送りこんだ。

腹をくくった。

ネイトは左手に四五四カスール、右手に五〇〇ワイオミング・エクスプレスを握っていたが、思いなおして持ち替えた。両手に大型拳銃を持っていても、同時には撃たない。結果的に二発とも狙いが甘くなるからだ。これは映画ではないのだ。まず右手で狙って撃ち、必要に応じて銃を交互に替えよう。

先にスコープ付きのリボルバーで戦いたい。

財務省秘密検察局がフリーダム・アームズ社から四五四カスールを購入したのには理由がある。その理由とは、車をおしゃかにできる銃だからだ。弾の威力と速度は群を抜き、うまく命中させれば車のエンジン・ブロックを貫通して破壊する。

敵のピックアップは横に並んで迫ってくる。ネイトは目をこらし、左側のピックアップを運転しているサイードを認めた。よし、と思った。いいぞ。

荷台のガンマンたちが運転台ごしにＡＫ47をやみくもに発砲してくる。ネイトは動かなかった。動いている車から狙うのは、疾駆する馬の背から撃つようなものだ。七・六二×三九ミリ弾がネイトの頭上をヒュッとかすめて背後の崖にめりこんだ。

車が止まり、ガンマンたちが降りて狙いをつけられるようになるまでは、自分とジョーに分がある。だがそれでも、一発がすぐ後ろのジープのボンネットをバシッとかすめ、ジョーの下方の斜面に当たる音が聞こえた。

ネイトは四五四を構え、いちばん近い中央のピックアップのグリルの上三分の一に照準を合わせると、撃った。発砲の反動で四五四は彼の頭の上まで跳ねあがった。間髪を入れず、銃を下げながらまた撃鉄を起こして撃った。

中央のピックアップは急激に速度を落とし、勢いで前進しているもののエンジンは止まっていた。ボンネットの下から緑色のラジエーター液が流れでて砂上に飛び散った。ピックアップはすぐにもうもうたる蒸気に包まれた。

次にネイトは左側のサイードのピックアップを狙おうとしたが、サイードは次は自分と予測していたらしく急ブレーキを踏み、ギアをリバースに入れた。唐突な動きに、荷台の二人のガンマンが車外に投げだされた。

だがネイトの狙いはサイードだった。蒸気の雲をものともせず、サイードの車のエンジンに二発撃ちこみ、動けなくした。

右側のピックアップは走行不能になった二台から離れていき、ネイトはすばやく狙いを変えてその車の右前輪上のエンジンに向かって発砲したが、たいしたダメージは与えられなかった。

ネイトは熱くなった四五四を左脇下のホルスターにおさめ、五〇〇に替えた。

ネイトが一台目、二台目のピックアップを始末するのを、ジョーは息を呑んで見つめていた。ドン－ドン。ドン－ドン。ドン。

荷台から降りたガンマンたちは、叫びあいながらピックアップの陰に隠れたり、なぜかその場に突っ立ったりしている。多すぎて数えられないほどの人数に感じられた。

ジョーは三台目のピックアップに注意を向けた。ほかの二台から離れて速度を上げ、ネイトの前を左から右へと走っている。ドライバーが急ハンドルを切って弧を描くように動けば、ネイトの背後を突ける。その場合、友人は十字砲火を浴びてしまう。そうなれば、ジョーはこの射撃地点を確保できない。崖の縁《へり》から姿をさらして、下の三台目のピックアップを攻撃しなければならないからだ。

だから、あのピックアップがネイトを挟み撃ちできる位置まで行ったらおしまいだ。

ピックアップは走りつづけ、ジョーは狙いを定めようとした。カービン銃は安定しているものの、ピックアップは岩や茂みを通過して上下し、彼はうまく照準を合わせられなかった。とにかくフロントガラスと助手席の窓の方向に見当をつけて撃った——パン－パン－パン－パン－パン。引き金をできるだけ速く引いて撃ちつづけた。

真鍮《しんちゅう》の空薬莢《からやっきょう》が排出されて右側の岩に跳ねかえった。跳ね飛んだ一つが彼の襟《えり》の内側に入った。首筋のくぼみの皮膚が焼けつくように熱く、狙いがそれてしまったが引き金を引きつづけた。とうとう、空薬莢が当たっている皮膚の痛みが強くなりすぎ、射撃を中断して襟の内側からとりだした。

また顔を上げると、あのピックアップの通ったあとに二人が倒れてもがいているのが見えた。ジョーの大雑把な射撃が彼らに命中したのだ。

一方、理由はわからないがピックアップは速度を落とし、ネイトを挟撃《きょうげき》しようとはしていない。もしかしたら自分がドライバーを撃ったのかもしれない、とジョーは思った。減速するピックアップからガンマンたちが飛び降り、何人かは衝撃で転んだが、ほかの者は足から着地した。

ブレーキペダルが踏まれたかのようにピックアップは突然止まり、残っていたガンマンたちは運転台の前方や荷台の横に放りだされた。そして助手席のドアがさっと開いて黒衣の男が飛びだしてくると、叫び声を上げてジョーの居場所のほうを指さした。

彼は恐慌に駆られ、生まれて初めて〝戦場の霧（実戦における指揮官から見た不確定要素）〟という言葉を理解した。眼下では黒衣の敵たちが渦巻《うずま》く煙と蒸気をジグザグにくぐりぬけて走っている。適切な標的に集中したり、現状を正確に把握したりするのはむずかしい。

ジョーは運転台にいた男の体の中心あたりに慎重に狙いをつけ、引き金を引いた。なにも起こらない。弾切れだった。

あおむけになってからの弾倉をはずし、新しいのを押しこんだ。もとの姿勢に戻る前に、周囲の崖の縁に着弾しはじめた。何発もの弾が土を跳ねあげ、彼が隠れている岩に命中した。デイパックが生きもののようにジャンプした。カービン銃の前部銃床に一発当たり、だれかが嚙みちぎったような跡を残した。

三台目の戦士たちは組織立った動きで彼に攻撃を集中している。

下からは、ネイトが最初の二台の戦士たちと交戦している、AK47の激しい銃声と五〇口径ワイオミング・エクスプレスの腹に響く狙いすましたドン‐ドンという発砲音が聞こえる。

弾丸が幌《ほろ》をずたずたにしてボディにくいこむあいだも、ネイトはジープの後ろにしゃがんで両方の銃に弾をこめ、ジョーのいる崖へ目を向けた。ライフルの集中攻撃を浴びている。

そしてジョーの姿は見えない。

ネイトは二度撃たれていた。一発は左腿《もも》の肉に、もう一発は右腰に命中した。腿の傷は貫通しており、血は脚をつたってどくどくとブーツに流れこんでいた。見なければ、撃たれたことに気づかなかっただろう。腰の傷のほうがはるかにひどかったからだ。弾は入ったままで、痛みは熱い石炭のように燃えさかり、鎮《しず》まろうとしない。

ガンマンたちの予想をはずし、ネイトはジープのボンネットの上に姿を現さず、うずくまって後部へまわりこんだ。そのとき自分の車の中を一瞥《いちべつ》し、タカのためにしつらえた止まり木が粉々に破壊されているのを見た。

少なくともタカたちは今日を生きのびるだろう、と思った。

撃たれていない大多数の敵は、煙を上げているそれぞれのピックアップの陰にうずくまり、狙いをつけるはずだ、とネイトは予測していた。理性的な兵士、よく訓練された兵士ならそうする。

だが、こいつらは狂っている。

彼らはそうはせず、五人が徒歩で彼のほうへ近づいてくる。「アッラーフ・アクバル！」と叫びながら。

サイードはその中にはおらず、ネイトには意外でもなんでもなかった。

五人のうち三人が縦に並ぶのを待って、彼は一人目のガンマンの体の中央へ一発を放った。三人全員が倒れた。

一発で三人仕留めたのは初めてだ。

これでほかの二人はぎょっとしたらしく、足を止めて目を見張った。ネイトは頭部へ一発ずつお見舞いして殺した。

まったくあいつらは狂っている、と思った。しかし、まだ大勢残っている。

あの人数を倒す前に、自分は出血死するかもしれない。

三台目のピックアップのガンマンたちは、ジョーがいる崖へ銃火を浴びせつづけている。反撃の銃声は聞こえない。

ネイトの耳の中で轟音《ごうおん》がしはじめた。どこから音がするのかわからない。頭を撃たれたのか？　首を？

この耳ざわりなどんどん高まる音が、この世で聞く最後の音になるのか？

ジョーはあおむけになって血を流していた。ＡＫ47の弾が両耳のすぐそばを次々とかすめていく。

被弾したとは思わないが、はっきりしない。周囲の岩にあまりにもたくさんの弾が命中し、飛び散った岩のかけらと熱い鉛の破片が腕、胸、脚、顔に突き刺さっている。全身がしびれている。

一瞬の間を利用して、撃ちかえせるように腹ばいに戻った。そのとき、左肩が崖の縁から少し出たにちがいない。敵は彼を認めて発砲した。一発が肩の上部に命中し、ジョーは野球のバットで殴られたような衝撃を感じた。

耳にした獣のようなうめきは自分自身のものだった。

苦痛のオレンジ色のスパンコールがまぶたの裏からようやく消えたとき、彼は首をまわして傷を見た。目の焦点が合わない。

弾は赤い制服のシャツの袖章を引き裂き、肉に開いた穴から黒っぽい血がどくどくとあふれていた。腕全体に感覚がなく、またカービン銃を構えて狙えるかどうか怪しかった。

ジョーは目を閉じて祈りを唱え、苦労して台尻を負傷した肩に引き寄せると、穴照門を見つめた。引き金を引いたとき、銃の反動が傷に与える痛みに耐えられるだろうか。

じりじりと岩のくぼみに戻って銃身をデイパックの上にのせたとき、気が遠くなった。頭上の空で轟音がする。周囲の岩からほこりが巻きあがり、空中に漂いはじめた。突然、ほこりの大渦巻がまわりに湧きおこり、彼はぎゅっと目を閉じてゴミが入らないようにした。

次の瞬間、三〇ミリ砲が火を噴いた。

一機だけ戻ってきたアパッチ・ガーディアンが、ネイトの眼前で三台のピックアップの中や周囲にいるガンマンたちを一掃する光景はまさに見ものだった。戦士たちは吹き飛ばされて粉砕され、三台の白いピックアップは引き裂かれた金属板とゆがんだフレームのくすぶる残骸《ざんがい》と化した。

サイードがピックアップの背後から走りでて、低空を飛行するヘリに両手を上げて降伏の意思表示をするのを、ネイトはちらりと見た。

部下たちには自己犠牲を命じておいて、サイード自身は後ろに引っこんでいたことを思った。ネイトのキャンプを襲うよう命じたときも、アパッチが襲来したいまもそうだ。ほかの人間が汗を流すか、犠牲者が――イビーのように――拘束されて丸腰のときだけ、サイードは絶好調なのだ。

これまでだれにも感じたことがないほどの憎悪を、サイードに感じた。彼はすばやく銃を構え、サイードのあごに照準を合わせて引き金を引いた。

頭を吹き飛ばされたサイードの体は少し揺れながらしばし立っていたが、三〇ミリ砲の一発で、砂地でくすぶる一個の油じみとなった。

くそ、とネイトは思った。やつを二度殺してやった。三度殺せないのが残念だ。


ネイトは弾切れになった銃二挺をよく見えるようにジープのボンネットに置き、下降してくるアパッチに向かって両手を上げた。失血のせいでふらつき、ジープに寄りかからないとちゃんと立っていられなかった。

彼の長い金髪が、着陸するアパッチの起こす高速気流で後ろへたなびいた。ヘリのブレードの回転速度が落ちてヒューヒューという音になり、気流が鎮まりだすまで彼は目を閉じていた。

そして目を開けたとき、パイロット・ヘルメットをかぶって緑色のジャンプスーツを着た二人の男がヘリから降りて近づいてくるのが見えた。オートマティック・ライフルを持っていた。彼らは慎重に戦場を進んできた。ひんぱんに頭を動かして、周囲に散らばった死体が息を吹きかえすことがないのを確認していた。

一人がネイトのそばに来て、フェイスマスクを上げた。若く色白で、鼻のあたりにそばかすがあった。灰色の目は冷静でしっかりしていた。

「近道してよかった、そうでなければあなたのピンチに出くわさなかったでしょう」彼は言った。

ネイトは感謝し、あごで崖を示した。「あそこの上に友人がいる。生きのびたかどうかわからない」

二人目のパイロットがうなずいて、崖のほうへ向かった。

「こっちは燃料切れで弾薬もないんだ」一人目のパイロットが言ってネイトの全身に目をやった。不安の色を隠せなかった。「ヘリまで行くのに手を貸しますよ。救急キットがあるから止血できる」

ネイトは下を見た。左脚は血でぐっしょりと濡れ、その血は乾いた砂の上にしたたり落ちていた。

「相棒が……」ネイトは気を失いそうだった。

「腕をこっちの肩にまわして」パイロットは促《うなが》した。「ヘリまであなたを連れていかないと」

ネイトは抵抗した。自分がジョーをこの状況に引っ張りこんだのだ。あそこに残したままにしておけない。ふいに、彼はとてつもない喪失感をおぼえた。

「ここに男が一人いる」もう一人のパイロットが崖の上から叫んだ。「生死は不明……」

32

一週間後、ジョー・ピケットとネイト・ロマノウスキは、シャイアンのビショップ・ブールヴァードにあるワイオミング州安全保障局の地下の大きな窓のない部屋にすわっていた。知事が到着するまで待っているように言われていた。ルーロンはジョーの留守番電話に、〝スペシャル・ゲスト〟を連れていくと伝言を残していた。

長いテーブルは棺《ひつぎ》のような形で、まわりには無人の回転椅子二十脚がきちんと並べられていた。それぞれの椅子の正面には真鍮枠の名札が置かれており、郡、州、連邦政府の代表の名前が記されていた。壁の端から端まで監視カメラが設置されていて、テーブルには通信機器をつなげられるポートがある。

緊急時にはここに大物たち全員が集まるのだろう、とジョーは思った。テーブルの上席にはスペンサー・ルーロン知事の名札がある。部屋の入口の上には〈危機管理室〉という標示があった。

二人のほかにここにいるのは、ルーロンの補佐官であるリーサ・キャスパーだけで、彼女は知事の右側の椅子にすわっていた。補佐官はぴりぴりした様子で書類を読んでおり、質問は受けつけないと示すためだろう、とジョーは思った。

再循環させている空気と天井に並ぶ目に痛いほどの白色蛍光灯の、かすかなブーンという音がしている。壁は薄緑色の軽量コンクリートブロックでできており、床はアスファルトのような感触の濃い灰色のカーペット敷きだ。

室内と建物のなにもかもが、感情がなく画一的かつ官僚的だった。

だから自分はオフィスで九時五時の仕事ができないのだ、とジョーは思った。

「スペシャル・ゲストとはだれなんです?」ジョーはキャスパーに尋ねた。

彼女はきわめて重要な書類から顔を上げなかったが、かすかに頰を赤らめた。

「言えない、それとも言わない?」

「お願い、ジョー」

「わかりました」

テーブルの向かい側にすわっているネイトを見た。その気になれば、ネイトは頭巾をかぶせられたタカと同様にいくらでもじっとしていられる。ジョーには、彼が呼吸しているのかどうかさえわからなかった。

「なあ、以前このビルは狩猟漁業局の本部だったんだ」ジョーは声をかけた。「昔はときどきここへ来たものさ」

ジョーに話しかけられたことにさえ、ネイトは気づいた様子を見せなかった。

「いまはどの州にもこういう建物があるんだ。9・11以来」

ネイトの松葉杖は部屋の隅に立てかけてあり、左脚はテーブルの下でまっすぐ伸ばしているので、すわりかたは横に傾いている。自主的な昏睡《こんすい》状態から一分おきに覚醒《かくせい》すると、彼はすわりなおして腰への負担をやわらげていた。そのときは、顔をしかめていた。

ジョーもまだ、全身に負ったさまざまな裂傷や擦過傷《さつかしょう》が痛む。空路搬送されたシャイアンの病院で、外科医は十数個の岩のかけらと弾丸の破片を摘出した。のどに食いこんでいた一つは、あと二センチずれていたら頸動脈を切断していたところだった。あのときは、そこをけがしたことにさえ気づいていなかった。

体じゅう縫い目や絆創膏《ばんそうこう》だらけで、歩くときは七十歳の老人のようだった。退院した彼を見たシェリダンは、一、二週間パパを梱包用のプチプチにくるんだほうがいい、と言った。メアリーベスも賛成した。ジョーは軽く受け流した。

彼のカウボーイハットは山を下にして前のテーブルに置いてある。弾の破片で穴が開いていた。病院での最初の晩に目を覚ますと、二人の看護師が穴に指を入れてくすくす笑っていた。

「これからなにがあるんです？」ジョーはキャスパーに聞いた。

「ねえ、ジョー……」

「知事はいつここに着くんですか？」

「もうすぐだと思う。この部屋に下りてくる前に携帯を警備室に預けなくちゃならなかったから、知事に電話できないの」

「どうしてここで会うんです?」ジョーは問いつづけた。「だれがおれたちをスパイするっていうんですか?」


ジョーとネイトは同じ病院での入院二日目の夜、三階にある面会ラウンジの暗い一隅で会った。ジョーは静かな廊下を痛みをこらえながら歩いてきた。ネイトは車椅子でやってきた。二人がそれぞれレッド・デザートへ行くことになった経緯《けいい》について、二時間かけて話しあった。


夢、〈ウルヴァリンズ〉、イビーとサイード、二番目の納屋への突入を語ったネイトの話はあまりにも異様で、ジョーは当然ながら信じられなかった。

「おれは刑務所へ戻ることになるだろう」ネイトは言った。「すべての取引は彼らの嘘にもとづいていた。彼らにはたしかに行動計画があった、だがおれが聞いたこととはまったく違っていたんだ」

ジョーが答えようとすると、ネイトはシッと彼を黙らせて続けた。「もし捕まえられたら、シェリダンにおれのタカをやるよ。あの子もステップアップする潮時だ。信託財産で甘やかされた無政府主義者どもとつるむより、ましだろう」

ジョーはうなずいた。

部屋の外の階段に足音がして、リーサ・キャスパーは顔を上げた。ジョーは彼女の視線を追ってドアを見た。

ルーロンがだれかに言うのが聞こえた。「準備ができるまでここで待っていてくれ。すぐに呼ぶから」

知事は意気軒高な様子で入ってきた。リボンをかけた中くらいの大きさの箱を持っていた。カウボーイブーツのかかとで蹴ってドアを閉め、カチャリとロックした。

「やあ、英雄諸君」ルーロンはにやりとした。「もう少し元気な顔を見せてほしかったが、もっとひどいことにもなりかねなかったんだ！　きわどいタイミングで騎兵隊が到着してなによりだ」

彼は足早にテーブルの上席へ向かった。さっきまでからっぽに感じられた部屋が、一人の男の存在で活気にあふれるのは驚きだ、とジョーは思った。

知事はジョーの後ろで立ち止まった。「おれには軍隊の戦闘経験がないんだ。どんなだった、ジョー？」

「恐ろしかったです」

ルーロンはうなずいた。「そうだろうと思った。きみはどうだ、ミスター・ロマノウスキ?」

ネイトの沈黙は、戦闘経験などありすぎて話したくないという意味だった。

「そうだろうと思ったよ、きみについてもな」

ルーロンは歩いていって自分の椅子を引き、どさっと腰を下ろした。そしてテーブルの上で箱をすべらせ、箱はジョーのそばで止まった。

「開けてみろ」知事は言った。

ジョーはリボンをほどき、真新しい黒の〈レジストル・キャトル・バロン〉をとりだした。

「九百ドルするカウボーイハットだ」ルーロンは満面に笑みを浮かべた。「ビーバーの革百パーセント、サイズ7-1/4。防水で、かぶり心地は抜群だ。傷がついたら、〈ステットソン〉へ送れば新品同様に直してくれる。内側を見てみろ」

ジョーはカウボーイハットを裏返した。汗止めバンドには文字が記されていた。

わがカウボーイ偵察員ジョー・ピケットへ、
ワイオミング州知事スペンサー・ルーロンより

「ぴったりこなかったら、知らせてくれればサイズを変更させる」ルーロンは言った。「きみのすてきな奥さんがサイズを教えてくれたんだ。あまり嬉しそうじゃなかった、なにしろ彼女はまだおれにカンカンだからな。いつか許してくれるだろうか、そうなるように祈っているが」

「これはかぶれません」ジョーは答えた。「あまりにも……」

「そのすごい帽子をかぶれ。その前のみたいに穴だらけにするなよ。弾が開けた穴は直せないんじゃないかと思う」

そして知事は頭をのけぞらせて笑った。

ジョーは微笑を返した。慎重に新しい帽子を古い帽子の隣に置いた。野外に出るときはあいかわらず、使い古したほうのカウボーイハットをかぶっていくだろう。

「それをかぶらないとだめだぞ」ルーロンは声に力をこめた。「なぜなら、レッド・デザートで起きたことからきみが得られるものは、残念ながらそれだけだからだ。勲章もボーナスも、おれがきみの忠誠と愛国心と責任感についてえんえんと語れる記者会見もない」

自分はそれでけっこうで、ほんとうはネイトを見つけてシェリダンを救うのがすべてだったとジョーが答える前に、ルーロンは続けた。「あれはなに一つ起きなかった。おれが言う意味はわかるな?」

ジョーはかぶりを振った。

「この一週間半のことは熱に浮かされた夢だと考えるんだ、ジョー。レッド・デザートではなにも起きなかった。きみは友人を見つけるためにあそこへ行き、タカを飛ばしている彼をようやく見つけた。故障して、さらにもう一台のピックアップを失った——きみの記録からして不思議でもなんでもない——それからきみたち二人は徒歩で砂漠から出なければならなくなった、いささかやつれたな。だが、テロリストも無政府主義者の頭のおかしいチームも、トレーラートラックに搭載された電磁パルス発生装置もなかった。そして騎兵隊による救出もなかった」

ジョーは唖然とした。だがネイトのほうを見ると、友人は苦笑してうなずいていた。

「きみにはわかるな？」ルーロンはネイトに尋ねた。

「残念ながらわかります」ネイトは答えた。「では、外にティレルとヴォルクがいるんですね？」

「ティレルだけだ」ルーロンはすわりなおした。「ミスター・ヴォルクは連邦政府に拘束されているらしい。どっちがバスの下敷きになるか、二人はくじ引きしなければならなかった。そしてミスター・ヴォルク——言う必要もないだろうが、本名じゃない——がはずれを引いた」

ジョーはルーロンからネイトに視線を移した。彼は混乱していた。リーサ・キャスパーのほうを向くと、彼女は目をそらした。

「グリズリーはとんでもないやつだったな」ルーロンはジョーに言った。「あの熊はまっすぐ最短コースで何百キロも南下した。なにを考えていたんだろう？」

知事が突然GB53の話題を持ちだしたことにとまどって、ジョーは肩をすくめた。

「そこがわれわれとやつらの違いだな、考えてみれば。熊を救うためにわれわれはできるだけのことをする――生かしておくために資金とマンパワーを投じる。するとやつらが現れて、あの頭を切りとる以外にたいした理由もなく、最初のチャンスを捉えて熊を殺す」

ルーロンは間を置いた。「おそらくおれがその理由を理解できたとき、ああいう連中の考えの筋道も読めてくるんだろう。だが、自分が本気で知りたいかどうかわからない」

彼の最後の言葉はしばらく空中に漂っていた。

それからルーロンは立ちあがった。「ここいらでじゅうぶんだ。スペシャル・ゲストを呼ぼう」

グレーのスーツに緑色のネクタイを締めたブライアン・ティレルは、ネイトの真向かいでジョーと同じ側の椅子にすわった。身を乗りだして両手の指を組みあわせ、ネイトに言った。

「きみはたいした工作員だ。わたしの予想を超えていた」

ネイトは彼をにらみつけた。

ティレルは続けた。「くわしい説明はしない。そういうことなんだ。起きたことが起きたことだ。きみたちが生きて脱出して、犠牲者が最小限にとどまってよかった――状況を考えれば。ユタ・データ・センターが逃げおおせた電磁パルス発生装置にやられたのは聞いていいないだろう。それに関しては完全な報道管制が敷かれている。付帯的損害が多少出たが、考えていたより少なかった」

　そしてティレルはなんだよというふうに肩をすくめた。「なにごとも計画どおり完璧にはいかないものだ」

「おれたちにとってはラッキーだ」ネイトは言った。「あんたたちの計画では、ヒツジ牧場にいた全員を一撃で抹殺する気だったんだから」

「個人的な含みはない」ティレルは言った。「未決事項だったんだ」

　ネイトは目をけわしくした。

　ティレルは続けた。「データ・センター攻撃のあと、われわれはあのトレーラートラックをすぐに始末した。二人死亡、二人が拘束された——一人はビル・ヘンで協力すると言っている。じっさい、近い将来に彼が現場に戻ってわれわれのために働いていても驚かないよ。こちら側の人間が何年も苦労してきた移動式電磁パルス発生装置の技術的問題を、ヘンは解決していた」

「待て」ジョーはさえぎった。「彼らはユタ・データ・センターを破壊したのか？」

　ティレルはうなずき、ゆっくりと微笑した。

「すべて計画どおりだったんだ」ネイトはジョーに言った。「彼らはわざとあのトレーラートラックを逃がしたのさ」

「おれには理解できない」ジョーは言った。

「イビーがなにをしようとしていたか、彼らは知っていた」ネイトはジョーに説明した。「内部にスパイをもぐりこませるために、彼らはおれを渦中《かちゅう》に送りこんだ。サイードとテロリストとの関係をつかんでいたものの、彼がいつ乗っ取りを図るか、ちょっとした軍隊を連れてくるかどうか、彼らは知らなかった。あの部分はサプライズだったろうな、ティレル？」

ティレルはうなずいた。「ああ。サイードが裏切り者だとわかってはいたが、どれだけの人数の悪党どもに国境を越えさせられるのかは不明だった。合同の海外作戦のために関連のゆるい五つのテロリスト・グループが協力すると知ったのは、今回が初めてだ。彼らは二、三人ずつ分かれてメキシコに入り、テキサスとの州境から三十キロちょっとの砂漠のキャンプで集合したんだ。そしてきみたち二人が彼らを一ヵ所で足止めしなかったら」ティレルはネイトとジョーのほうを示した。「いまごろ一匹狼の戦士どもがそこいらじゅうを走りまわっていただろう。信じてくれ、じっさいにもうようよいるんだ」

ジョーはティレルに尋ねた。「なぜ自分たちのデータ・センターを破壊したかったんだ？」

「憲法修正第四条を聞いたことはないのか？」ティレルは答えた。「ああ、ユタ・データ・センターはすべての事業と同じく立派な意図をもって計画された。だが、両政党のあまりにも大勢の政治屋と選挙コンサルタントがあのデータにアクセスするようになり、彼らにデータを渡すには選挙が迫りすぎていた。ああいうタイプにとっては、政略が第一で国家の安全保障は二の次なんだ。これで彼らはしばらく個人情報には近づけない、おかげで選挙のプロセスはしかるべく機能するようになった」

ジョーは驚愕してすわりなおした。

ティレルは続けた。「かくして、われわれはまたもや陰謀を阻止した。きみたち二人のおかげだ、だれも決して知ることはないが」

「なぜだ？」ジョーは聞いた。「おれは手柄など求めていないが、なぜ極秘なんだ？」

ティレルはわけ知り同士の視線をネイトと、そして知事と交わした。ルーロンはティレルを好きではないようだった。

「この国では今年だけで五件の同様に重要な事件があった」ティレルは言った。「そしてわれわれは全米で事前にテロを阻止してきた。たしかに、今回は最先端の移動式電磁パルス発生装置が使われた初めてのケースだった。ずっと、敵はわが国の電気系統を大気中で爆発する爆弾で破壊しようとするものと考えていたんだ、特定の標的を攻撃できるトレーラートラックを使うとは思っていなかった。しかし、くわしい話は省くが、これまでわれわれは放射能爆弾や炭疽菌工場の製造、きみたちが聞いたことのない、この先も聞くことはないほかの三つの陰謀をくいとめてきたんだ。トップの意向として、そういうことを将来だれも決して聞くことはない。そうしないと、従順で自分の意見を持たない人々はパニックになるか、ふがいない政府に憤《いきどお》るか、特定の民族や宗教を差別しはじめる、とリーダーたちは考えている。そんな状況をわれわれは望まないだろう?」

最後の言葉には皮肉がにじんでいた。

「近いうち、われわれはへまをするかもしれない」ティレルは続けた。「敵にはたった一度のツキがあればいい。だがこれまでのところ、われわれの打率はたいしたものなんだ。賢い人々が指導権を握るまで、なんとかこのままの打率を保ちたい。当面は、内々で最善を尽くし、可能なときには攻めに出る——たとえば、わざとデータ・センターを機能不全にするとか。政治屋どもはその件でカンカンになっているので、われわれは気の毒なキース・ヴォルクを差しださなければならなかった」

ティレルは両手の指を上げた。「キースは〝統制からはずれた〟工作員だ」言いながら、指を折り曲げるジェスチャーで、〝統制からはずれた〟という言葉を揶揄《やゆ》してみせた。「彼なら兵士らしく受けいれるのはわかっていた。そして、われわれが政府内で動けるかぎり早急に、彼は現場に戻ってくる」

ジョーは言った。「あそこで起きたことを知っているのはおれたちだけじゃない。逃げた技術者やボランティアはどうなんだ? 彼らは黙っていないぞ」

「すでに全員を掌握した。ぐずぐずしてはいないよ。あの中で信用に足るわずかな人間——たとえばジャン・ストークアップとスージー・グーデンカーフ——は、メディアや敵対する政治家たちに密告したら、われわれが彼女たちの信用も身元証明手段も評判もずたずたにできるとわかっている。狂信者やヒッピーくずれについては、心配していない。わけのわからないことをほざくカッコー鳥にすぎないさ」

ティレルは低く笑った。「それに、ムハンマド・イブラーヒームが目の前で頭を切り落とされるのを見たことで、彼らは神の恐ろしさを知ったというわけだ」

「彼は善良な男だった」ネイトはティレルに言った。「あんたと違って」

ティレルは肩をすくめ、だからなんだよという仕草をした。

ジョーが質問する前に、ティレルは言った。「きみの娘さんにはちゃんと話をしてくれると信じている。そうすれば、われわれがしなくてすむ」

ジョーは目の奥で怒りの火花が散るのを感じたが、なんとか自制した。

「まあまあ。すべて丸くおさまった。すべてうまくいった。そうですね、知事？」

ルーロンはこれまでずっと不自然な沈黙を続けている、とジョーは思った。

ルーロンは口を開いた。「こっちがなんとか我慢できる合意には達した、ミスター・ティレルとおれはな」

「そういうことです」ティレルの言いかたのどこかに、不誠実な虚勢をジョーは感じた。だが、はっきりとものを考えられなかった――ティレルがシェリダンを威嚇《いかく》したという事実に、まだ憤りがおさまらなかった。

ルーロンはティレルからネイトに視線を移した。「まず、ミスター・ティレルはきみとの約束を守る。けさをもって、きみの容疑はすべて抹消される。連邦政府に対する犯罪容疑に関して、きみはもうターゲットとして存在しなくなる。青天白日の身でこの部屋から出ていけるんだ」

ネイトは答えなかった。彼は前にも裏切られている、とジョーは思った。

「もちろん、おれが知事でいるあいだこの州でもう罪を犯さないという取引条件は、引き続き有効だ」ルーロンは言った。「選挙まであと一週間もない、だからきみは次の知事と交渉する必要がある」

ネイトはうなずいたが、まだ警戒しているようだった。

次にルーロンはジョーのほうを向いた。「そして、きみの保険会社の支払い問題は、おれが思っていたよりも早く解決することができた、ミスター・ティレルとお仲間のおかげでな。娘さんの医療費はシステム内で消滅するということだ、そうだな、ミスター・ティレル？」

ティレルはうなずいた。

「リーサ、この二つの件が実行されたのは確認できたか？」ルーロンは尋ねた。

「はい。けさもう一度チェックしました」彼女は答えた。「州犯罪捜査部《DCI》が、ミスター・ロマノウスキはいかなる連邦犯罪データベースにも存在しておらず、ジョーの支払い問題も解決ずみであることを確認しました」

ジョーは目を閉じ、たとえ不正による救済ではあっても安堵感に浸った。メアリーベスは喜ぶだろう。

「きみたちはもっと嬉しがると思ったがな」ティレルはネイトとジョーに言った。

ネイトは身を乗りだし、傷の痛みに顔をしかめた。そしてルーロンに尋ねた。

「あなたは彼が約束を守ると信じているのか？」

「もちろん信じていない！」ルーロンは笑った。

ジョーが目を上げると、ティレルは顔を真っ赤にしていた。

「もちろん彼を信じていないし、おれが対処してきたほかの連邦政府のジャッカルどももだれ一人信じていない。しかしこのティレルは、やつら全員と同様に、保身と権力拡大にしか興味がない。その二つを脅《おびや》かしてやるさ。おれが知事でいるうちは、記者会見を開いてわが州のレッド・デザートで起きたことを詳細に話してやれる。おれが証拠と彼を含む関係者の名前を提供できると、彼は知っている。そうだな、ミスター・ティレル？」

ティレルは怒ったようにそっぽを向いた。

「それから、われわれがきみの本名と肩書と所属している組織を知らないとは思わないことだ。知っているんだ」

そして知事は指を一本掲げた。「もう一つ、今日この部屋で発言された内容はすべて録画、録音されている」

ティレルはぱっと向きなおってルーロンをにらみつけた。立ちあがっていまにも襲いかかりそうに、手のひらをテーブルに押しつけていた。

「そうとも」ルーロンは壁に並ぶモニターや電子機器のほうへうなずいてみせいた。「外部から盗聴しようとすればここはセキュリティ・ゾーンだが、ここで起きることはすべて記録されるようになっている。そうすれば、おれの部下や将来の当局者は、緊急時にとる行動に対して責任を負うことになる。ワシントンでもそうならいいな。だがおれは今後、知事としてではなく弁護士としてその件を取りあげるつもりだ。やることができる」

彼は晴れやかな顔に狼のような笑みを浮かべた。「このシステムを設置したことは、連邦政府の国土安全保障費の最高の使いかただった。自分をほめて背中をたたいてやりたいよ。リーサ、おれの背中をたたきたいか？」

「ご遠慮します」彼女は笑みをこらえていた。

「それじゃ、きみは行っていい」知事はティレルに言った。「今後二度とおれの州に現れるな」

ティレルはかぶりを振ったが、立ちあがらなかった。「あなたはやり手だ。狡猾《こうかつ》だ。〈ウルヴァリンズ〉への参加を歓迎しますよ」

「いや、けっこうだ。ワイオミング州では元政治家は、ワシントンでロビー活動したりヘッジファンドで働いたりしないんだ。おれたちは本物の市民としてここで働くことに戻る。だから出ていきたまえ、ミスター・ティレル」

ティレルはばつが悪そうにジョーを、ネイトを、次にリーサ・キャスパーを見た。そして一言もなく、立ちあがってドアへ向かった。

ドアが閉まってロックされると、ルーロンはキャスパーに尋ねた。「コルター・アレンはいつここへ来る？　危機管理室を案内して仕組みを見せてやると彼に言ったんだ」

彼女は腕時計に目をやった。「もう来るはずです、知事」

「けっこう」ルーロンは次にジョーとネイトに言った。「この部屋を空けないとな」

ジョーはティレルとルーロンから聞いたことの両方に、まだ少し茫然としていた。

彼はぎこちなく立ちあがった。

「帽子を忘れるなよ」ルーロンは言った。「それから、また会おう。おれはもうきみの知事ではなくなるが、きみの弁護士になれる」

「ありがとうございます」ジョーはもごもごと答えた。

ネイトも知事に感謝の言葉を述べた。

「おれこそがきみたち二人に感謝しないとな」ルーロンは言った。「砂漠で、きみたちはたいしたことをやってのけたんだ」

ジョーは古い帽子をかぶり、新しい帽子を箱に入れて持っていくことにした。ネイトはいいほうの足でぴょんぴょんと跳んで松葉杖をとりにいった。

「二人とも、厄介ごとには近づくな」そのあとルーロンはまた笑った。「ばかなことを言っている、そうだろう……二人とも厄介ごとを避ける方法を知らないんだから」

ジョーは微笑し、ネイトのためにドアを開けた。友人がドアから出るとき、彼はルーロンがリーサに言うのを聞いた。

「国家安全保障局の金を記録システムに使うのはすばらしいアイディアだと思わないか？　コルター・アレンに勧めて実現させよう」

ジョーは足を止めて振りかえった。

ルーロンはにやりとして口に指をあてた。「シーッ」

知事がいなくなると寂しくなる、とジョーは思った。

安全保障局の駐車場に出ると弱い雨が降っており、空は低く灰色だった。ジョーの新しい狩猟漁業局のピックアップの塗装とガラスに、水滴がついていた。真新しいフォードF－150スーパークルーで、走行距離は百五十キロぐらいのものだ。知事からのもう一つの餞別《せんべつ》だった。

「送ろうか？」ジョーはネイトに尋ねた。ジョーは家まで五時間半、北へ向かって突っ走るつもりだった。メアリーベスと娘たちはきのう帰宅し、深く悔いているシェリダンは、ララミーの大学へ戻って自分だけのアパートを探すつもりだった。

「空港まで頼む」ネイトは言った。「ルイジアナ州でリヴと落ちあうんだ」

ジョーはうなずいた。「最後に本名で旅客機に乗ったのはいつだ？」

「しばらく前だな」

「そのあとどうする？」

ネイトは松葉杖をついて助手席側へまわりこんだ。乗りこみながら、こう答えた。「二人で戻ってくると思う」

シャイアン空港までの短いドライブのあいだに、ジョーは言った。「おれたちへの約束は守られると思うか？」

ネイトは肩をすくめた。「どうかな」

「ルーロンは味方だ」

「そうだ。おれは彼を信じる。いままで会った中でもっとも立派な人間の一人だ」ネイトは間を置いた。「イビーも彼と同じくらい評価したいと思う」

ジョーは眉《まゆ》を吊りあげ、運転を続けた。

「また、あんたとおれの間柄に戻るな」ネイトは言った。「こうなれるとは、夢にも思わなかったよ」

小さな空港にネイトを降ろしたとき、ジョーの胸ポケットの携帯が振動した。メールの着信だとわかったが、放っておいた。

「頼みたいことがあるんだ」ネイトは言った。

「なんだ」

「一緒に来てチケットを買ってくれないか？　あとで払う」

「そうか。あんたはクレジットカードを持っていないものな」

カウンターでチケットを買ったあと、ネイトは言った。「メアリーベスによろしく伝えてくれ」

「リヴにもよろしく」ジョーは答えた。

「こいつは……妙な感じだろうな」

「なにが？」

「求められればみんなに身分証を見せる、セキュリティを通る。電話をかける、自分の名前のあるクレジットカードを作る。現代社会に戻るのが楽しみなのかどうか、まったくわからない」

「そう悪くないよ」

ネイトはちょっと黙ってから言った。「おれたちが生きのびられるとは思っていなかったよ、ジョー。砂漠で死ぬと思っていた」

「そうか」ジョーはたじろいだ。「死ななかったな」

州間高速二五号線でシャイアンの北のチャグウォーターに近づいたとき、ジョーはメアリーベスにかけようと携帯を出した。家に帰るまで待ちきれなかった。まだ狩猟シーズン中だ。彼はパトロールに出て秋の匂いを嗅ぎ、日常に戻りたかった。

何ヵ月も留守にしていたような気分だった。

電話を持ちあげたとき、メールが一通入っている赤い表示を見てクリックした。

ワイオミング州矯正局からで、題名は〈ダラス・ケイツ〉だった。

彼はこれ以上読みたくなかった。

いまは。

謝辞

この小説のために情報を提供してくださった専門家の皆さんに感謝する。アメリカ大気研究センター－ワイオミング・スーパーコンピューティング・センターのゲイリー・ニューとマレイケ・アンガー、ワイオミング州安全保障局のジム・フランクとリン・バド、そしてポール・ベロッティ。本作で参照した資料は、グリズリー追跡に関しては〈モンタナ・アウトドアーズ〉〈ビリングズ・ガゼット〉、レッド・デザートに関しては〈バックパッカー〉、土地管理局ローリンズ支局、生物多様性保全連合、ユタ・データ・センターに関しては〈ワイアード〉〈エスクワイア〉である。電磁パルスの恐るべき影響にはさまざまな資料があるが、R・ジェイムズ・ウーズリー大使とピーター・ヴィンセント・プライ博士による〈電磁パルスによる破局へ向かって〉を挙げておく。

わたしの最初の読者であるローリー・ボックス、モリー・ドネル、ベッキー・リーフ、ロクサーン・ウッズ、どうもありがとう。

cjbox.netを管理してくれるモリー・ドネルとプレーリー・セージ・クリエイティヴ、そしてＳＮＳのの専門知識と販売促進に関してジェニファー・フォネズベックに特段の感謝を申し上げる。

伝説的存在のニール・ナイレン、イヴァン・ヘルド、アレクシス・ウェルビー、クリスティン・ボール、ケイティ・グリンチをはじめとする、パトナム社のプロフェッショナルたちと仕事をするのは、心からの喜びだ。

そしてもちろん、わたしのすばらしいエージェントで友人であるアン・リッテンバーグに感謝する。

解説

堂場瞬一

ミステリには「バディもの」というジャンルがある。よくあるのは凸凹《でこぼこ》コンビで、性格や行動パターンが正反対の二人が衝突しながら事件解決に取り組む——というものだ。私の作品で言えば「警視庁追跡捜査係」シリーズがこれにあたる。警察は基本、チームで仕事をするので、こういうバディものは自然な形で書きやすい。キャラクターのメリハリをつけるのも簡単だし。

しかしハードボイルドでは、なかなかそうはいかない。基本的に「卑《いや》しい街を一人行く探偵」がフォーマットなので、捜査は常に単独行、相棒がいてもいきなり殺されてしまったりする（『マルタの鷹』）パターンさえある。

このフォーマットに一石を投じたのが、ロバート・B・パーカーの「スペンサー」シリーズだったと思う。

スペンサーという探偵も、料理好きだったり議論好きだったりと、それまでのハードボイルドの主人公にはなかった斬新なキャラクターだったが、若い頃に読んでいた私（二十代の頃が一番夢中になっていたかな）にとってより印象的だったのは、相棒であるホークの存在である。ホークの方が、昔ながらのハードボイルドの主人公的なキャラであり、あらゆる意味でその強靭《きょうじん》さが魅力的だったのだ。

ホークとスペンサーのキャラクター、そして二人の関係性に関する考察は当時から盛んだったが、基本的に陽性の存在であるスペンサーの「闇」の部分を担当するのがホーク、という説に強く納得した記憶がある。要するに暴力担当なのだが、彼の存在が物語を大きく動かしていくことも少なくなかった。しかもばっちり決めたファッション（オンオフとも）で登場することも多く、この人気シリーズを支える存在になっていたことは間違いない。「スペンサーより好き」という人も少なからずいたはずだ。

もう一人、個人的に大好きなのは、ロバート・クレイス描くところのエルヴィス・コールの相棒、ジョー・パイクである。こちらも長いシリーズになったが、魅力は衰《おとろ》えず、パイクを主人公にしたスピンオフ作品（これがまたいい）も出ている。

「スペンサー」シリーズと「コール」シリーズに共通するのは、主人公の明るさである。スペンサーは先ほど書いた通りだが、エルヴィス・コールも陽性、かつ少し軽め（特に話し方とファッションが）のヒーローである。そこにジョー・パイクというハードな楔《くさび》を打ちこむことで、このシリーズは軽ハードボイルドから正統派ハードボイルドに昇華している。

そして、我らがネイト・ロマノウスキである。

スペンサーが陽性、スポーツ好き、議論好きといかにも都会の探偵といった存在であったのに対し、本シリーズの主人公、ジョー・ピケットはアウトドアマンである。しかも趣味ではなく、職業としてのアウトドアマン。時にブチ切れて大騒動を起こしたり、不可抗力で車を壊したり（これは頻繁《ひんぱん》）することもあるとはいえ、基本は家族を大事にし、仕事に真面目に取り組む公務員、猟区管理官だ。

しかしながら、広い範囲を一人でカバーして仕事をしているので、ハードボイルド的な「単独行」の場面も多くなってくる。そしてここに絡《から》んでくるのが、スペンサーに対するホーク、コールに対するパイクとも言える、ネイト・ロマノウスキなのだ。

この二人の関係は、友人というには緊張感が高い微妙なものなのだが、スペンサーとコールのように「陽性」とは言えない堅物《かたぶつ》のジョーに対して、無口でハードなネイトというコンビネーションは悪くない。

そしてジョーがアウトドアマンであるが故《ゆえ》に、相棒のネイトも当然、自然の中に生きる存在になる。

職業、鷹匠《たかじょう》（過去のあれこれは取り敢《あ》えず置いておいて）。あらゆるミステリで、今後も職業・鷹匠という登場人物はまず出てこないのではないだろうか。

そして本作は、そのネイトが全面にフィーチャーされた、ネイト推しにとっては夢のような一冊になっている。

というより、「ジョー・ピケット」シリーズでありながら、この作品の主人公はネイトと言っていい。そういう意味で、シリーズの中では異色作なのだ。

物語は、まずネイトのターンで始まる。

前作での負傷のリハビリの意味もあり、オリヴィア（リヴ）・ブラナンと一緒に人目を避けて暮らすネイト。しかしリヴは危篤《きとく》状態の母親に会いに行くために、ニューオーリンズへ旅立つ。

その直後、いかにも怪しい男たちが接触してくる。特別な政府組織〈ウルヴァリンズ〉のメンバーと名乗った男たちは、ネイトにある取引を持ちかける。ネイトに対する連邦政府の容疑を全て消し去る代わりに、あるテロ計画を探れ、というものだ。

テロリストと見られるのは、駐米サウジアラビア大使の長男、ムハンマド・イブラーヒーム、通称イビー。アメリカで育ち、通信社で記者として働いていたが、突然姿を消し、その後イスラム過激派との接触が確認されたという。彼も鷹匠で、それ故自然に接触できそうなネイトに白羽の矢が立ったのだ。

釈然とはしないものの、ネイトはこの取引に応じ、テロリストたちとの接触を試みる。テロリストたちは、これまでに前例がないような方法で、インフラの中枢部を破壊しようとしており、しかもネイトに協力を依頼するのだった。

一方ジョー・ピケットは、グリズリーの追跡を行っていたが、例によって州知事、ルーロンから意外な指示を受ける。行方不明になったネイトを探して欲しい——ジョーは、失踪前のネイトの居場所も把握していなかったので驚いたが、知事の指示に逆らうことはできなかった。

さらに第三の主要登場人物——ジョーの長女、シェリダン。ワイオミング大の四年生になったシェリダンは、友だちの誘いで、週末を「ある場所」で過ごすことになるのだが、これが大きなトラブルの始まりだった。

ストーリーが進むに連れ、珍しくネイトの心情が漏れ出るようになる。ネイトは基本的に反権力の人間で、そういう意味ではテロリストと疑われるイビーとも通じ合うのだが、ある瞬間、その「共感」が消え失せる。そのきっかけがジョーの長女、シェリダンだったというのが、まさにこのシリーズの肝《きも》だ(ピケット家の娘たちには、もう少し思慮深い行動をして欲しいものだが、それは無理か。ある意味、あの父親にしてこの娘たちである)。

基本的に単独行を好むネイトにとって、ピケット家というのは家族に近い存在なのかもしれない。それ故に、トラブルに巻きこまれることも少なくないのだが……今回も見事にそのパターンになった。そして最後は、西部劇さながらの激しい戦いになってしまう。

ちなみに本作では、ルーロン知事が、非常にいい味を出している。つかみどころのない、ジョーの「庇護者」であると同時に、毎回無茶な指令を出す面倒臭い人物で、今回もジョーにまずい指令を与えて窮地に追いこむ。

しかし最後で、鮮《あざ》やかにジョーとネイトを救出するのだ。知事の任期切れ間近ということで、彼らに対する「お詫び」の意味もあったのかもしれない。

あまりにも水際だったやり方なので、今までの「この人は何だかなあ」という中途半端な悪感情を忘れることができた。今回の一件では、陰のMVPと言っていい。知事退任で、今後はどういう形で絡んでくるか、あるいは自然退場になるのか、行く末を見守りたい。あんた、嫌いじゃないよ。好きとまでは言わないけどさ。


それにしても、毎回このシリーズには唸《うな》らされる。

その理由の一つが、家族小説としての味わいだ。夫婦と三人の娘の関係の変化。娘たちの成長。この部分だけ取り出して、ミステリ要素を抜いても家族小説として立派に通用しそうだ。

長く続くシリーズでは、人間関係などには変化がなく、毎回ストーリーの面白さで読ませるものもあるが、私は巻が進むごとに登場人物が変化していくシリーズが好きだ。そういう意味で、本シリーズはど真ん中の大好物である。

そして何より、シリーズ全体を貫く、大自然というシチュエーション。

近代以降、ミステリの舞台は、人の欲望が渦巻《うずま》く大都会というパターンが多かった。ネオ・ハードボイルドが流行《はや》った時は、アメリカのそれほど大きくない地方都市を舞台にするパターンが定着したが、それでもあくまで「都市小説」の色合いは崩れなかった。

そんな中で、ここまで徹底して大自然を舞台にしたミステリは珍しいだろう。しかしこれがアメリカで受けるのは分かる。要するに、昔懐かしの西部劇の匂いが濃厚なのだ。

そういうものをフィクションの中でしか感じることのできない私たち日本人にとっては、やはり遠い世界の物語である。とはいえ真面目なのに時々ブチ切れるジョーのキャラクター（だいたいちゃんと理由があるのだが）が受容しやすいこともあり、人気をキープしているのだろう。そして理解できないにしても、全体を貫く、静謐《せいひつ》で時に残酷な西部の大自然の雰囲気がやはり素晴らしい。ざわついた都会でないとミステリは成立しないと思っていた私にとって、この世界の中で展開される冒険は衝撃だった。

私はよく聖地巡礼をする。海外でもサンフランシスコやニューヨークなど、名作の舞台を訪ねて一人悦《えつ》に入っていた。ところがワイオミング州の場合、行くだけでも大変そうだし、私自身アウトドアにまったく縁《えん》がないせいもあって、まだ聖地巡礼を果たしていない。それ故、まさにフィクションの中で触れるしかない世界なのだが、これだけ長く読み続けていると、私自身もワイオミングの大自然の中を旅しているような気分になる。

知らない世界にいるような気分にさせる――それこそが優れた小説の醍醐《だいご》味《み》だ。だからこそ私は、このシリーズに惹かれるのだろう。

訳詞　261、262、266ページ掲載

検印
廃止

訳者紹介　1954年生まれ。東京外国語大学英米語学科卒業。フリードマン「もう年はとれない」「もう過去はいらない」、ボックス「発火点」「越境者」「嵐の地平」、パーキン「小鳥と狼のゲーム」、クリスティ「秘密組織」など訳書多数。

熱砂の果て

2023年6月16日　初版

著者　C・J・ボックス

訳者　野《の》口《ぐち》百《ゆ》合《り》子《こ》

発行所　（株）東京創元社
代表者　渋谷健太郎

162-0814/東京都新宿区新小川町1-5
電話　03・3268・8231-営業部
03・3268・8204-編集部
URL　http://www.tsogen.co.jp
DTP　工友会印刷
暁印刷・本間製本

乱丁・落丁本は、ご面倒ですが小社までご送付ください。送料小社負担にてお取替えいたします。

ISBN978-4-488-12716-9　C0197

創元推理文庫

別れを告げるということは、ほんの少し死ぬことだ。

THE LONG GOOD-BYE◆Raymond Chandler

長い別れ

レイモンド・チャンドラー　田口俊樹 訳

◆

酔っぱらい男テリー・レノックスと友人になった私立探偵フィリップ・マーロウは、テリーに頼まれ彼をメキシコに送り届けて戻ると警察に拘留されてしまう。テリーに妻殺しの嫌疑がかかっていたのだ。その後自殺した彼から、ギムレットを飲んですべて忘れてほしいという手紙が届く……。男の友情を描くチャンドラー畢生の大作を名手渾身の翻訳で贈る新訳決定版。（解説・杉江松恋）

創元推理文庫

リュー・アーチャー初登場の記念碑的名作

THE MOVING TARGET◆Ross Macdonald

動く標的

ロス・マクドナルド 田口俊樹 訳

◆

ある富豪夫人から消えた夫を捜してほしいという依頼を受けた、私立探偵リュー・アーチャー。夫である石油業界の大物はロスアンジェルス空港から、お抱えパイロットをまいて姿を消したのだ！　そして10万ドルを用意せよという本人自筆の書状が届いた。誘拐なのか？　連続する殺人事件は何を意味するのか？　ハードボイルド史上不滅の探偵初登場の記念碑的名作。（解説・柿沼瑛子）

創元推理文庫

余命わずかな殺人者に、僕は雪を見せたかった。

THE LIFE WE BURY◆Allen Eskens

償《つぐな》いの雪が降る

アレン・エスケンス　務台夏子 訳

◆

授業で身近な年長者の伝記を書くことになった大学生のジョーは、訪れた介護施設で、末期がん患者のカールを紹介される。カールは三十数年前に少女暴行殺人で有罪となった男で、仮釈放され施設で最後の時を過ごしていた。カールは臨終の供述をしたいとインタビューに応じる。話を聴いてジョーは事件に疑問を抱き、真相を探り始めるが……。バリー賞など三冠の鮮烈なデビュー作！

息を呑むどんでん返しが待つ、第一級のサスペンス!

HIS & HERS◆Alice Feeney

彼と彼女の衝撃の瞬間

アリス・フィーニー
越智 睦 訳 創元推理文庫

◆

ロンドンから車で二時間ほどの距離にある町、
ブラックダウンの森で、
女性の死体が発見された。
爪にマニキュアで“偽善者”という
言葉を描かれて……。
故郷で起きたその事件の取材に向かったのは、
ニュースキャスター職から外されたばかりの
BBC記者のアナ。
事件を捜査するのは、地元警察の警部ジャック。
アナとジャックの視点で語られていく
不可解な殺人事件。
しかし、両者の言い分は微妙に食い違う。
どちらかが嘘をついているのか?